Crônicas de Avonlea

Crônicas de Avonlea

LUCY MAUD MONTGOMERY

Tradução
Vânia Valente

Ciranda Cultural

© 2020 Ciranda Cultural Editora e Distribuidora Ltda.

Traduzido do original em inglês
Chronicles of Avonlea

Texto
Lucy Maud Montgomery

Tradução
Vânia Valente

Preparação
Karoline Cussolim

Revisão
Mariane Genaro
Fernanda R. Braga Simon

Produção editorial e projeto gráfico
Ciranda Cultural

Ilustração de capa
Beatriz Mayumi

Dados Internacionais de Catalogação na Publicação (CIP) de acordo com ISBD

M787c	Montgomery, Lucy Maud, 1874-1942
	Crônicas de Avonlea / Lucy Maud Montgomery ; traduzido por Vânia Valente ; ilustrado por Beatriz Mayumi. - Jandira, SP : Ciranda Cultural, 2020.
	224 p. : il. – (Ciranda Jovem)
	Tradução de: Chronicles of Avonlea
	Inclui índice.
	ISBN: 978-65-5500-380-2
	1. Literatura infantojuvenil. 2. Literatura canadense. 3. Crônicas. I. Valente, Vânia. II. Mayumi, Beatriz. III. Título. IV. Série.
	CDD 028.5
2020-1572	CDU 82-93

Elaborado por Vagner Rodolfo da Silva - CRB-8/9410

Índice para catálogo sistemático:
1. Literatura infantojuvenil 028.5
2. Literatura infantojuvenil 82-93

1ª edição em 2020
www.cirandacultural.com.br
Todos os direitos reservados.
Nenhuma parte desta publicação pode ser reproduzida, arquivada em sistema de busca ou transmitida por qualquer meio, seja ele eletrônico, fotocópia, gravação ou outros, sem prévia autorização do detentor dos direitos, e não pode circular encadernada ou encapada de maneira distinta daquela em que foi publicada, ou sem que as mesmas condições sejam impostas aos compradores subsequentes.

SUMÁRIO

A pressa de Ludovic 9

Velha Lady Lloyd 21

Cada um em sua própria língua 63

Pequena Joscelyn 91

A vitória de Lucinda 105

A menina do velho Shaw 120

O namorado da tia Olivia 134

A quarentena na casa de Alexander Abraham 152

A aquisição de Pa Sloane 173

O cortejo de Prissy Strong 183

O milagre em Carmody 196

O fim de uma discussão 212

À MEMÓRIA DE
Senhora William A. Houston,
UMA QUERIDA AMIGA, QUE SE FOI

A beleza anônima escondeu
as coisas comuns da vida.
Whittier

A pressa de Ludovic

Anne Shirley estava sentada encolhida no assento da janela da sala de estar de Theodora Dix em uma noite de sábado, olhando sonhadora para longe, para alguma bela terra estelar além das colinas do pôr do sol. Anne estava de visita, durante quinze dias de suas férias, ao Echo Lodge, onde o senhor e a senhora Stephen Irving estavam passando o verão, e muitas vezes ela corria para a antiga fazenda Dix para conversar um pouco com Theodora. Elas tiveram sua conversa, nessa noite em particular, e Anne estava se entregando ao deleite de construir um castelo aéreo. Ela inclinou sua cabeça formosa, com uma coroa trançada de cabelo vermelho-escuro, contra o revestimento da janela, e seus olhos cinzentos eram como o brilho da lua nos lagos sombrios.

Então ela viu Ludovic Speed vindo pela trilha. Ele ainda estava longe da casa, pois a trilha dos Dix era longa, mas Ludovic podia ser reconhecido de longe. Ninguém mais em Middle Grafton tinha uma postura tão alta e levemente inclinada e o movimento sereno. Em cada gesto e movimento, havia uma individualidade toda própria de Ludovic.

Anne despertou dos sonhos, pensando que seria no mínimo cortês de sua parte providenciar sua partida. Ludovic estava cortejando Theodora. Todos em Grafton sabiam disso, ou, se alguém ignorava o fato, não era porque não teve tempo de descobrir. Ludovic estava vindo pela trilha para ver Theodora, da mesma maneira ruminante e sem pressa, havia quinze anos!

Quando Anne, que era magra, feminina e romântica, se levantou, Theodora, gorda, de meia-idade e prática, disse, com um brilho nos olhos:

– Não há pressa, criança. Sente-se e faça sua tarefa. Você viu Ludovic vindo pela trilha e, suponho, pensa que vai atrapalhar. Mas não. Ludovic gosta muito de uma terceira pessoa por perto, e eu também. Isso estimula a conversa, por assim dizer. Quando um homem vem visitá-la duas vezes por semana, há quinze anos, você fica bastante falada por um tempo.

Theodora nunca simulou acanhamento no que dizia respeito a Ludovic. Ela não tinha vergonha de se referir a ele e a seu namoro moroso. De fato, isso parecia diverti-la.

Anne sentou-se novamente, e juntas elas observaram Ludovic vir pela trilha, olhando calmamente ao seu redor, para os campos de trevo verdejantes e as curvas azuis do rio serpenteando dentro e fora do vale enevoado abaixo.

Anne olhou para o rosto plácido e finamente moldado de Theodora e tentou imaginar o que ela mesma sentiria se estivesse sentada ali, esperando por um namorado de idade que, aparentemente, levara tanto tempo para se decidir. Mas até a imaginação de Anne falhou para isso.

"Enfim", ela pensou, impaciente, "se eu o quisesse, acho que encontraria uma maneira de apressá-lo. Ludovic SPEED! Já existiu um nome tão inadequado? Esse nome, para esse homem, é uma ilusão e uma armadilha."

CRÔNICAS DE AVONLEA

Logo Ludovic chegou a casa, mas ficou tanto tempo na soleira, perdido em seus pensamentos, fitando o emaranhado bosque verde do pomar de cerejas, que Theodora finalmente foi e abriu a porta antes de ele bater. Quando o trouxe para a sala de estar, ela fez uma careta cômica para Anne por cima do ombro.

Ludovic sorriu agradavelmente para Anne. Ele gostava dela; ela era a única jovem garota que ele conhecia, pois geralmente evitava jovens garotas, elas o faziam se sentir estranho e deslocado. Mas Anne não o afetava dessa maneira. Ela tinha um jeito de se relacionar com todo o tipo de pessoas e, embora eles não a conhecessem há muito tempo, Ludovic e Theodora a consideravam uma velha amiga.

Ludovic era alto e um tanto desajeitado, mas sua placidez sem hesitação lhe dava a aparência de uma dignidade que de outra forma não lhe pertencia. Ele tinha um bigode caído, sedoso e marrom, e um pequeno tufo de cachos imperiais, uma moda considerada excêntrica em Grafton, onde os homens tinham queixo barbeado ou ficavam barbudos. Seus olhos eram sonhadores e agradáveis, com um toque de melancolia em suas profundezas azuis.

Ele se sentou na enorme poltrona velha que pertencera ao pai de Theodora. Ludovic sempre se sentava lá, e Anne afirmava que a cadeira se parecia com ele.

A conversa logo ficou animada o bastante. Ludovic era bom de conversa quando tinha alguém para desinibi-lo. Ele era erudito e frequentemente surpreendia Anne com seus comentários perspicazes sobre homens e assuntos no mundo, dos quais apenas os ecos fracos chegavam ao Rio Deland. Ele também gostava de discussões religiosas com Theodora, que não se importava muito com política ou com os feitos da história, mas era ávida por doutrinas e lia tudo o que lhes dizia respeito. Quando a conversa se transformou em um redemoinho de disputas amigáveis entre Ludovic e Theodora sobre a ciência cristã,

Anne entendeu que sua utilidade estava encerrada no momento e que não sentiriam falta dela.

– É hora da estrela e do boa-noite –, disse ela, e foi embora em silêncio.

Mas ela teve que parar para rir quando estava fora da vista da casa, em um prado verde coberto de branco e dourado de margaridas. Um vento carregado de odores soprou delicadamente através dele. Anne encostou-se a uma bétula branca no canto e riu com entusiasmo, como costumava fazer sempre que pensava em Ludovic e Theodora. Para sua juventude ansiosa, esse namoro deles parecia uma coisa muito divertida. Ela gostava de Ludovic, mas se deixava provocar com ele.

– O querido, grande e irritante idiota! – ela disse em voz alta.

– Nunca houve um idiota tão adorável antes. Ele é o típico crocodilo da velha rima, que não concordava e não ficava quieto, mas ficava apenas se balançando para cima e para baixo.

Duas noites depois, quando Anne foi para a casa dos Dix, ela e Theodora conversaram sobre Ludovic. Theodora, que era a alma mais trabalhadora do mundo e ainda por cima tinha uma mania de trabalho caprichosa, estava ocupando seus dedos suaves e rechonchudos com uma peça central de renda de Battenburg muito elaborada. Anne estava deitada em uma pequena cadeira de balanço, com as mãos magras dobradas no colo, observando Theodora. Ela percebeu que Theodora era muito bonita, de uma maneira majestosa, semelhante a Juno, de pele firme e branca, contornos grandes e bem esculpidos e grandes olhos castanhos e intimidadores. Quando Theodora não estava sorrindo, ela parecia muito imponente. Anne achou compreensível que Ludovic a admirasse.

– Você e Ludovic conversaram sobre a ciência cristã durante a noite de sábado? – perguntou.

Theodora transbordou em um sorriso.

– Sim, e até brigamos por isso. Pelo menos eu briguei. Ludovic não brigaria com ninguém. Você tem que lutar contra o ar quando argumenta com ele. Eu odeio discutir com uma pessoa que não vai reagir.

– Theodora – disse Anne de forma bajuladora –, vou ser curiosa e impertinente. Você pode me ignorar se quiser. Por que você e Ludovic não se casam?

Theodora riu confortavelmente.

– Essa é a pergunta que as pessoas de Grafton têm feito há algum tempo, eu acredito, Anne. Bem, eu não tenho nenhuma objeção em me casar com Ludovic. Isso é franco o suficiente para você, não é? Mas não é fácil se casar com um homem, a menos que ele peça. E Ludovic nunca me pediu.

– Ele é muito tímido? – persistiu Anne. Como Theodora estava de bom humor, ela pretendia analisar minuciosamente esse assunto intrigante.

Theodora abandonou o trabalho e olhou meditativamente para as encostas verdes do verão.

– Não, acho que não. Ludovic não é tímido. É apenas o jeito dele, o jeito Speed. Os Speeds são todos terrivelmente deliberados. Eles passam anos pensando em alguma coisa antes de decidirem fazê-la. Às vezes, eles adquirem tanto o hábito de pensar sobre o assunto que nunca deixam isso para trás, como o velho Alder Speed, que sempre falava em ir à Inglaterra ver o irmão, mas nunca foi, embora não houvesse uma razão terrena para isso. Eles não são preguiçosos, você sabe, mas fazem tudo no ritmo deles.

– E Ludovic é apenas um caso agravado de "speedismo" – sugeriu Anne.

– Exatamente. Ele nunca se apressou em sua vida. Ora, nos últimos seis anos ele vem pensando em pintar a casa. Ele fala sobre isso comigo de vez em quando e escolhe a cor, e fim. O assunto acaba. Ele gosta de mim e pretende me pedir para tê-lo em algum momento. A única pergunta é: chegará a hora?

– Por que você não o apressa? – perguntou Anne, impaciente.

Theodora voltou para suas teses com outra risada.

– Se Ludovic puder ser apressado, não sou eu quem o apressará. Eu sou muito tímida. Parece ridículo ouvir uma mulher da minha idade e tamanho dizer isso, mas é verdade. Claro, eu sei que essa é a única maneira de fazer qualquer Speed conseguir se casar. Por exemplo, há uma prima minha casada com o irmão de Ludovic. Eu não digo que ela tenha proposto a ele uma vez ou outra... Se bem que, Anne, não esteve longe disso. Eu não poderia fazer nada assim. Eu tentei uma vez. Quando percebi que eu estava ficando madura e todas as garotas da minha geração estavam partindo para todos os lados, tentei dar uma indireta a Ludovic. Mas ela ficou emperrada em minha garganta. E agora eu não me importo. Se para mudar de Dix para Speed eu precise tomar a iniciativa, então serei Dix até o fim da vida. Ludovic não percebe que estamos envelhecendo, você sabe. Ele acha que ainda somos jovens vertiginosos, com bastante tempo diante de nós. Esse é o defeito dos Speeds. Eles nunca descobrem que estão vivos até morrerem.

– Você gosta de Ludovic, não gosta? – perguntou Anne, detectando uma ponta de verdadeira amargura entre os paradoxos de Theodora.

– Por Deus, sim – disse Theodora com sinceridade. Ela achou que não valia a pena ruborizar por um fato tão acertado. – Acho que o mundo sabe e o Ludovic. E ele certamente precisa de alguém para cuidar dele. Ele está abandonado, ele parece esgotado. Você pode ver por si. Aquela velha tia dele cuida de sua casa de alguma maneira, mas ela não cuida dele. E ele está chegando agora à idade em que um homem precisa ser cuidado e mimado um pouco. Eu estou solitária aqui, e Ludovic está solitário lá em cima, e isso parece ridículo, não é? Não me admiro de sermos a piada permanente de Grafton. Deus sabe, eu mesma rio disso o suficiente. Algumas vezes pensei que, se Ludovic pudesse ficar com ciúmes, isso poderia estimulá-lo. Mas eu nunca poderia flertar e não há alguém com quem flertar, se eu pudesse. Todo mundo por aqui me vê como propriedade de Ludovic e ninguém sonharia em se intrometer com ele.

– Theodora – exclamou Anne –, eu tenho um plano!

– O que você pretende fazer? – exclamou Theodora.

Anne contou a ela. A princípio, Theodora riu e protestou. No final, ela cedeu um pouco duvidosamente, dominada pelo entusiasmo de Anne.

– Bem, tente, então – ela disse, resignada. – Se Ludovic ficar bravo e me deixar, ficarei pior do que nunca. Mas quem não arrisca não petisca. E há uma possibilidade, eu suponho. Além disso, devo admitir que estou cansada dessa perda de tempo.

Anne voltou para o Echo Lodge formigando de prazer por sua trama.

Ela procurou Arnold Sherman e lhe disse o que era requerido dele. Arnold Sherman ouviu e riu. Ele era um viúvo idoso, um amigo íntimo de Stephen Irving, e veio para passar parte do verão com ele e sua esposa nas Ilhas Príncipe Edward. Ele era bonito em um estilo maduro, e ainda tinha uma pitada de malícia, de modo que entrou prontamente no plano de Anne. Divertia-o pensar em apressar Ludovic Speed, e ele sabia que Theodora Dix poderia contar com ele para fazer sua parte. A comédia não seria monótona, qualquer que fosse o resultado.

A cortina subiu no primeiro ato após a reunião de oração na noite da quinta-feira seguinte. A luz brilhava quando as pessoas saíram da igreja, e todo mundo via claramente. Arnold Sherman estava nos degraus perto da porta, e Ludovic Speed encostou-se a um canto da cerca do cemitério, como fazia havia anos. Os garotos diziam que ele havia criado raízes naquele lugar específico. Ludovic não sabia de nenhuma razão para que ele se colasse contra a porta da igreja. Theodora sairia como sempre, e Ludovic se juntaria a ela quando passasse pelo canto. Foi o que aconteceu. Theodora desceu os degraus, sua figura imponente delineada na escuridão contra o jato de luz da lâmpada do pórtico. Arnold Sherman perguntou se ele poderia acompanhá-la até sua casa. Theodora segurou-lhe o braço com calma e, juntos, passaram pelo estupefato Ludovic, que ficou impotente olhando fixamente para eles, como se não pudesse acreditar em seus olhos.

Por alguns momentos, ele ficou parado, hesitante; então ele começou a seguir a estrada atrás de sua inconstante senhora e seu novo admirador. Os garotos e os jovens irresponsáveis se amontoaram atrás, esperando alguma agitação, mas ficaram desapontados. Ludovic avançou a passos largos até alcançar Theodora e Arnold Sherman e então seguiu humildemente atrás deles.

Theodora mal apreciou sua caminhada para casa, apesar de Arnold Sherman se mostrar especialmente divertido. Seu coração ansiava por Ludovic, cujos passos ela ouviu atrás dela e temia que tivesse sido muito cruel, mas estava disposta a isso agora. Ela se fortaleceu com a reflexão de que tudo era para o próprio bem dele e conversou com Arnold Sherman como se ele fosse o único homem no mundo. O pobre e abandonado Ludovic, seguindo humildemente atrás, ouviu-a, e, se Theodora soubesse quão amarga realmente era a xícara que ela segurava nos lábios dele, nunca teria sido resoluta o suficiente para oferecê-la a ele, não importa o bem final.

Quando ela e Arnold chegaram ao portão, Ludovic teve que parar. Theodora olhou por cima do ombro e o viu parado na estrada. Sua aparência desolada atormentou os pensamentos dela a noite toda. Se Anne não tivesse se precipitado nem fosse tão enfática com suas convicções, ela poderia ter arruinado tudo caso cedesse prematuramente.

Enquanto isso, Ludovic permanecia parado na estrada, completamente alheio às piadas e aos comentários do contingente de garotinhos

CRÔNICAS DE AVONLEA

muito entretidos, até Theodora e seu rival desaparecerem de vista sob os abetos em sua trilha. Então ele se virou e foi para casa, não com seu habitual passo cauteloso e sem pressa, mas com uma passada perturbada, que evidenciava sua inquietação interior.

Ele se sentia perplexo. Se o mundo tivesse acabado subitamente ou se o preguiçoso e sinuoso rio Grafton tivesse virado e seu fluxo subido a colina, Ludovic não estaria mais atônito. Durante quinze anos, ele caminhou das reuniões para casa com Theodora; e agora esse idoso estranho, com todo o *glamour* dos "Estados Unidos" pairando sobre ele, a acompanhara friamente debaixo do nariz de Ludovic. Pior, o mais cruel de tudo, Theodora tinha ido com ele de bom grado; e mais, ela evidentemente desfrutara da companhia dele. Ludovic sentiu a comoção de uma ira justa em sua alma pacata.

Quando chegou ao fim de seu caminho, parou no portão e olhou para sua casa, afastada da rua em uma curva de bétulas. Mesmo à luz da lua, seu aspecto desgastado pelo tempo era claramente visível. Ele pensou no boato de "residência palaciana" atribuído a Arnold Sherman em Boston e acariciou seu queixo nervosamente com os dedos queimados pelo sol. Então, ele cerrou o punho e bateu-o rapidamente no pilar do portão.

– Theodora não pensa que vai me deixar assim, depois de me acompanhar por quinze anos – disse ele. – Eu tenho algo a dizer, com Arnold Sherman ou sem Arnold Sherman. A insolência do cachorro!

Na manhã seguinte, Ludovic dirigiu-se a Carmody e contratou Joshua Pye para pintar sua casa. E naquela noite, apesar de não ser esperado até o sábado à noite, ele foi ver Theodora.

Arnold Sherman chegou antes dele e estava sentado na cadeira de Ludovic. Ludovic teve que se ajeitar na nova cadeira de balanço de vime de Theodora, na qual ele parecia e se sentia lamentavelmente deslocado.

Se Theodora achou a situação embaraçosa, ela a conduziu soberbamente. Ela nunca pareceu mais bonita, e Ludovic percebeu que ela usava seu segundo melhor vestido de seda. Ele se perguntou de maneira lastimosa se ela o usara na expectativa de um pedido de seu rival. Ela nunca colocou vestidos de seda para ele. Ludovic sempre foi o mais manso e pacífico dos mortais, mas se sentiu bastante feroz enquanto se sentava em silêncio e ouvia a conversa polida de Arnold Sherman.

– Você deveria estar aqui para vê-lo furioso – disse Theodora à encantada Anne no dia seguinte. – Pode ser perverso de minha parte, mas eu me senti muito contente. Eu tinha medo de que ele pudesse ficar longe e emburrado. Desde que ele venha aqui e esteja emburrado, não me importo. Mas ele está se sentindo mal o suficiente, pobre alma, e estou realmente devorada pelo remorso. Ele tentou abusar da hospitalidade do senhor Sherman na noite passada, mas não conseguiu. Você nunca viu uma criatura de aparência mais deprimida do que ele, enquanto se apressava pela trilha. Sim, ele realmente se apressou.

Na noite do domingo seguinte, Arnold Sherman foi à igreja com Theodora e sentou-se com ela. Quando eles entraram, Ludovic Speed subitamente se levantou de seu banco debaixo do púlpito. Ele sentou-se de novo imediatamente, mas todos o viram, e naquela noite as pessoas em todo o comprimento e largura do rio Grafton discutiram a dramática ocorrência com entusiasmado prazer.

– Sim, ele deu um pulo, como se tivesse saltado, enquanto o pastor lia o capítulo – disse sua prima Lorella Speed, que estava na igreja, à irmã, que não estava lá. – Seu rosto estava branco como um lençol, e seus olhos estavam brilhando. Eu nunca me senti tão eufórica, eu confesso! Eu quase esperava que ele voasse para eles naquele momento. Mas ele apenas deu um tipo de suspiro e se sentou novamente. Não sei se Theodora Dix o viu ou não. Ela parecia tão calma e despreocupada quanto você.

Theodora não tinha visto Ludovic, mas, se ela parecia calma e despreocupada, sua aparência a desmentia, pois se sentia miseravelmente perturbada. Ela não pôde impedir Arnold Sherman de ir à igreja com ela, mas lhe pareceu que ela estava indo longe demais. As pessoas não iam à igreja e se sentavam juntas em Grafton, a menos que estivessem para ficar noivos. E se isso enchesse Ludovic de desespero em vez de despertá-lo? Ela sentou-se no culto com tristeza e não ouviu uma palavra do sermão.

Mas as performances espetaculares de Ludovic ainda não haviam terminado. Podia ser difícil para os Speeds começar, mas, uma vez que começavam, seu impulso era irresistível. Quando Theodora e o senhor Sherman saíram, Ludovic estava esperando nos degraus. Ele estava de pé, ereto e sério, com a cabeça jogada para trás e os ombros endireitados. Havia um desafio declarado no olhar que ele lançava sobre seu rival e uma superioridade no mero toque da mão que ele colocou no braço de Theodora.

– Posso acompanhá-la à sua casa, senhorita Dix? – suas palavras disseram. Seu tom de voz dizia: "Vou acompanhá-la até sua casa, queira ou não".

Theodora, com um olhar reprovador para Arnold Sherman, pegou-lhe no braço, e Ludovic marchou com ela pelo gramado, em meio a um silêncio que os próprios cavalos amarrados à cerca pareciam compartilhar. Para Ludovic, foi uma hora repleta de glória.

Anne veio de Avonlea no dia seguinte para ouvir as notícias. Theodora sorria conscientemente.

– Sim, está de fato resolvido, enfim, Anne. Chegando em casa ontem à noite, Ludovic me pediu claramente para casar com ele, domingo, e isso é tudo. É para ser imediato, pois Ludovic não vai adiar uma semana mais do que o necessário.

– Portanto, Ludovic Speed finalmente se apressou para algum propósito – disse Sherman, quando Anne o chamou a Echo Lodge, cheia de novidades. – E você está maravilhada, é claro, e meu pobre orgulho deve ser o bode expiatório. Sempre serei lembrado em Grafton como o homem de Boston que queria Theodora Dix e não a conseguiu.

– Mas isso não será verdade, você sabe – disse Anne confortavelmente.

Arnold Sherman pensou na beleza madura de Theodora e no companheirismo agradável que ela revelara no breve relacionamento deles.

– Não tenho muita certeza disso – disse ele, com um suspiro.

Velha Lady Lloyd

I. O capítulo de maio

As fofocas de Spencervale sempre diziam que "a velha Lady Lloyd" era rica, má e orgulhosa. A fofoca, como sempre, estava um terço certa e dois terços errada. A velha Lady Lloyd não era rica nem má; na realidade, ela era miseravelmente pobre, tão pobre que "Crooked Jack" Spencer, que cavava seu jardim e cortava madeira para ela, em contraste era opulento, pois para ele nunca faltavam pelo menos três refeições por dia, e a velha Lady às vezes não tinha mais que uma. Mas ela *era* muito orgulhosa, tão orgulhosa que preferia ter morrido a deixar que o povo de Spencervale, entre quem ela havia reinado na juventude, suspeitasse de quão pobre ela era e das dificuldades às quais às vezes ela estava reduzida. Ela preferia que eles a achassem miserável e estranha, uma velha reclusa que nunca ia a lugar algum, nem mesmo à igreja, e que pagava a menor cota do salário do pastor entre qualquer pessoa na congregação.

— E ela apenas rolando em riqueza! — eles diziam indignados. — Bem, ela não adquiriu seus modos avarentos de seus pais. Eles eram realmente generosos e amistosos. Nunca houve um cavalheiro mais refinado do que o velho doutor Lloyd. Ele estava sempre fazendo gentileza a todos, de modo que você achasse que estivesse fazendo um favor, e não ele. Bem, bem, deixe a velha Lady Lloyd sozinha e com seu dinheiro para si mesma se ela quiser. Se ela não quer nossa companhia, não precisa sofrer, isso é tudo. Acho que ela não é tão feliz com todo aquele dinheiro e orgulho.

Não, a velha Lady não estava muito feliz, isso era verdade. Não é fácil ser feliz quando sua vida é devorada pela solidão e pelo vazio no campo espiritual e quando, no campo material, tudo o que você tem entre você e a fome é o pouco dinheiro que suas galinhas lhe trazem.

A velha Lady morava "afastada na antiga casa dos Lloyds", como sempre foi chamada. Era uma casa pitoresca, com beiradas baixas, com grandes chaminés e janelas quadradas e abetos crescendo densamente ao redor. A velha Lady morava lá sozinha e havia semanas em que ela sequer via um ser humano, exceto Crooked Jack. O que ela fazia sozinha e como dedicava seu tempo era um quebra-cabeça que o pessoal de Spencervale não era capaz de resolver. As crianças acreditavam que ela se divertia contando o ouro em uma grande caixa preta debaixo de sua cama e tinham um terror mortal dela; alguns deles, os "Spencer Road", acreditavam que ela era uma bruxa; todos corriam quando, ao vaguear pelo bosque em busca de bagas ou goma de abeto, viam a distância a forma sobressalente e ereta da velha Lady, recolhendo gravetos para seu fogo. Mary Moore era a única pessoa que tinha certeza de que ela não era uma bruxa.

– As bruxas são sempre feias – disse ela decisivamente –, e a velha Lady Lloyd não é feia. Ela é muito bonita, tem um cabelo branco tão macio, grandes olhos negros e um pequeno rosto branco. Aquelas crianças da estrada não sabem do que estão falando. Mamãe diz que elas são muito ignorantes.

CRÔNICAS DE AVONLEA

– Bem, ela nunca vai à igreja e murmura consigo mesma o tempo todo em que apanha gravetos – afirmou Jimmy Kimball com firmeza.

A velha Lady falava consigo mesma porque gostava muito de companhia e conversa. Certamente, quando você não conversa com ninguém além de si mesmo há quase vinte anos, é provável que a vida se torne um tanto monótona; e houve momentos em que a velha Lady teria sacrificado tudo, menos seu orgulho, por um pouco de companhia humana. Nessas ocasiões, ela se sentia muito amarga e ressentida com o destino por ter tirado tudo dela. Ela não tinha nada para amar, e essa é a condição mais prejudicial possível para qualquer um.

Era sempre mais difícil na primavera. Era uma vez a velha Lady – quando ela não era a velha Lady, mas a bela, voluntariosa e animada Margaret Lloyd – que adorava primaveras; agora ela as odiava porque a machucavam; e esta primavera em particular, deste particular capítulo de maio, machucou-a mais do que qualquer outra antes. A velha Lady sentia como se *não* pudesse suportar a dor. Tudo a machucava, as novas pontas verdes nos abetos, a névoa pálida na pequena cavidade da faia abaixo da casa, o cheiro fresco da terra vermelha que Crooked Jack escavava em seu jardim. A velha Lady ficou acordada toda uma noite de luar e chorou de muita tristeza. Ela até esqueceu a fome do seu corpo em sua alma; e ela estivera com fome, mais ou menos, durante toda a semana. Ela estava vivendo do suprimento de biscoitos e água, para poder pagar Crooked Jack por escavar seu jardim. Quando a pálida e adorável cor do amanhecer veio roubando o céu atrás dos abetos, a velha Lady enterrou seu rosto no travesseiro e se recusou a olhar para ele.

– Eu odeio o novo dia – disse ela, com rebeldia. – Será um dia típico como todos os outros dias difíceis e comuns. Não quero me levantar e vivê-lo. E, ah, pensar que há muito tempo estendi minhas mãos com

alegria a cada novo dia, como a um amigo que estava me trazendo boas-
-novas! Eu amei as manhãs naquela época, ensolaradas ou cinzentas,
elas eram tão agradáveis quanto um livro não lido, e agora eu as odeio,
odeio, odeio!

Mas a velha Lady levantou-se, entretanto, pois sabia que Crooked
Jack chegaria cedo para terminar o jardim. Ela arrumou seus cabelos brancos bonitos e grossos com muito cuidado e vestiu seu
vestido de seda roxo com as pequenas manchas douradas. A velha Lady
sempre usava seda por motivos de economia. Era muito mais barato usar um vestido de seda que tinha pertencido à sua mãe do que
comprar um novo na loja. Ela tinha muitos vestidos de seda que tinham pertencido à mãe. Ela usava-os de manhã, ao meio-dia e à noite,
e as pessoas de Spencervale consideravam isso uma evidência a mais de
seu orgulho. Quanto ao estilo dos vestidos: eram assim, é claro, apenas
porque ela não era habilidosa para reformá-los. Eles nem sonhavam
que a velha Lady nunca usaria um dos vestidos de seda sem se agonizar
por estar fora de moda, e que até mesmo os olhares de Crooked Jack
lançados sobre seus antigos babados e saias eram quase mais do que sua
vaidade feminina podia suportar.

Apesar de a velha Lady não ter recebido bem o novo dia, sua beleza
a encantou quando ela saiu para passear depois do almoço, ou melhor,
depois do biscoito do meio-dia. Estava tão fresco, tão doce, tão puro; e
os bosques de abetos em torno da antiga casa dos Lloyds estavam cheios
de movimentos da primavera, e tudo estava salpicado por novas luzes
e sombras. Um pouco do deleite encontrou o coração amargo da velha
Lady enquanto ela passeava por eles, e, quando saiu na pequena ponte
de tábuas sobre o riacho embaixo das faias, sentiu-se quase amável e
terna mais uma vez. Havia uma grande faia lá, em particular, que ela
adorava por razões mais conhecidas: uma faia grande e alta, com um
tronco como o eixo de uma coluna de mármore cinza e uma dispersa

CRÔNICAS DE AVONLEA

folhagem de galhos sobre o tranquilo lago marrom-dourado que se formava embaixo dela no riacho. Havia sido uma jovem árvore nos dias que foram iluminados pela glória desaparecida da vida da velha Lady.

Ela ouviu vozes infantis e risos ao longe no caminho que levava à casa de William Spencer, logo acima do bosque. A rua da frente da casa de William Spencer corria para a estrada principal em uma direção diferente, mas essa "rua de trás" fornecia um atalho, e seus filhos sempre iam à escola por esse caminho.

A velha Lady encolheu-se apressadamente atrás de uma moita de abetos jovens. Ela não gostava das crianças dos Spencers porque elas sempre pareciam ter muito medo dela. Através do abeto, ela podia vê-los descer alegremente pela rua, os dois mais velhos na frente, os gêmeos atrás, agarrados às mãos de uma garota alta e magra, a nova professora de música, provavelmente. A velha Lady ouvira do vendedor de ovos que ela iria chegar à casa de William Spencer, mas não ouvira seu nome.

Ela olhou para a garota com alguma curiosidade quando eles se aproximaram, e então, de uma só vez, o coração da velha Lady deu um grande salto e começou a bater como não batia há anos, enquanto sua respiração tornava-se rápida e ela tremia violentamente. Quem... quem poderia ser essa garota?

Sob o chapéu de palha da nova professora de música havia madeixas de finos cabelos castanhos da mesma tonalidade e ondulação que a velha Lady lembrou haver em outra cabeça em anos passados; por baixo daquelas ondas, olhavam grandes olhos de cor azul-violeta com cílios e sobrancelhas muito negros, e a velha Lady conhecia aqueles olhos tão bem quanto os seus; e a nova professora de música, com toda a sua beleza de contornos delicados, tez graciosa e juventude alegre e animada, tinha um rosto que remetia ao passado da velha Lady, uma perfeita semelhança em todos os aspectos, exceto um: o rosto de que ela se lembrava era frágil, com todo o seu charme; mas a face dessa garota tinha uma força fina e dominante, compacto de doçura e feminilidade. Ao passar pelo esconderijo da velha Lady, ela riu de algo que uma das crianças disse; e ah, mas a velha Lady conhecia bem aquela risada. Ela já a ouvira debaixo daquela mesma faia.

Ela os observou até que desapareceram sobre a colina arborizada além da ponte; e depois voltou para casa como se tivesse caminhado em um sonho. Crooked Jack estava escavando vigorosamente no jardim; normalmente ela não conversava muito com Crooked Jack, pois não gostava da tendência dele a fofocas; mas agora ela entrou no jardim, uma figura imponente e velha, em sua seda púrpura e manchada de ouro, com a luz do sol brilhando em seus cabelos brancos.

Crooked Jack a viu sair e comentou consigo mesmo que ela estava mudando; ela costuma ter uma aparência pálida. Ele agora concluiu que estava enganado. As bochechas da velha Lady estavam rosadas, e seus olhos brilhavam. Em algum lugar de sua caminhada, ela havia perdido dez anos pelo menos. Crooked Jack apoiou-se em sua pá e decidiu que não havia muitas mulheres de aparência mais refinada do que a velha Lady Lloyd. Pena que ela era uma velha tão avarenta!

– Senhor Spencer – disse a velha Lady graciosamente; ela sempre falava dessa maneira com seus inferiores quando conversava com eles –, você pode me dizer o nome da nova professora de música que está na casa do senhor William Spencer?

– Sylvia Gray – disse Crooked Jack.

O coração dela deu outro grande salto. Mas ela sabia disso, sabia que aquela garota com cabelos, olhos e risada de Leslie Gray devia ser filha de Leslie Gray.

Crooked Jack ergueu as mangas e retomou o trabalho, mas sua língua foi mais rápida que a pá, e a velha Lady o ouviu com avidez. Pela primeira vez, ela desfrutou da tagarelice e das fofocas de Crooked Jack e as

CRÔNICAS DE AVONLEA

abençoou. Cada palavra que ele proferia era como uma maçã de ouro em uma bandeja de prata[1] para ela.

Ele estava trabalhando na casa de William Spencer no dia em que a nova professora de música chegara, e o que Crooked Jack não conseguira descobrir sobre qualquer pessoa em um dia inteiro, pelo menos no que diz respeito à vida exterior, mal valia a pena descobrir. Além de descobrir as coisas, ele adorava contá-las, e seria difícil dizer quem apreciou mais a meia hora que se seguiu: Crooked Jack ou a velha Lady.

O relato de Crooked Jack, resumido, equivalia a isto: os pais da senhorita Gray morreram quando ela era um bebê; ela foi criada por uma tia; ela era muito pobre e muito ambiciosa.

– Quer uma educação musical – finalizou Crooked Jack –, e, por Deus!, ela precisa ter, porque eu nunca ouvi nada como a voz dela. Ela cantou para nós naquela noite depois do jantar e pensei que era um anjo cantando. Apenas passou por mim como um raio de luz. Os jovens Spencers já estão loucos por ela. Ela tem vinte alunos por aqui e em Grafton e Avonlea.

Quando a velha Lady descobriu tudo o que Crooked Jack poderia lhe contar, ela entrou na casa e sentou-se à janela da pequena sala de estar para pensar sobre tudo aquilo. Ela estava formigando da cabeça aos pés de emoção.

Filha de Leslie! Esta velha Lady teve seu romance uma vez. Há muito tempo, quarenta anos atrás, ela tinha sido noiva de Leslie Gray, um jovem estudante universitário que lecionou em Spencervale durante um verão, o verão de ouro da vida de Margaret Lloyd. Leslie era um sujeito tímido, sonhador e bonito, com ambições literárias que, como ele e Margaret acreditavam firmemente, um dia lhe trariam fama e fortuna.

---

1   Provérbios 25:11. (N.T.)

Então houve uma briga tola e amarga no final daquele verão dourado. Leslie fora embora com raiva, mais tarde ele escreveu para ela, mas Margaret Lloyd, ainda dominada por seu orgulho e ressentimento, enviou-lhe uma resposta dura. Não chegaram mais cartas; Leslie Gray nunca voltou; e um dia Margaret acordou com a constatação de que havia tirado o amor de sua vida para sempre. Ela sabia que ele nunca mais seria dela; e, a partir desse momento, seus pés foram desviados da juventude para descer o vale das sombras até uma idade solitária e excêntrica.

Muitos anos depois, ela ouviu falar do casamento de Leslie; então veio a notícia de sua morte, depois de uma vida que não havia realizado os sonhos dele. Nada mais ela ouvira ou soubera, nada até esse dia, quando ela viu sua filha passar por ela sem ser vista na cavidade da faia.

– A filha dele. E ela podia ter sido *minha* filha – murmurou a velha Lady. – Ah, se eu pudesse conhecê-la e amá-la, e talvez ganhar seu amor em troca! Mas eu não posso. Eu não poderia deixar que a filha de Leslie Gray soubesse quão pobre eu sou... A quão baixo fui levada. Eu não poderia suportar isso. E pensar que ela está morando tão perto de mim, a querida, logo acima da rua e no alto da colina. Eu posso vê-la passar todos os dias, eu posso ter esse caro prazer pelo menos. Mas, ah, se eu pudesse fazer algo por ela, dar-lhe um pouco de prazer! Seria um deleite.

Quando a velha Lady entrou em seu quarto de hóspedes naquela noite, ela viu uma luz brilhar através de uma brecha nas árvores da colina. Ela sabia que brilhava do quarto de hóspedes dos Spencers. Então era a luz de Sylvia. Ela permaneceu na escuridão e observou a luz até que ela se apagasse, observou-a com uma grande doçura respirando em seu coração, como o abrir e fechar das velhas pétalas de rosa quando são agitadas. Ela imaginava Sylvia se movendo pelo quarto, escovando e trançando seus cabelos longos e brilhantes, pondo de lado suas pequenas bijuterias e adornos femininos, fazendo seus simples preparativos para dormir. Quando a luz se apagou, a velha Lady imaginou uma delicada silhueta branca ajoelhada perto da janela, no suave brilho das estrelas, e também se ajoelhou naquele momento e fez suas próprias orações em comunhão. Ela disse as palavras simples que sempre usara; mas um novo espírito parecia inspirá-las; e ela terminou com uma nova súplica: "Deixe-me pensar em algo que eu possa fazer por ela, querido Pai, alguma pequena coisa que eu possa fazer por ela".

A velha Lady dormira no mesmo quarto a vida inteira, aquele que tinha vista para o norte, para os pinheiros, e o adorava; mas no dia seguinte ela se mudou para o quarto de hóspedes sem se arrepender. Ele seria o quarto dela depois disso; ela deveria estar onde pudesse ver a luz de Sylvia, colocou a cama onde poderia deitar e olhar para aquela estrela terrestre que de repente brilhou através das sombras crepusculares de seu coração. Ela se sentiu muito feliz, não se sentira feliz por muitos anos; mas agora um interesse estranho, novo e surreal, distante das duras realidades de sua existência, mas não menos reconfortante e sedutor, havia entrado em sua vida. Além disso, ela pensara em algo que poderia fazer por Sylvia, "uma coisinha" que poderia lhe dar prazer.

O pessoal de Spencervale costumava dizer com pesar que não havia flores de maio em Spencervale; os jovens de Spencervale, quando queriam flores de maio, achavam que tinham de ir até os desertos em Avonlea, a dez quilômetros de distância, para consegui-las. A velha Lady Lloyd sabia de algo melhor. Em suas muitas caminhadas longas e solitárias, ela havia descoberto uma pequena clareira lá atrás, no bosque – uma colina arenosa e inclinada para o Sul, em uma extensão de floresta pertencente a um homem que morava na cidade –, que na primavera era afortunada pelo rosa e branco do medronheiro.

A essa clareira ela se dirigiu naquela tarde, caminhando por caminhos de floresta e sob arcos de abetos escuros como uma mulher com um propósito feliz. De repente, a primavera era querida e bonita para ela mais uma vez, pois o amor havia entrado novamente em seu coração, e sua alma faminta estava se banqueteando com seu alimento divino.

A velha Lady Lloyd encontrou uma abundância de flores de maio na colina arenosa. Ela encheu sua cesta com elas, regozijando-se com o encanto que era poder dar prazer a Sylvia. Quando chegou em casa, escreveu em um pedaço de papel: "Para Sylvia". Não era provável que alguém em Spencervale conhecesse sua letra, mas, para ter certeza, ela a disfarçou, escrevendo em letras grandes e redondas, como as de uma criança. Ela levou as flores de maio até a cavidade e as empilhou em uma reentrância entre as grandes raízes da antiga faia, com a pequena nota enfiada no topo do talo.

Então ela se escondeu deliberadamente atrás da moita de abetos. Ela havia vestido sua seda verde-escura de propósito, para se esconder. Não teve de esperar muito. Logo Sylvia Gray desceu a colina com Mattie Spencer. Quando alcançou a ponte, viu as flores de maio e soltou uma exclamação de prazer. Então ela viu seu nome, e sua expressão mudou para surpresa. A velha Lady, espiando por entre os galhos, poderia ter rido de muito prazer pelo sucesso de sua pequena trama.

– Para mim! – disse Sylvia, levantando as flores. – Elas podem realmente ser para mim, Mattie? Quem poderia tê-las deixado aqui?

Mattie riu.

– Acredito que foi Chris Stewart – disse ela. – Eu sei que ele esteve em Avonlea na noite passada. E mamãe diz que ele notou você, ela sabe pelo jeito que ele olhou para você quando estava cantando na noite anterior. Seria típico dele fazer algo estranho como isso, ele é um sujeito muito tímido com as garotas.

Sylvia franziu um pouco a sobrancelha. Ela não gostava das expressões de Mattie, mas gostava de flores de maio, e não gostava de Chris

CRÔNICAS DE AVONLEA

Stewart, que lhe parecera apenas um simpático e modesto garoto do campo. Ela levantou as flores e enterrou o rosto nelas.

– De qualquer forma, sou muito grata ao doador, seja ele ou ela quem for – disse ela alegremente. – Não há nada que eu ame como flores de maio. Ah, como são graciosas!

Quando elas passaram, a velha Lady emergiu de seu esconderijo, corada com triunfo. Não a irritava que Sylvia pensasse que Chris Stewart havia lhe dado as flores; melhor ainda, pois seria menos provável que suspeitasse do verdadeiro doador. O principal era que Sylvia deveria ter o deleite delas. Isso satisfez bastante a velha Lady, que voltou para sua casa solitária com os ventrículos de seu coração irradiando felicidade.

Logo, era um assunto de fofoca em Spencervale que Chris Stewart estava deixando flores de maio na cavidade da faia para a professora de música de dois em dois dias. O próprio Chris negou, mas não acreditaram nele. Em primeiro lugar, não havia flores de maio em Spencervale; em segundo lugar, Chris tinha que ir a Carmody a cada dois dias para transportar leite para a fábrica de manteiga, e flores de maio cresciam em Carmody, e, em terceiro lugar, os Stewarts sempre tiveram um traço romântico. Não era evidência circunstancial suficiente para alguém?

Quanto a Sylvia, ela não se importava se Chris tivesse uma admiração juvenil por ela e a expressasse com delicadeza. Ela achou muito gentil da parte dele, de fato, quando ele não a irritou com outros avanços, e ela estava bastante contente em apreciar as flores de maio.

A velha Lady Lloyd ouviu do vendedor de ovos todas as fofocas sobre isso e ouviu-o com um riso brilhando nos olhos. O vendedor de ovos foi embora e jurou que nunca a tinha visto tão animada quanto ela estava nesta primavera; ela parecia realmente interessada nos feitos dos jovens.

A velha Lady manteve seu segredo e com ele foi rejuvenescendo. Ela voltou para a colina de flores de maio enquanto elas duraram; e ela sempre se escondia nos abetos para ver Sylvia Gray passar. Todos os dias ela a amava mais e ansiava por ela mais profundamente. Toda a longa ternura reprimida de sua natureza transbordou para essa garota que estava inconsciente disso. Ela estava orgulhosa da graça e beleza de Sylvia, e da doçura da sua voz e do seu riso. Ela começou a gostar das crianças Spencers porque elas adoravam Sylvia; ela invejava a senhora Spencer porque esta podia atender às necessidades de Sylvia. Até o vendedor de ovos parecia uma pessoa encantadora, porque ele trazia notícias de Sylvia, a popularidade social dela, seu sucesso profissional, o amor e a admiração que ela já havia conquistado.

Nunca passou pela cabeça da velha Lady revelar-se para Sylvia. Isso, em sua pobreza, não era para ser pensado por um momento. Teria sido muito agradável conhecê-la, agradável recebê-la em sua casa, agradável falar com ela, entrar em sua vida. Mas poderia não ser. O seu orgulho ainda era muito mais forte que seu amor. Era a única coisa que ela nunca havia sacrificado e nunca, assim ela acreditava, poderia sacrificar.

II. O capítulo de junho

Não houve flores de maio em junho; mas agora o jardim da velha Lady estava cheio de flores, e todas as manhãs Sylvia encontrava um buquê delas perto da faia, o marfim perfumado do narciso branco, as tulipas de fogo, os ramos brancos do coração sangrento, o rosa e branco de pequenas rosas espinhosas, únicas e doces. A velha Lady não tinha medo de ser descoberta, pois as flores que cresciam em seu jardim também cresciam em todos os outros jardins de Spencervale, incluindo o jardim dos Stewarts. Chris Stewart, quando foi zombado por causa da professora de música, apenas sorriu e manteve a paz. Chris sabia perfeitamente quem era o verdadeiro doador daquelas flores. Ele tinha decidido descobrir quando as fofocas das flores de maio começaram. Mas, como era evidente que a velha Lady Lloyd não queria que isso fosse descoberto, Chris não contou a ninguém. Chris sempre gostara da velha Lady Lloyd desde o dia, dez anos antes, em que ela o encontrou chorando no bosque com um pé cortado e o levou para a casa dela, lavou e atou a ferida e lhe deu dez centavos para que comprasse doces na loja. Ela ficou sem jantar naquela noite por causa disso, mas Chris nunca soube.

A velha Lady achou este um mês de junho mais bonito. Ela não odiava mais os novos dias; pelo contrário, eles eram bem-vindos.

– Todo dia é um dia incomum agora – disse ela com alegria para si mesma, pois quase todos os dias não lhe traziam um vislumbre de Sylvia? Mesmo em dias de chuva, ela galantemente enfrentou o reumatismo para se esconder atrás de sua moita de abetos gotejantes e ver Sylvia passar. Os únicos dias em que ela não a via eram os domingos; e nenhum domingo pareceu tão longo para a velha Lady Lloyd quanto os de junho.

Um dia, o vendedor de ovos trouxe novidades para ela.

– A professora de música cantará um solo para uma peça amanhã – disse ele.

Os olhos negros da velha Lady brilharam com interesse.

– Eu não sabia que a senhorita Gray era membro do coral – disse ela.

– Entrou dois domingos atrás. Eu digo a você, nossa música é algo que vale a pena ouvir agora. A igreja estará lotada amanhã, eu creio, o nome dela se espalhou por todo o campo por causa de seu canto. Você deveria vir e ouvir, senhorita Lloyd.

O vendedor disse isso de bravata, apenas para mostrar que ele não tinha medo da velha Lady, apesar de todos os ares grandiosos dela. Ela não respondeu, e ele pensou que a havia ofendido. Ele foi embora desejando não ter dito isso. Se ele apenas soubesse, ela esquecera a existência de todos e quaisquer vendedores de ovos. Ele havia apagado a si mesmo e sua insignificância da consciência dela por causa de sua última frase. Todos os pensamentos, sentimentos e desejos dela estavam submersos em um turbilhão de desejo de ouvir Sylvia cantar aquele solo. Então, ela entrou em casa tumultuada e tentou dominar aquele desejo. Ela não pôde fazê-lo, mesmo convocando todo o seu orgulho em seu auxílio. O orgulho disse:

– Você terá que ir à igreja para ouvi-la. Você não tem roupas adequadas para ir à igreja. Pense na cena que causará diante de todos.

Mas, pela primeira vez, uma voz mais insistente do que o orgulho falou em sua alma, e, pela primeira vez, a velha Lady a ouviu. Era verdade que ela nunca tinha ido à igreja desde o dia em que teve que começar a usar os vestidos de seda da sua mãe. Ela pensou que isso era muito mau e tentava expiar-se mantendo o domingo muito estritamente, sempre tendo uma pequena cerimônia própria, de manhã e à noite. Cantava três hinos com sua voz rachada, orava em voz alta e lia um sermão. Mas ela não podia ir à igreja com suas roupas fora de moda, logo ela, que anteriormente havia ditado a moda em Spencervale, e, quanto mais tempo ela ficava longe, mais impossível parecia que ela voltasse. Agora o impossível se tornara não apenas possível, mas insistente. Ela deveria ir à igreja e ouvir Sylvia cantar, por mais ridícula que parecesse, por mais que as pessoas falassem e rissem dela.

A congregação de Spencervale teve uma ligeira sensação na tarde seguinte. Pouco antes da abertura do culto, a velha Lady Lloyd subiu pelo corredor e sentou-se no banco dos Lloyds, há muito desocupado, em frente ao púlpito.

A própria alma da velha Lady se contorcia dentro dela. Lembrou--se do reflexo que vira no espelho antes de partir, a velha seda preta na moda de trinta anos atrás e o estranho e pequeno chapéu de cetim preto. Ela pensou quão absurda ela devia parecer aos olhos do mundo.

CRÔNICAS DE AVONLEA

De fato, ela não parecia nem um pouco absurda. Algumas mulheres podiam parecer; mas a imponente distinção da carruagem e postura da velha Lady eram tão sutilmente dominantes que acabaram completamente com a consideração quanto à vestimenta.

A velha Lady não sabia disso. Mas ela sabia que a senhora Kimball, a esposa do lojista, logo se ajeitara no banco seguinte vestida na última moda de tecido e modelo; ela e a senhora Kimball tinham a mesma idade e houve um tempo em que esta última se contentava em imitar as roupas de Margaret Lloyd a uma distância humilde. Mas o lojista havia pedido a mão dela, e as coisas haviam mudado; e lá estava a pobre Lady Lloyd, sentindo a mudança amargamente e quase desejando não ter ido à igreja.

Então, de repente, o Anjo do Amor tocou seus pensamentos tolos, nascidos da vaidade e do orgulho mórbido, e eles desapareceram como se nunca tivessem existido. Sylvia Gray entrou no coral e estava sentada exatamente onde a luz do sol da tarde caía sobre seus lindos cabelos como uma auréola. A velha Lady olhou para ela em um êxtase de saudade satisfeita e, a partir de então, a cerimônia foi abençoada por ela, como qualquer coisa que é abençoada que vem por meio do amor altruísta, humano ou divino. Não, eles não são a mesma coisa, diferindo apenas em grau, não em espécie?

A velha Lady nunca tinha dado uma olhada tão boa e satisfatória em Sylvia antes. Todos os seus vislumbres anteriores haviam sido roubados e fugazes. Agora ela se sentou e a contemplou, com seu coração faminto contente, demorando-se deliciosamente em cada pequeno encanto e beleza, a maneira como os cabelos brilhantes de Sylvia se ondulavam atrás de sua testa, o suave truque que ela tinha de soltar rapidamente suas pálpebras de cílios longos quando encontrava um olhar muito ousado ou curioso, e as mãos esbeltas e lindamente modeladas, como as mãos de Leslie Gray, que seguravam seu livro de hinos. Ela estava vestida muito modestamente em uma saia preta e uma camisa branca; mas nenhuma das outras garotas do coral, com todas as suas plumas finas, conseguia se comparar a ela, como disse o vendedor de ovos à sua esposa, voltando da igreja para casa.

A velha Lady ouviu os hinos de abertura com grande prazer. A voz de Sylvia emocionou e dominou todos eles. Mas, quando os ajudantes se levantaram para pegar as oferendas, um sentimento de excitação contida fluiu sobre a congregação. Sylvia levantou-se e avançou para o lado de Janet Moore no órgão. No momento seguinte, sua bela voz soou pelo edifício como a própria alma da melodia: verdadeira, clara, poderosa, doce. Ninguém em Spencervale jamais ouvira uma voz como essa, exceto a própria velha Lady Lloyd, que, em sua juventude, ouvira um canto bom o suficiente para permitir que ela se julgasse tolerável. Ela percebeu instantaneamente que aquela garota do seu coração tinha um grande dom, um dom que algum dia lhe traria fama e fortuna se pudesse ser devidamente treinado e desenvolvido.

"Ah, estou tão feliz por ter vindo à igreja", pensou a velha Lady Lloyd.

Quando o solo terminou, a consciência da velha Lady obrigou-a a desviar os olhos e pensamentos de Sylvia e fixá-los no pastor, que se gabara, durante toda a parte inicial do culto, de que a velha Lady Lloyd tinha vindo à igreja por causa dele. Ele se estabelecera recentemente e era responsável pela congregação de Spencervale há apenas alguns meses; ele era um sujeito inteligente e realmente achava que era a fama de sua pregação que levara a velha Lady Lloyd à igreja.

Quando o culto terminou, todos os vizinhos da velha Lady vieram falar com ela, com um sorriso gentil e um aperto de mão. Eles pensaram que deveriam encorajá-la, agora que ela havia começado na direção certa; a velha Lady gostou da cordialidade, e não obstante

CRÔNICAS DE AVONLEA

porque nela detectava o mesmo respeito e deferência inconscientes que costumava receber nos velhos tempos, os quais sua personalidade impunha a todos que se aproximavam dela. Ela ficou surpresa ao descobrir que ainda podia comandar isso, a despeito do chapéu fora de moda e dos trajes antigos.

Janet Moore e Sylvia Gray voltaram da igreja juntas.

– Você viu a velha Lady Lloyd hoje? – perguntou Janet. – Fiquei surpresa quando ela entrou. Ela nunca esteve na igreja, pelo que me recordo. Que figura pitoresca e antiga ela é! Ela é muito rica, você sabe, mas ela veste as roupas velhas da mãe e nunca compra nada novo. Algumas pessoas pensam que ela é má; mas – concluiu Janet, caridosa – acredito que seja simplesmente excêntrica.

– Eu senti que era a senhorita Lloyd assim que a vi, embora nunca a tivesse visto antes – disse Sylvia de maneira sonhadora.

– Eu queria vê-la por um certo motivo. Ela tem um rosto muito marcante. Eu gostaria de encontrá-la, conhecê-la.

– Eu não acho que seja provável que você a conheça – disse Janet descuidadamente. – Ela não gosta de jovens e nunca vai a lugar algum. Eu não acho que gostaria de conhecê-la. Eu teria medo dela; ela tem modos imponentes e olhos estranhos e penetrantes.

– Eu... Não deveria ter medo dela – disse Sylvia para si mesma, ao entrar na trilha dos Spencers. – Mas não espero que algum dia eu me torne conhecida dela. Se ela soubesse quem eu sou, suponho que ela não gostaria de mim. Suponho que ela sequer suspeite que eu sou a filha de Leslie Gray.

O pastor, achando bom agir enquanto a novidade estava quente, foi visitar a velha Lady Lloyd na tarde seguinte. Ele ficou com medo e tremendo, pois ouvira coisas sobre ela; mas ela se mostrou tão agradável à sua maneira bem-criada que ele ficou encantado e disse à esposa, quando voltou para casa, que o pessoal de Spencervale não entendia a senhorita Lloyd. Isso era perfeitamente verdade; mas não é certo que o pastor também a tenha entendido.

Ele cometeu apenas um erro de tato, mas, como a velha Lady não o repeliu por isso, ele nunca soube que o havia cometido. Quando ele estava partindo, disse:

– Espero que a vejamos na igreja no próximo domingo, senhorita Lloyd.

– De fato, você verá – disse a velha Lady enfaticamente.

III. O capítulo de julho

No primeiro dia de julho, Sylvia encontrou um pequeno barco de casca de bétula cheio de morangos na cavidade da faia. Eles foram os primeiros da temporada; a velha Lady os havia encontrado em um de seus redutos secretos. Eles teriam sido um acréscimo delicioso ao seu escasso menu; mas ela nunca pensou em comê-los. Ela sentia muito mais prazer com a ideia de Sylvia apreciando-os em seu chá. Depois disso, os morangos se alternaram com as flores enquanto duraram e depois vieram mirtilos e framboesas. Os mirtilos cresciam muito longe, e a velha Lady andava muito atrás deles. Às vezes seus ossos doíam à noite por causa disso; mas o que importava ? A dor óssea é mais fácil de suportar do que a dor da alma; e a alma da velha Lady havia parado de doer pela primeira vez em muitos anos. Ela estava sendo nutrida com maná celestial.

Uma noite, Crooked Jack apareceu para consertar algo que havia dado errado no poço da velha Lady. Ela perambulou afavelmente até ele, pois sabia que ele trabalhava na casa dos Spencers o dia inteiro e que poderia haver um pouco de informações sobre Sylvia.

– Acho que a professora de música está se sentindo muito triste nesta noite – observou Crooked Jack, depois de esticar a paciência da velha

CRÔNICAS DE AVONLEA

Lady à beira da resistência humana ao contar detalhadamente sobre a nova bomba de William Spencer, a nova máquina de lavar roupa da senhora Spencer e Amelia Spencer e seu novo jovem.

– Por quê? – perguntou a velha Lady, empalidecendo. – Aconteceu alguma coisa com Sylvia?

– Bem, ela foi convidada para uma grande festa no irmão da senhora Moore, na cidade, e ela não tem um vestido para usar – disse Crooked Jack. – Eles são muito fabulosos e todo mundo vai dar um jeito, apesar de tudo. A senhora Spencer estava me falando sobre isso. Ela diz que a senhorita Gray não pode comprar um vestido novo porque está ajudando a pagar as contas do médico da tia dela. Ela diz que tem certeza de que a senhorita Gray se sente muito desapontada com isso, embora ela não revele. Mas a senhora Spencer diz que sabe que ela estava chorando depois que foi para a cama na noite passada.

A velha Lady virou-se e entrou em casa abruptamente. Isso era horrível. Sylvia deve ir a essa festa, ela *deve*. Mas como conseguir isso? Pela cabeça da velha Lady passaram pensamentos extravagantes sobre os vestidos de seda de sua mãe. Mas nenhum deles seria adequado, mesmo que houvesse tempo para reformar um. Nunca a velha Lady lamentou tão amargamente sua riqueza desaparecida.

– Eu tenho apenas dois dólares em casa – disse ela –, e eu tenho que viver com isso até o próximo dia em que o vendedor de ovos vier. Há alguma coisa que eu possa vender, *qualquer coisa*? Sim, sim, o jarro de uva!

Até aquele momento, ela pensaria em tentar vender sua cabeça no lugar do jarro de uva. O jarro de uva tinha duzentos anos e fazia parte da família Lloyd desde que era um simples jarro. Era um grande jarro redondo, adornado com uvas douradas e com um verso de poesia impresso de um lado, que fora dado como presente de casamento para a bisavó da velha Lady. Desde que ela se lembrava, ele estava na prateleira superior do guarda-louças, na parede da sala de estar, precioso demais para ser usado.

Dois anos antes, uma mulher que colecionava porcelana chinesa antiga havia explorado Spencervale e, avisada sobre o jarro de uva, invadiu atrevidamente a velha casa dos Lloyds e se ofereceu para comprá-lo. Ela nunca, até o dia da sua morte, esqueceu a recepção que a velha Lady lhe deu; mas, sendo sábia em seus dias e gerações, deixou seu cartão, dizendo que, se a senhorita Lloyd mudasse de ideia sobre a venda do jarro, descobriria que ela, a referida colecionadora, não mudara sua ideia de comprá-lo. As pessoas que têm como passatempo colecionar relíquias de porcelana de famílias devem resignadamente negligenciar as repulsas, e essa pessoa em particular nunca tinha visto nada que ela cobiçasse tanto quanto aquele jarro de uva.

A velha Lady rasgou o cartão em pedaços; mas ela lembrava o nome e o endereço. Ela foi até o guarda-louças e pegou o jarro amado.

– Eu nunca pensei em me separar dele – disse melancolicamente –, mas Sylvia deve ter um vestido, e não há outro jeito. E, afinal, quando eu partir, quem existiria para tê-lo? Os estranhos o teriam então, poderia muito bem ir até eles agora. Vou ter que ir à cidade amanhã de manhã, pois não há tempo a perder se a festa é sexta à noite. Não vou à cidade há dez anos. Temo ao pensar em ir, mais do que em me separar do jarro. Mas pelo amor de Sylvia!

Na manhã seguinte, em toda Spencervale o assunto era que a velha Lady Lloyd fora à cidade carregando uma caixa cuidadosamente guardada. Todo mundo se perguntava por que ela fora; a maioria das pessoas supôs que ela ficara assustada demais para guardar seu dinheiro em uma caixa preta embaixo da cama, quando houvera dois assaltos em Carmody, e o levara ao banco.

A velha Lady procurou o endereço da colecionadora de porcelana, tremendo de medo de que ela estivesse morta ou tivesse partido. Mas a colecionadora estava lá, muito viva, e tão entusiasmadamente ansiosa por possuir o jarro de uva, já que sempre o desejou. A velha Lady, pálida

CRÔNICAS DE AVONLEA

com a dor de seu orgulho pisoteado, vendeu o jarro de uva e foi embora, acreditando que sua bisavó deveria ter virado em seu túmulo no momento da transação. Ela se sentia traidora de suas tradições.

Mas ela foi destemidamente a uma grande loja e, guiada por aquela providência especial que cuida de velhas almas de mente simples em suas perigosas excursões ao mundo, encontrou um balconista simpático que sabia exatamente o que ela queria e o pegou para ela. A velha Lady escolheu um vestido de musselina muito delicado, com luvas e sapatos de dança; e ordenou que ele fosse enviado imediatamente, com expresso pré-pago, para a senhorita Sylvia Gray, aos cuidados de William Spencer, Spencervale.

Então ela pagou o valor, todo o preço do jarro, mais um dólar e meio pela tarifa da ferrovia, com um ar grandioso e indiferente, e partiu. Enquanto marchava ereta pelo corredor da loja, encontrou um homem elegante, corpulento e próspero entrando. Quando seus olhos se encontraram, o homem sobressaltou-se, e seu rosto suave ficou vermelho; ele ergueu o chapéu e curvou-se confuso. Mas a velha Lady olhou através dele como se ele não estivesse lá e passou adiante sem sinal de reconhecimento da parte dela. Ele deu um passo atrás dela, depois parou e se virou, com um sorriso bastante desagradável e um encolher de ombros.

Ninguém teria adivinhado, conforme a velha Lady se arrastava, como seu coração fervia de repulsa e desprezo. Ela não teria tido a coragem de vir à cidade, nem por Sylvia, se tivesse pensado que encontraria Andrew Cameron. A mera visão dele abriu novamente uma fonte selada de amargura em sua alma; mas o pensamento de Sylvia de alguma forma estancou a torrente, e logo a velha Lady estava sorrindo triunfantemente, pensando com razão que se saíra melhor naquele encontro indesejável. Ela, de qualquer forma, não vacilou ou enrubesceu nem perdeu sua presença de espírito.

"Não é de admirar que ele tenha corado", pensou vingativamente. Agradou-lhe que Andrew Cameron perdesse, diante dela, a fachada de irredutível que ele apresentava ao mundo. Ele era seu primo e a única criatura viva por quem a velha Lady Lloyd sentia aversão, e ela o odiava e o desprezava com toda a intensidade de sua natureza intensa. Ela e seus parentes haviam sofrido um grave erro nas mãos dele, e ela estava convencida de que preferia morrer a tomar conhecimento de sua existência.

Logo ela resolutamente afastou Andrew Cameron de sua cabeça. Foi profanação pensar nele e em Sylvia ao mesmo tempo. Quando ela deitou sua cabeça cansada no travesseiro naquela noite, estava tão feliz que até o pensamento da prateleira vazia na sala abaixo, onde o jarro de uva sempre esteve, deu-lhe apenas uma pontada momentânea.

"É bom se sacrificar por alguém que amamos, é bom ter alguém por quem se sacrificar", pensou.

O desejo cresce com o que se alimenta. A velha Lady pensou que estava contente; mas a noite de sexta-feira chegou e a encontrou ansiosa para ver Sylvia em seu vestido de festa. Não bastava gostar dela; nada faria a velha Lady além de vê-la.

– E eu vou vê-la – disse resolutamente, olhando pela janela a luz de Sylvia brilhar através dos abetos. Ela se envolveu em um xale escuro e andou furtivamente, deslizando pela cavidade e subindo o caminho da floresta. Era uma noite enevoada ao luar, e um vento, perfumado com o aroma dos campos de trevo, soprou pelo caminho para encontrá-la.

– Gostaria de poder pegar seu perfume, a sua alma, e derramar na vida dela – disse a velha Lady em voz alta àquele vento.

Sylvia Gray estava de pé em seu quarto, pronta para a festa. Diante dela estavam a senhora Spencer, Amelia Spencer e todas as menininhas dos Spencers, em um semicírculo de admiração. Havia outro espectador. Do lado de fora, sob o arbusto lilás, a velha Lady Lloyd estava de pé.

Ela podia ver Sylvia claramente, em seu vestido delicado, com as rosas cor-de-rosa pálidas que havia deixado na faia naquele dia para ela pôr em seus cabelos. Rosadas como eram, não eram tão rosadas quanto as bochechas dela, e seus olhos brilhavam como estrelas. Amelia Spencer levantou a mão para empurrar para trás uma rosa que saíra um pouco do lugar, e a velha Lady a invejou intensamente.

– Esse vestido não poderia ter servido melhor se tivesse sido feito para você – disse a senhora Spencer, admirada. – Ela não está adorável, Amelia? Quem poderia ter enviado?

– Ah, tenho certeza de que a senhora Moore foi a fada madrinha – disse Sylvia. – Não há mais ninguém que o faria. Foi amável da parte dela, ela sabia que eu queria tanto ir à festa com Janet. Eu gostaria que a titia pudesse me ver agora. – Sylvia deu um breve suspiro, apesar de sua alegria. – Não há mais ninguém para se importar muito.

Ah, Sylvia, você estava errada! Havia outra pessoa, alguém que se importava muito, uma velha Lady, com olhos ansiosos e devoradores, que estava em pé sob o arbusto lilás e que logo escapulia através do pomar iluminado pela lua para a floresta como uma sombra, voltando para casa com uma visão de você em sua beleza feminina para acompanhá-la através dos observadores daquela noite de verão.

IV. O capítulo de agosto

Um dia, a esposa do pastor agiu de um modo como as pessoas de Spencervale não agiriam: ela foi corajosamente até a velha Lady Lloyd e perguntou se ela não iria ao Círculo de Costura, que acontecia quinzenalmente nas tardes de sábado.

– Estamos enchendo uma caixa para enviar ao nosso missionário de Trinidad – disse a esposa do pastor – e ficaríamos muito satisfeitas se você viesse, senhorita Lloyd.

A velha Lady estava a ponto de recusar-se com muita arrogância. Não que ela fosse contra missões, ou até mesmo círculos de costura, pelo contrário, mas ela sabia que era esperado que cada membro do Círculo pagasse dez centavos por semana com o objetivo de adquirir materiais de costura; e a pobre velha Lady realmente não via como poderia pagar. Mas um pensamento repentino conteve sua recusa antes que ela atingisse seus lábios.

– Suponho que algumas das jovens vão ao Círculo? – ela disse astuciosamente.

– Ah, todas elas vão – disse a esposa do pastor. – Janet Moore e a senhorita Gray são nossas participantes mais entusiasmadas. É muito amável da parte da senhorita Gray dedicar suas tardes de sábado, as únicas que ela tem livre de alunos, ao nosso trabalho. Mas ela realmente tem a mais agradável disposição.

– Vou me juntar ao seu Círculo – disse a velha Lady prontamente. Ela estava determinada a fazê-lo se tivesse que viver de duas refeições por dia para economizar a taxa necessária.

Ela foi ao Círculo de Costura na casa de James Martin no sábado seguinte e fez a costura mais bonita para eles. Ela tinha tanto talento que nem precisou pensar sobre isso, o que foi bastante afortunado, pois todos os seus pensamentos estavam absortos em Sylvia, que estava sentada no canto oposto com Janet Moore, suas mãos graciosas ocupadas com uma camisa grossa de guingão para menino. Ninguém pensou em apresentar Sylvia à velha Lady Lloyd, e ela ficou feliz com isso. Ela costurava delicadamente e ouvia com toda a atenção a conversa feminina que acontecia no canto oposto. Uma coisa que ela descobriu: o aniversário de Sylvia era no dia vinte de agosto. Ela foi imediatamente inflamada com um desejo arrebatador de dar a Sylvia um presente de aniversário. Ficou acordada a maior parte da noite se perguntando se poderia fazê-lo, e com tristeza concluiu que estava totalmente fora de

CRÔNICAS DE AVONLEA

questão, não importasse quanto ela pudesse apertar e inventar. A velha Lady Lloyd preocupou-se absurdamente com isso, o que a assombrou como um espectro até o dia do próximo Círculo de Costura.

O encontro foi na casa da senhora Moore, e esta foi especialmente gentil com a velha Lady Lloyd e insistiu que ela pegasse a cadeira de balanço de vime na sala de visitas. A velha Lady preferia ficar na sala de estar com as jovens, mas se submeteu por cortesia e recebeu sua recompensa. Sua cadeira estava bem atrás da porta da sala de visitas, e logo Janet Moore e Sylvia Gray vieram e se sentaram nas escadas, no corredor do lado de fora, onde uma brisa fresca soprava através dos bordos diante da porta da frente.

Elas estavam falando de seus poetas favoritos. Janet, ao que parecia, adorava Byron e Scott. Sylvia se inclinava para Tennyson e Browning.

– Você sabe – disse Sylvia suavemente – que meu pai era poeta? Ele publicou um pequeno volume de versos uma vez; Janet, eu nunca vi uma cópia e, ah, como eu adoraria vê-la! Foi publicado quando ele estava na faculdade, apenas uma pequena edição particular para dar a seus amigos. Ele nunca publicou mais, pobre papai! Eu acho que a vida o decepcionou. Mas tenho tanta vontade de ver aquele pequeno livro de versos dele. Eu não tenho um fragmento de seus escritos. Se eu tivesse, seria como possuir algo dele, de seu coração, sua alma, sua vida interior. Ele seria algo mais que um mero nome para mim.

– Ele não tinha uma cópia, sua mãe não tinha? – perguntou Janet.

– Mamãe não tinha. Ela morreu quando eu nasci, você sabe, mas titia diz que não havia cópia dos poemas do meu pai entre os livros da minha mãe. Mamãe não gostava de poesia, diz titia, titia também não. Papai foi para a Europa depois que mamãe morreu, e ele morreu no ano seguinte. Nada do que ele tinha com ele jamais foi enviado para casa, para nós. Ele havia vendido a maioria de seus livros antes de partir, mas deu alguns de seus livros favoritos à titia para guardar para mim. O livro

45

dele não estava entre eles. Acho que nunca encontrarei uma cópia, mas ficaria muito feliz se eu pudesse.

Quando a velha Lady chegou em casa, ela tirou da gaveta da cômoda uma caixa de sândalo. Continha um volume pequeno, fino e frouxo, embrulhado em papel de tecido, o seu bem mais precioso. Na folha de rosto estava escrito: "Para Margaret, com o amor do autor".

A velha Lady virou as folhas amarelas com dedos trêmulos e, com os olhos cheios de lágrimas, leu os versos, embora ela já os conhecesse de cor há anos. Ela pretendia dar o livro à Sylvia de presente de aniversário, um dos presentes mais preciosos já dados, se o valor dos presentes for avaliado pela medida do autossacrifício envolvido. Nesse pequeno livro estava o amor imortal, risos antigos, lágrimas antigas, a beleza antiga que florescera como uma rosa anos atrás, mantendo ainda sua doçura como velhas pétalas de rosa. Ela removeu a reveladora folha de rosto; e tarde da noite, antes do aniversário de Sylvia, rastejou, escondida pela escuridão, por caminhos secundários e através de campos, como se estivesse curvada em alguma expedição nefasta, até a pequena loja de Spencervale onde ficava o correio. Deslizou o pacote fino pela fenda da porta e depois esquivou-se para casa, sentindo uma estranha sensação de perda e solidão. Era como se ela tivesse se desfeito do último elo entre ela e sua juventude. Mas ela não se arrependeu. Isso daria a Sylvia prazer, e essa tinha sido a paixão assoladora do coração da velha Lady.

Na noite seguinte, a luz no quarto de Sylvia ficou acesa até muito tarde, e a velha Lady a observou triunfantemente, sabendo o significado disso. Sylvia estava lendo os poemas de seu pai, e a velha Lady na escuridão também os lia, murmurando as linhas várias vezes para si. Afinal, dar o livro não importava tanto. Ela ainda tinha a alma dele, e a folha de rosto com o nome, na letra de Leslie, pelo qual ninguém a chamava agora.

A velha Lady estava sentada no sofá dos Marshalls na tarde do Círculo de Costura seguinte quando Sylvia Gray veio e sentou-se ao lado dela. As mãos da velha Lady tremeram um pouco, e um lado de um lenço, que depois foi dado como presente de Natal a um pequeno trabalhador informal de pele bronzeada em Trinidad, não estava tão requintadamente feito quanto os outros três lados.

Sylvia falou primeiro do Círculo, das dálias da senhora Marshall, e a velha Lady se sentia no céu, embora tenha tomado o cuidado de não demonstrar, e foi ainda um pouco mais imponente e refinada do que o habitual. Quando ela perguntou para Sylvia se ela gostava de morar em Spencervale, Sylvia disse:

– Bastante. Todo mundo é tão gentil comigo. Além do mais – Sylvia baixou a voz para que ninguém além da velha Lady pudesse ouvi-la –, tenho aqui uma fada madrinha que faz as coisas mais belas e maravilhosas para mim.

Sylvia, sendo uma garota de bons instintos, não olhou para a velha Lady Lloyd enquanto dizia isso. Mas ela não teria visto nada se tivesse olhado. A velha Lady não era uma Lloyd sem razão.

– Que interessante – disse ela, indiferente.

– Não é? Sou muito grata a ela e desejei tanto que ela soubesse quanto prazer me deu. Encontrei lindas flores e deliciosas frutas no meu caminho durante todo o verão; tenho certeza de que ela me enviou meu vestido de festa. Mas o presente mais querido veio na semana passada, no meu aniversário: um pequeno volume dos poemas de meu pai. Não posso expressar o que senti ao recebê-los. Mas eu queria conhecer minha fada madrinha e agradecê-la.

– Um mistério fascinante, não é? Você realmente não tem ideia de quem ela seja?

A velha Lady fez esta pergunta perigosa com notável êxito. Ela não teria sido tão bem-sucedida se não tivesse tanta certeza de que Sylvia não tinha ideia do antigo romance entre ela e Leslie Gray. Assim como era, ela tinha uma confortável convicção de que ela mesma era a última pessoa de que Sylvia provavelmente suspeitaria.

Sylvia hesitou por um momento quase imperceptível. Então ela disse:

– Não tentei descobrir, porque acho que ela não quer que eu saiba. No começo, é claro, em matéria de flores e roupas, tentei resolver o mistério; mas, desde que recebi o livro, convenci-me de que era minha fada madrinha quem estava fazendo tudo e respeitei seu desejo de manter-se anônima e sempre o respeitarei. Talvez algum dia ela se revele para mim. Eu espero, pelo menos.

– Eu não esperaria isso – disse a velha Lady, de forma desencorajadora. – As fadas madrinhas, pelo menos em todos os contos de fadas que já li, de certa forma, podem ser pessoas estranhas, horríveis, muito mais agradáveis quando envolvidas em mistério do que quando se encontram cara a cara.

– Estou convencida de que a minha é exatamente o oposto e que, quanto mais eu me familiarizasse com ela, uma personagem mais encantadora eu encontraria – disse Sylvia alegremente.

A senhora Marshall chegou nesse momento e suplicou à senhorita Gray que cantasse para elas. A senhorita Gray consentiu docemente, e a velha Lady foi deixada sozinha, ficando bastante feliz com isso. Ela adorou a conversa com Sylvia muito mais depois que chegou em casa, ao relembrá-la, do que enquanto estava ocorrendo. Quando uma dama idosa tem peso na consciência, é provável que ela fique nervosa e distraia seus pensamentos do prazer imediato. Ela se perguntou um pouco apreensivamente se Sylvia realmente suspeitava dela. Então ela concluiu que estava fora de questão. Quem suspeitaria que uma dama idosa, má e insociável, que não tinha amigos e que dava apenas cinco centavos ao Círculo de Costura quando todo mundo dava dez ou quinze, seria uma fada madrinha, a doadora de belos vestidos de festa e a recebedora de presentes de jovens poetas românticos e aspirantes?

V. O capítulo de setembro

Em setembro, a velha Lady recordou-se do verão e reconheceu que fora estranhamente feliz, com os dias de domingo e do Círculo de Costura se destacando como sinais de pontuação dourados em um poema da vida. Ela se sentia uma mulher completamente diferente; e outras pessoas a achavam diferente também. As mulheres do Círculo de Costura a acharam tão agradável e até amigável que começaram a pensar que a haviam julgado mal e que talvez fosse excentricidade, afinal, e não maldade o que justificava seu modo de vida peculiar. Sylvia Gray sempre vinha e falava com ela nas tardes do Círculo agora, e a velha Lady apreciava em seu coração cada palavra que ela dizia e as repetia muitas vezes para si mesma sob a vigilância da noite.

Sylvia nunca falou de si ou de seus planos, a menos que perguntada sobre eles; e a autoconsciência da velha Lady a impedia de fazer perguntas pessoais: então a conversa delas permanecia à superfície das coisas, e não foi por meio de Sylvia, mas da esposa do pastor, que a velha Lady finalmente descobriu qual era a ambição mais preciosa de sua querida.

A esposa do pastor apareceu na antiga casa dos Lloyds uma noite no final de setembro, quando um vento frio soprava do nordeste e gemia nos beirais da casa, como se seu fardo fosse afirmar que "a colheita terminou e o verão se foi". A velha Lady estava ouvindo, enquanto trançava uma pequena cesta de capim-doce para Sylvia. Ela andara todo o trajeto até as colinas de areia de Avonlea no dia anterior e estava muito cansada. E seu coração estava triste. O verão, que tanto enriqueceu sua vida, estava quase no fim; e ela sabia que Sylvia Gray falava em deixar Spencervale no final de outubro. O coração da velha Lady parecia que estava muito à frente do pensamento, e quase não percebeu a chegada da esposa do pastor, embora estivesse desesperada que ela tivesse vindo para pedir uma doação para o novo tapete da sacristia, já que simplesmente não tinha condições de dar um centavo.

Mas a esposa do pastor apareceu ao voltar da casa dos Spencers e não fez nenhum pedido embaraçoso. Em vez disso, ela falou sobre Sylvia Gray, e suas palavras caíram nos ouvidos da velha Lady como notas de pérola separadas de uma música indescritivelmente doce. A esposa do pastor não tinha nada além de elogios sobre Sylvia: ela era tão doce e bonita e vencedora.

– E com *aquela* voz – disse a esposa do pastor com entusiasmo, acrescentando com um suspiro: – É uma pena que ela não possa treiná-la adequadamente. Ela certamente se tornaria uma ótima cantora; críticos competentes disseram isso a ela. Mas ela é tão pobre que acha que nunca poderá arranjar-se com isso, a menos que consiga uma das bolsas de Cameron, como são chamadas; e ela tem pouquíssima esperança disso, embora o professor de música que a ensinou tenha indicado seu nome.

– O que são as bolsas de estudos de Cameron? – perguntou a velha Lady.

– Bem, suponho que você já tenha ouvido falar de Andrew Cameron, o milionário? – disse a esposa do pastor, serenamente inconsciente de que ela estava fazendo com que todos os ossos do esqueleto da família da velha Lady sacudissem em seus armários.

No rosto branco da velha Lady surgiu um súbito e ligeiro rubor, como se uma mão áspera tivesse atingido sua bochecha.

– Sim, eu ouvi falar dele – disse ela.

– Bem, parece que ele teve uma filha, uma menina muito bonita, e a quem ele idolatrava. Ela tinha uma voz excelente e ele a mandaria para o exterior para treiná-la. Mas ela morreu. Isso quase partiu seu coração, eu entendo. Mas, desde então, ele envia uma jovem para a Europa todos os anos para uma educação musical completa com os melhores

CRÔNICAS DE AVONLEA

professores, em memória de sua filha. Ele já enviou nove ou dez; mas temo que Sylvia Gray não tenha muita chance, e ela mesma não acredita que tenha.

– Por que não? – perguntou a velha Lady, espirituosamente. – Tenho certeza de que há poucas vozes iguais às da senhorita Gray.

– É bem verdade. Mas, veja bem, essas chamadas bolsas de estudo são assuntos particulares, dependentes apenas do capricho e da escolha do próprio Andrew Cameron. Obviamente, quando uma garota tem amigos que usam sua influência com ele, ele geralmente a envia por recomendação. Dizem que ele enviou uma garota no ano passado que não tinha muita voz só porque o pai dela era um velho camarada de negócio dele. Mas Sylvia não conhece ninguém que tenha alguma influência com Andrew Cameron, e ela mesma não o conhece. Bem, eu devo ir; vemo-nos no Manse no sábado, espero, senhorita Lloyd. O Círculo se encontrará lá, você sabe.

– Sim, eu sei – disse a velha Lady distraidamente. Quando a esposa do pastor partiu, ela deixou cair sua cesta de capim-doce e sentou-se por muito, muito tempo, com as mãos repousadas ociosamente em seu colo, e seus grandes olhos negros encarando sem ver a parede à sua frente.

A velha Lady Lloyd, tão miseravelmente pobre, que tinha que comer seis bolachas a menos por semana para pagar sua taxa ao Círculo de Costura, sabia que estava em seu poder, o *dela*, enviar a filha de Leslie Gray para a Europa para sua educação musical! Se ela optasse por usar sua "influência" com Andrew Cameron, se ela fosse até ele e pedisse que ele enviasse Sylvia Gray para o exterior no próximo ano, ela não tinha dúvida de que isso seria feito. Tudo estava com ela, se... se... se ela pudesse por ora aniquilar e superar seu orgulho, a ponto de se rebaixar para pedir um favor ao homem que a havia ofendido tão amargamente.

Anos atrás, seu pai, agindo sob o conselho e a insistência de Andrew Cameron, investira toda a sua pequena fortuna em uma empresa que se transformara em um fracasso. Abraham Lloyd perdeu todos os dólares que possuía, e sua família foi reduzida à extrema pobreza. Andrew Cameron podia ter sido perdoado por um erro; mas havia uma forte suspeita, uma quase certeza, de que ele havia sido culpado de algo muito pior do que um erro em relação ao investimento de seu tio. Nada poderia ser provado legalmente; mas era certo que Andrew Cameron, já conhecido por suas práticas duvidosas, emergiu com as finanças aumentadas provenientes de um emaranhado que arruinara muitos homens bons; e o velho doutor Lloyd morrera de coração partido, acreditando que seu sobrinho o havia deliberadamente vitimado.

Andrew Cameron não havia feito isso; a princípio, ele tinha boas intenções por parte de seu tio, e o que ele tinha finalmente feito, ele tentou justificar para si mesmo pela doutrina de que um homem deve colocar os próprios interesses acima de tudo.

Margaret Lloyd não deu esses pretextos a ele; ela o responsabilizou, não apenas por sua fortuna perdida, mas pela morte de seu pai, e nunca o perdoou por isso. Quando Abraham Lloyd morreu, Andrew Cameron, talvez atormentado por sua consciência, procurou-a elegante e tranquilamente para oferecer-lhe ajuda financeira. Ele cuidaria, ele disse a ela, para que ela nunca passasse necessidade.

Margaret Lloyd jogou a oferta de volta em sua cara de uma forma que não deixou nada a desejar, falando o português claro. Ela morreria, disse-lhe fervorosamente, antes de aceitar um centavo ou um favor dele. Ele preservou uma demonstração ininterrupta de boa disposição, expressou seu sincero pesar por ela guardar uma opinião tão injusta sobre ele e a deixou com uma garantia obsequiosa de que ele sempre seria seu amigo e sempre teria muito prazer em lhe prestar qualquer assistência em seu poder sempre que ela decidisse pedir.

A velha Lady viveu por vinte anos com a firme convicção de que morreria em um asilo, como de fato não parecia improvável, antes de pedir um favor a Andrew Cameron. E assim, na verdade, o seria, se fosse por ela mesma. Mas para Sylvia! Poderia ela agora se humilhar por causa de Sylvia?

A questão não foi resolvida com facilidade ou rapidez, como aconteceu no caso do jarro de uvas e do livro de poemas. Durante uma semana inteira, a velha Lady lutou contra seu orgulho e amargura. Às vezes, nas horas insones da noite, quando todos os ressentimentos e rancores humanos pareciam insignificantes e desprezíveis, ela pensava tê-lo superado. Mas, durante o dia, com a foto de seu pai olhando para ela da parede e o farfalhar em seus ouvidos de seus vestidos antiquados, desgastados por causa da trapaça de Andrew Cameron, o orgulho a dominava novamente.

Mas o seu amor por Sylvia se tornara tão forte e profundo e terno que nenhum outro sentimento poderia finalmente resistir a ele. O amor é um grande milagreiro; e nunca seu poder havia se manifestado mais fortemente do que na fria e sombria manhã de outono, quando a velha Lady caminhou até a estação ferroviária de Bright River e pegou o trem para Charlottetown, empenhada em uma incumbência que só de pensar a respeito deixava sua alma doente. O senhor da estação que lhe vendeu a passagem achou que ela parecia incomumente branca e pálida, "como se ela não tivesse dormido nada nem comido nada por uma semana", disse ele à esposa na hora do jantar.

– Acho que há algo errado nos negócios dela. Esta é a segunda vez que ela vai à cidade neste verão.

Quando a velha Lady chegou à cidade, ela comeu seu escasso e pequeno almoço e depois andou até o subúrbio onde ficavam as fábricas e os armazéns de Cameron. Foi uma longa caminhada para ela, mas ela não podia se dar ao luxo de dirigir. Ela se sentiu muito cansada quando foi levada ao escritório brilhante e luxuoso, onde Andrew Cameron estava sentado à sua mesa.

Depois do primeiro olhar sobressaltado de surpresa, ele avançou radiante, com a mão estendida.

– Ora, prima Margaret! Esta é uma surpresa agradável. Sente-se, permita-me, esta é uma cadeira muito mais confortável. Você veio nessa manhã? E como estão todos em Spencervale?

A velha Lady ficou vermelha com suas primeiras palavras. Ouvir o nome pelo qual seu pai, sua mãe e seu amado a chamavam nos lábios de Andrew Cameron parecia uma profanação. Mas, ela disse a si mesma, o tempo de melindres já era passado. Se ela pudesse pedir um favor a Andrew Cameron, poderia suportar dores menores. Pelo amor de Sylvia, ela apertou a mão dele, pelo amor de Sylvia, ela sentou-se na cadeira que ele ofereceu. Mas pelo amor de nenhum ser humano vivo essa dama idosa determinada poderia infundir qualquer cordialidade em seus modos ou em suas palavras. Ela foi direto ao assunto com a simplicidade dos Lloyds.

– Eu vim pedir um favor a você – disse ela, olhando-o nos olhos, não humilde ou docilmente, como se suplicasse, mas de maneira provocadora e desafiadora, como se ela o incentivasse a recusar.

– Encantado de ouvir isso, prima Margaret. – Nunca houve algo tão brando e gracioso quanto seu tom. – Qualquer coisa que eu puder fazer por você, terei muito prazer nisso. Receio que você tenha me considerado um inimigo, Margaret, e garanto-lhe que senti sua injustiça profundamente. Eu concordo que as circunstâncias depunham contra mim, mas...

A velha Lady levantou a mão e deteve a eloquência dele com aquele gesto.

– Eu não vim aqui para discutir esse assunto – disse ela. – Não vamos nos referir ao passado, por favor. Vim pedir um favor, não para

CRÔNICAS DE AVONLEA

mim, mas para uma jovem amiga muito querida, uma senhorita Gray, que tem uma voz extraordinariamente agradável que ela deseja ter treinada. Ela é pobre, então eu vim perguntar se você daria a ela uma de suas bolsas musicais. Entendo que o nome dela já foi sugerido a você, com uma recomendação do professor dela. Não sei o que ele disse sobre a voz dela, mas sei que ele dificilmente poderia sobrestimar isso. Se você a enviar para o exterior para treinamento, não cometerá nenhum erro.

A velha Lady parou de falar. Ela tinha certeza de que Andrew Cameron atenderia seu pedido, mas esperava que ele concedesse de maneira grosseira ou com relutância. Ela poderia aceitar o favor com muito mais facilidade se fosse atirado para ela como um osso para um cachorro. Mas nada disso. Andrew Cameron estava mais cortês do que nunca. Nada poderia lhe dar mais prazer do que atender ao pedido de sua querida prima Margaret; ele só desejava que isso envolvesse mais problemas da parte dele. A pequena protegida dela deveria ter sua educação musical com certeza, ela deveria ir para o exterior no próximo ano, e ele estava encantado...

– Obrigada – disse a velha Lady, interrompendo-o novamente. – Sou muito grata a você e peço que não deixe a senhorita Gray saber nada da minha interferência. E não tomarei mais nem um pouco de seu tempo valioso. Boa tarde.

– Ah, você não deveria ir tão cedo – disse ele, com alguma verdadeira bondade ou esnobismo impregnando a cordialidade odiosa de sua voz, pois Andrew Cameron não estava inteiramente isento das simples virtudes do homem comum. Ele tinha sido um bom marido e pai; ele já gostara muito de sua prima Margaret; e ele lamentava muito que "circunstâncias" o tivessem "obrigado" a agir como havia feito naquele antigo caso do investimento de seu pai. – Você é minha convidada nesta noite.

– Obrigada. Devo voltar para casa nesta noite – disse a velha Lady com firmeza, e havia algo em seu tom de voz que dizia a Andrew Cameron que seria inútil insistir. Mas ele insistiu em telefonar para sua carruagem para levá-la até a estação. Ela submeteu-se a isso, porque estava secretamente com medo de que suas próprias pernas não bastassem para carregá-la até lá; ela até mesmo apertou a mão dele na despedida e agradeceu-lhe pela segunda vez por atender ao seu pedido.

– Não há de quê – disse ele. – Por favor, tente pensar um pouco mais gentilmente sobre mim, prima Margaret.

Quando a velha Lady chegou à estação, ela descobriu, para sua consternação, que seu trem havia acabado de sair e que ela teria de esperar duas horas pelo trem da noite. Ela entrou na sala de espera e sentou-se. Estava muito cansada. Toda a excitação que a sustentara se foi, e ela se sentiu fraca e velha. Ela não tinha nada para comer, pois esperava chegar em casa a tempo para o chá; a sala de espera estava fria e ela estremeceu em sua mantilha de seda fina e velha. Sua cabeça doía e seu coração também. Ela conquistara o desejo de Sylvia por ela própria; mas Sylvia iria sair de sua vida, e ela não via como iria continuar vivendo depois disso. No entanto, ela ficou sentada ali, inflexivelmente, por duas horas, uma figura idosa ereta e indomável, lutando silenciosamente contra a batalha perdida com as forças da dor física e mental, enquanto pessoas felizes iam e vinham, riam e conversavam diante dela.

Às oito horas, a velha Lady desceu do trem na estação Bright River e deslizou despercebida pela escuridão da noite úmida. Ela precisava caminhar três quilômetros, e uma chuva fria estava caindo. Logo estava com a pele molhada e gelada até a medula. Ela sentiu como se estivesse caminhando em um pesadelo. Somente o instinto cego a guiou ao longo do último quilômetro, enquanto subia a estrada até sua casa. Enquanto se atrapalhava na porta, percebeu que um calor ardente substituíra repentinamente seu frio. Ela tropeçou na soleira e fechou a porta.

CRÔNICAS DE AVONLEA

VI. O capítulo de outubro

Na segunda manhã após a viagem da velha Lady Lloyd à cidade, Sylvia Gray estava andando alegremente pelo caminho do bosque. Era uma linda manhã de outono, clara, fresca e ensolarada; as samambaias congeladas, encharcadas e maltratadas pela chuva de ontem, exalavam uma deliciosa fragrância; aqui e ali no bosque, um bordo agitava uma grande folha carmesim alegre, ou um galho de bétula mostrava um dourado pálido contra os abetos escuros e imutáveis. O ar estava muito puro e revigorante. Sylvia caminhou com exultante leveza em seus passos e ânimo em sua fronte.

Na cavidade da faia, ela parou por um momento de expectativa, mas nada havia entre as velhas raízes cinzentas para ela. Ela estava se afastando quando o pequeno Teddy Kimball, que morava ao lado da mansão, desceu correndo a encosta vindo da direção da antiga casa dos Lloyds. O rosto sardento de Teddy estava muito pálido.

– Senhorita Gray! – ele ofegou. – Acho que a velha Lady Lloyd finalmente ficou louca. A esposa do pastor me pediu para ir até ela, com uma mensagem sobre o Círculo de Costura, e eu bati, e bati, e ninguém veio, então pensei em entrar e deixar a carta sobre a mesa. Mas, quando abri a porta, ouvi uma risada estranha e horrível vinda da sala de estar e, no minuto seguinte, a velha Lady veio à porta da sala de estar. Ó, senhorita Gray, ela parecia péssima. Seu rosto estava vermelho, e seus olhos, terrivelmente selvagens, e ela estava murmurando, conversando sozinha e rindo como louca. Eu estava tão assustado que apenas me virei e corri.

Sylvia, sem parar para refletir, pegou a mão de Teddy e correu encosta acima. Não lhe ocorreu ter medo, embora pensasse como Teddy que a pobre, solitária e excêntrica velha Lady havia realmente enlouquecido.

A velha Lady estava sentada no sofá da cozinha quando Sylvia entrou. Teddy, com muito medo de entrar, espreitava no degrau do lado de fora. Ela ainda usava o úmido vestido de seda preto com o qual ela havia caminhado desde a estação. Seu rosto estava vermelho, os olhos selvagens, a voz rouca. Mas ela reconheceu Sylvia e se encolheu.

– Não olhe para mim – ela gemeu. – Por favor, vá embora, eu não suporto que você saiba quão pobre eu sou. Você vai à Europa, Andrew Cameron vai enviar você, eu lhe pedi, ele não podia me recusar. Mas, por favor, vá embora.

Sylvia não foi embora. De relance, ela percebeu que aquilo era indisposição e delírio, não insanidade. Ela enviou Teddy às pressas à casa da senhora Spencer e, quando a senhora Spencer chegou, elas induziram a velha Lady a ir para a cama e chamaram o médico. À noite, todos em Spencervale sabiam que a velha Lady Lloyd estava com pneumonia.

A senhora Spencer anunciou que pretendia ficar e cuidar da velha senhora. Várias outras mulheres ofereceram assistência. Todo mundo foi gentil e atencioso. Mas a velha Lady não sabia disso. Ela nem reconhecia Sylvia Gray, que vinha e sentava ao lado dela a cada minuto que tinha disponível. Sylvia Gray agora sabia tudo o que suspeitava: a velha Lady era sua fada madrinha. Ela balbuciava incessantemente o nome de Sylvia, revelando todo o seu amor por ela, traindo todos os sacrifícios que fizera. O coração de Sylvia doía de amor e ternura, e ela orou sinceramente para que a velha Lady pudesse se recuperar.

– Eu quero que ela saiba que paguei amor com amor – ela murmurou.

Todo mundo sabia agora quão pobre a velha Lady realmente era. Ela deixou escapar todos os segredos zelosamente guardados de sua existência, exceto seu antigo amor por Leslie Gray. Mesmo em delírio, algo selou seus lábios sobre isso. Mas todo o resto foi revelado: sua angústia por causa de suas roupas antiquadas, seus improvisos e artifícios deploráveis, sua humilhação por usar vestidos antiquados e por pagar apenas

CRÔNICAS DE AVONLEA

cinco centavos no Círculo de Costura, enquanto todos os outros membros pagavam dez. As mulheres gentis que a ajudavam a ouviam com olhos cheios de lágrimas e se arrependeram de seus severos julgamentos no passado.

– Mas quem teria pensado em tal coisa? – disse a senhora Spencer para a esposa do pastor. – Nunca alguém sonhou que seu pai perdera *todo* o seu dinheiro, apesar de as pessoas suporem que ele havia perdido um pouco naquele antigo caso da mina de prata no Oeste. É chocante pensar na maneira como ela viveu todos esses anos, muitas vezes sem o suficiente para comer, e indo para a cama nos dias de inverno para economizar energia. Embora eu suponha que, se soubéssemos, não poderíamos ter feito muito por ela, ela é tão desesperadamente orgulhosa. Mas, se ela viver e nos permitir ajudá-la, as coisas serão diferentes depois disso. Crooked Jack diz que nunca se perdoará por receber pagamento pelos poucos trabalhos que fez por ela. Ele diz que, depois disso, se ela apenas deixar, ele fará de graça tudo o que ela quiser. Não é estranho como ela gosta da senhorita Gray? Pense nela fazendo todas essas coisas por ela durante todo o verão, vendendo o jarro de uva e tudo o mais. Bem, a velha Lady certamente não é má, mas ninguém cometeu um erro ao chamá-la de esquisita. Tudo parece bastante lamentável. A senhorita Gray está lidando com isso com muita dificuldade. Ela parece pensar tanto na velha Lady quanto a velha Lady pensa nela. Ela está tão perturbada que nem parece se preocupar com sua ida à Europa no próximo ano. Ela realmente vai, recebeu a notícia de Andrew Cameron. Estou muito feliz, porque nunca houve uma garota mais doce no mundo; mas ela diz que custará muito se a vida da velha Lady pagar por isso.

Andrew Cameron ouviu falar da doença da velha Lady e foi a Spencervale. Ele não tinha permissão para ver sua prima, é claro; mas ele disse a todos os interessados que nenhuma despesa ou problema deveriam ser poupados, e o médico de Spencervale foi instruído a enviar a conta a Andrew Cameron e manter silêncio a respeito. Além disso, quando Andrew Cameron voltou para casa, ele enviou uma enfermeira treinada para servir a velha Lady, uma mulher capaz e gentil que conseguiu se encarregar do caso sem ofender a senhora Spencer, a quem nenhum tributo maior poderia ser pago por seu tato!

A velha Lady não morreu; a boa saúde dos Lloyds a trouxe de volta. Um dia, quando Sylvia entrou, a velha Lady sorriu para ela, com um sorriso fraco, débil e sensível, e murmurou o nome dela, e a enfermeira disse que a crise havia passado.

A velha Lady se mostrou uma paciente bastante obediente. Ela fez exatamente o que lhe disseram e aceitou a presença da enfermeira sem questionar.

Mas um dia, quando ela estava forte o suficiente para falar um pouco, ela disse à Sylvia:

– Suponho que Andrew Cameron tenha enviado a senhorita Hayes aqui, não foi?

– Sim – disse Sylvia, timidamente.

A velha Lady notou a timidez e sorriu, com algo de seu antigo humor e espírito em seus olhos negros.

– Passou o tempo em que eu teria despachado sem cerimônia qualquer pessoa que Andrew Cameron enviasse para cá – disse ela. – Mas, Sylvia, eu atravessei o Vale da Sombra da Morte e deixei o orgulho e o ressentimento para trás para sempre, espero. Já não me sinto como me sentia em relação a Andrew. Eu posso até aceitar um favor pessoal dele agora. Por fim, posso perdoá-lo pelo erro que ele cometeu comigo e com minha família. Sylvia, descobri que, sem pretender, deixei meu segredo escapar durante minha moléstia. Todo mundo agora sabe como sou pobre, mas não me importo nem um pouco. Só lamento ter afastado meus vizinhos da minha vida por causa do meu orgulho tolo.

CRÔNICAS DE AVONLEA

Todo mundo tem sido tão gentil comigo, Sylvia. No futuro, se minha vida for poupada, terei um tipo de vida muito diferente. Estarei aberta a toda gentileza e companhia que encontrar em jovens e idosos. Vou ajudá-los em tudo o que eu puder e vou deixá-los me ajudar. Eu *posso* ajudar as pessoas, aprendi que o dinheiro não é o único poder que permite isso. Qualquer um que tenha simpatia e compreensão para doar tem um tesouro sem preço. E, Sylvia, você descobriu o que eu nunca quis que você soubesse. Mas também não me importo com isso agora.

Sylvia pegou a mão branca e magra da velha Lady e a beijou.

– Eu nunca poderei agradecer o suficiente pelo que você fez por mim, querida senhorita Lloyd – disse ela sinceramente. – E eu estou tão feliz que todo o mistério foi eliminado entre nós, e eu posso te amar tanto e tão abertamente quanto eu desejava fazer. Estou tão feliz e tão agradecida por você me amar, querida fada madrinha.

– Você sabe *por que* eu te amo tanto? – disse a velha Lady melancolicamente. – Eu deixei *isso* escapar em meu delírio também?

– Não. Mas acho que eu sei. É porque eu sou filha de Leslie Gray, não é? Eu sei que meu pai a amava. O irmão dele, tio Willis, me contou tudo sobre isso.

– Arruinei minha própria vida por causa do meu orgulho perverso – disse a velha Lady com tristeza. – Mas você vai me amar apesar de tudo, não é, Sylvia? E você vem me ver às vezes? E me escrever depois que você for embora?

– Eu virei vê-la todos os dias – disse Sylvia. – Eu vou ficar em Spencervale por um ano inteiro ainda, apenas para estar perto de você. E, no ano seguinte, quando eu for para a Europa, graças a você, fada madrinha, vou escrever todos os dias. Seremos melhores amigas e teremos o mais bonito ano de companheirismo!

A velha Lady sorriu contente. Na cozinha, a esposa do pastor, que havia trazido um prato de gelatina, estava conversando com a senhora Spencer sobre o Círculo de Costura. Pela janela aberta, onde pendiam as videiras vermelhas, vinha o ar acre e quente do sol de outubro. A luz do sol caiu sobre os cabelos castanhos de Sylvia como uma coroa de glória e juventude.

– Sinto-me perfeitamente feliz – disse a velha Lady, com um suspiro longo e arrebatador.

Cada um em sua própria língua

O sol de outono, cor de mel, caía densamente sobre os bordos vermelhos e âmbar ao redor da porta do velho Abel Blair. Havia apenas uma porta externa na casa do velho Abel, e ela quase sempre ficava escancarada. Um cachorrinho preto, com uma orelha faltando e uma das patas dianteiras manca, quase sempre dormia no bloco de arenito vermelho gasto que servia ao velho Abel de degrau da porta; e, na soleira ainda mais desgastada acima dele, uma grande gata cinza quase sempre dormia. Porta adentro, em uma cadeira de pernas tortas de dias mais antigos, o velho Abel quase sempre se sentava.

Ele estava sentado lá nessa tarde, um velhinho, tristemente retorcido de reumatismo; sua cabeça era grande de uma maneira anormal, colmada com longos e grossos cabelos negros; seu rosto era fortemente marcado e moreno queimado pelo sol; seus olhos eram profundos e pretos, com ocasionais lampejos dourados peculiares neles. Um homem de aparência estranha era o velho Abel Blair; e ele era tão estranho quanto sua aparência. Os habitantes de Lower Carmody teriam lhe dito.

O velho Abel quase sempre estava sóbrio nesses seus últimos anos. Ele estava sóbrio hoje. Gostava de se aquecer à luz do sol sazonal, assim como seu cachorro e sua gata; e, em tais situações, ele quase sempre olhava porta afora para o distante e belo céu azul sobre a copa dos bordos amontoados. Hoje, porém, ele não estava olhando para o céu; em vez disso, olhava fixamente para as vigas pretas e empoeiradas de sua cozinha, de onde pendiam carnes secas, réstias de cebola, cachos de ervas, equipamentos de pesca, armas e peles.

Mas o velho Abel não viu essas coisas; seu rosto era o de um homem que contempla visões, mistura de prazer celestial e dor infernal, pois estava vendo o que poderia ter sido e o que era, como sempre via quando Felix Moore tocava violino para ele. E a terrível alegria de sonhar que era jovem novamente, com a vida intocada diante dele, era tão grande e convincente que equilibrava a agonia de uma velhice desonrada, após anos em que havia desperdiçado a riqueza de sua alma em caminhos onde a sabedoria não levantava sua voz.

Felix Moore estava em pé diante dele, à frente de um fogão desarrumado, que o fogo do meio-dia havia transformado em cinzas pálidas e espalhadas. Sob o queixo, ele segurava o antigo e maltratado violino marrom do velho Abel; seus olhos também estavam fixos no teto, e ele também viu coisas proibidas de serem proferidas em qualquer idioma, exceto o da música; e, de toda a música, somente aquela oferecida pelo espírito angustiado e arrebatado do violino. No entanto, esse tal Felix tinha pouco mais de doze anos, e seu rosto ainda era o de uma criança que nada sabe sobre tristeza, pecado, fracasso ou remorso. Somente em seus grandes olhos cinza-escuros havia algo que não era de criança, algo que falava de uma herança de muitos corações, agora cinzas, que em tempos passados haviam sofrido e se alegrado, lutado e falhado, tido êxito e se humilhado. Os gritos inarticulados de seus anseios

CRÔNICAS DE AVONLEA

passaram para a alma dessa criança e se transformaram na expressão de sua música.

Felix era uma criança linda. Os habitantes de Carmody, que ficavam em casa, pensavam assim; e o velho Abel Blair, que vagara ao longe em muitas terras, pensava assim; e até o Reverendo Stephen Leonard, que ensinava e tentava acreditar que o favor é enganoso e a beleza é inútil, pensava assim.

Ele era um menino pequeno, com ombros inclinados, um esbelto pescoço moreno, e a cabeça sobre ele tinha a graça e elevação de um cervo. Seus cabelos, cortados em linha reta na testa e caindo sobre as orelhas, depois de algum capricho de Janet Andrews, a governanta do pastor, eram de um lustroso preto azulado; a pele do seu rosto e das mãos era como marfim; seus olhos eram grandes e lindamente acinzentados, com pupilas dilatadas; suas feições tinham os contornos de um camafeu. As mães de Carmody o consideravam delicado e há muito predisseram que o pastor nunca o educaria; mas o velho Abel puxava seu bigode grisalho quando ouviu tais presságios e sorriu.

– Felix Moore vai viver – disse ele positivamente. – Você não pode matar essa espécie até que o trabalho deles tenha terminado. Ele tem um trabalho a fazer se o pastor o deixar. E, se o pastor não o deixar fazê-lo, eu não gostaria de estar no lugar desse pastor quando ele vier a julgamento, não, eu prefiro estar no meu lugar. É horrível cruzar os propósitos do Todo-Poderoso, seja na sua própria vida, seja na de qualquer outra pessoa. Às vezes penso que é isso que significa o pecado imperdoável, sim, é o que eu penso!

Os habitantes de Carmody nunca perguntaram o que Abel queria dizer. Há muito haviam desistido de tais questionamentos vãos. Era de se admirar que um homem como Abel, que vivera a maior parte de sua vida daquele jeito, dissesse coisas malucas? E quanto a insinuar que o senhor Leonard, um homem que foi realmente quase bom demais para viver, era culpado de qualquer pecado, ainda mais um imperdoável, bem agora! De que serve levar em conta os discursos esquisitos do velho Abel? Embora, com certeza, não houvesse grande mal em um violino e talvez o senhor Leonard fosse um tanto rigoroso demais com a criança. "Mas e então?", você poderia se perguntar. Havia o pai dele, você sabe.

Felix finalmente abaixou o violino e voltou à cozinha do velho Abel com um longo suspiro. O velho Abel sorriu tristemente para ele, o sorriso de um homem que estivera nas mãos dos algozes.

– É terrível o jeito como você toca, é terrível – ele disse com um estremecimento. – Eu nunca ouvi nada parecido, e você que nunca teve nenhuma instrução desde os nove anos de idade, nem muita prática, exceto o que você poderia obter aqui de vez em quando no meu velho maltratado violino. E pensar que você mesmo vai se corrigindo conforme pratica! Suponho que seu avô nunca ouviria sua música de estudo, ele ouviria agora?

Felix balançou a cabeça.

– Eu sei que ele não ouviria, Abel. Ele quer que eu seja um pastor. Pastores são coisas boas para ser, mas penso que eu não serei um pastor.

– Não um pastor de púlpito. Existem diferentes tipos de pastor, e cada um deve conversar com os homens em sua própria língua se quiser fazer algum bem de verdade – disse o velho Abel, meditativo. – A *sua* língua é a música. Estranho que seu avô não consiga ver isso por si mesmo, ainda que ele seja um homem de mente aberta! Ele é o único pastor que já foi muito útil para mim. Ele é de Deus, se é que um homem já foi. E ele ama você, sim, senhor, ele ama você como a menina dos olhos dele.

– E eu o amo – disse Felix afetuosamente. – Eu o amo tanto que vou tentar ser pastor por amor a ele, embora eu não queira ser.

CRÔNICAS DE AVONLEA

– O que você quer ser?

– Um grande violinista – respondeu a criança, seu rosto cor de marfim subitamente se transformando em cor-de-rosa vivo. – Quero tocar para milhares e ver os olhos deles como os seus quando eu toco. Às vezes seus olhos me assustam, mas, ah, é um medo esplêndido! Se eu tivesse o violino do meu pai, poderia fazer melhor. Lembro-me de que ele disse uma vez que havia uma alma que estava no purgatório por causa de seus pecados quando viveu na Terra. Não sei o que ele quis dizer, mas me pareceu que seu violino estava vivo. Ele me ensinou a tocar assim que eu cresci o suficiente para segurá-lo.

– Você amava seu pai? – perguntou o velho Abel, com um olhar aguçado.

Mais uma vez Felix enrubesceu, mas ele olhou direta e firmemente para o rosto de seu velho amigo.

– Não – ele disse –, eu não o amava, mas – acrescentou, grave e deliberadamente – eu acho que você não deveria ter me feito essa pergunta.

Foi a vez de o velho Abel corar. O povo de Carmody não acreditaria que ele pudesse corar, e talvez nenhum ser vivo pudesse ter descrito essa tonalidade profunda em sua bochecha castigada pelo tempo, exceto a criança de olhos cinzentos e rosto repreensor.

– Não, acho que eu não deveria – disse ele. – Mas estou sempre cometendo erros. Eu nunca fiz nada além disso. É por isso que não sou nada mais do que o "velho Abel" para o povo de Carmody. Ninguém, além de você e de seu avô, me chama de "senhor Blair". No entanto, William Blair da loja lá em cima, rico e respeitado como ele é, não era um homem nem metade tão inteligente quanto eu quando começamos na vida. Você pode não acreditar nisso, mas é verdade. E o pior de tudo, jovem Felix, é que na maioria das vezes não me importo se sou o senhor Blair ou o velho Abel. Somente quando você toca eu me importo. Isso me faz sentir da mesma maneira como quando vi os olhos de uma

67

garotinha há alguns anos. O nome dela era Anne Shirley e ela morava com os Cuthberts em Avonlea. Conversamos na loja de Blair. Ela podia falar rapidamente e sem parar com qualquer pessoa, aquela garota. Por acaso, eu disse algo que não importava a um brutamontes velho e maltratado de sessenta e tantos anos como eu. Ela olhou para mim com seus olhos grandes e inocentes, um pouco repreensivos, como se eu tivesse dito algo terrivelmente herético. "Você não acha, senhor Blair", disse ela, "que quanto mais velhos ficamos, mais as coisas nos importam?", tão grave como se ela tivesse 100 anos em vez de 11. "As coisas são *muito* importantes para mim agora", disse ela, apertando as mãos, "e tenho certeza de que, quando tiver 60 anos, elas importarão apenas cinco vezes mais para mim". Bem, o jeito que ela olhou e o jeito que ela falou me fizeram sentir vergonha de mim mesmo, porque as coisas tinham parado de importar para mim. Mas isso não faz diferença. Meus velhos sentimentos miseráveis não contam muito. O que aconteceu com o violino de seu pai?

– Vovô o levou embora quando eu vim para cá. Eu acho que ele o queimou. E sinto tanto a falta dele.

– Bem, você sempre terá meu velho violino marrom quando precisar.

– É, eu sei. E estou feliz por isso. Mas tenho fome de violino o tempo todo. E só venho aqui quando a fome fica demais para aguentar. Sinto como se não devesse vir, estou sempre dizendo que não voltarei a tocar, porque sei que meu avô não gostaria se ele soubesse.

– Ele nunca proibiu, não é?

– Não, mas é porque ele não sabe que eu venho aqui por isso. Ele nunca pensaria em algo assim. Tenho certeza de que ele *proibiria* se soubesse. E isso me deixa muito infeliz. E, no entanto, eu *tenho* que vir. Senhor Blair, você sabe por que meu avô não suporta que eu toque violino? Ele adora música e não se importa que eu toque o órgão se eu não negligenciar outras coisas. Eu não consigo entender, você consegue?

CRÔNICAS DE AVONLEA

– Eu tenho alguma ideia, mas não posso lhe contar. Esse segredo não é meu. Talvez ele mesmo diga a você algum dia. Mas note bem, jovem Felix, ele tem boas razões para tudo isso. Sabendo o que sei, não posso culpá-lo muito, apesar de achar que ele está enganado. Venha agora, toque algo mais para mim antes de ir, algo brilhante e feliz desta vez, para me deixar com um bom gosto na boca. A última coisa que você tocou me levou direto para o céu, mas o céu é horrível perto do inferno e, finalmente, você me derrubou.

– Eu não entendo você – disse Felix, juntando suas negras sobrancelhas finas e estreitas em uma carranca perplexa.

– Não, e eu não ia querer que você entendesse. Você não conseguiria entender, a menos que você fosse um homem velho que tinha de tudo para se tornar um homem e simplesmente foi e se tornou um tolo diabólico. Mas deve haver algo em você que entenda as coisas, todo tipo de coisa, ou você não poderia colocar tudo na música do jeito que você faz. Como você faz isso? Como, como você faz isso, jovem Felix?

– Não sei. Mas toco de maneira diferente para cada pessoa. Eu não sei como é isso. Quando estou sozinho com você, tenho que tocar de uma maneira e, quando Janet vem aqui para ouvir, sinto-me de outra maneira, não tão eufórico, mas mais feliz e mais solitário. E, naquele dia em que Jessie Blair estava aqui ouvindo, senti como se quisesse rir e cantar, como se o violino quisesse rir e cantar o tempo todo.

O estranho brilho dourado lampejou nos olhos fundos do velho Abel.

– Deus – ele murmurou baixinho –, eu acredito que o garoto possa entrar na alma de outras pessoas de alguma forma e tocar o que sua alma vê lá.

– O que você disse? – perguntou Felix, acariciando o violino.

– Nada, não importa, continue. Algo animado agora, jovem Felix. Pare de esquadrinhar a minha alma, onde você não tem o direito de

69

estar, criança, e toque algo para mim por si mesmo, algo doce, feliz e puro.

– Vou tocar da maneira como me sinto nas manhãs ensolaradas, quando os pássaros estão cantando e esqueço que tenho de ser um pastor – disse Felix simplesmente.

Um acorde bruxuleante, gorgolejante e cheio de alegria, como pássaros misturados e o canto de um riacho, flutuava no ar parado, ao longo do caminho onde as folhas de bordo vermelhas e douradas caíam muito suavemente, uma a uma. O reverendo Stephen Leonard ouviu-o, enquanto ele vinha pelo caminho, e sorriu. Agora, quando Stephen Leonard sorria, as crianças corriam para ele, e as pessoas adultas sentiam como se olhassem de Pisgah para alguma terra promissora além da aflição e preocupação de suas vidas terrenas obscurecidas pelos cuidados.

O senhor Leonard amava música, como amava todas as coisas belas, seja no mundo material, seja no espiritual, embora ele não percebesse o quanto as amava apenas pela beleza delas, ou ele ficaria chocado e com remorso. Ele próprio era bonito. Sua postura era ereta e jovem, apesar dos setenta anos. Seu rosto era tão dinâmico e encantador como o de uma mulher, porém com toda a força e firmeza de um homem, e seus olhos azul-escuros lampejavam com o brilho de vinte e um anos; mesmo seus cabelos sedosos e prateados não podiam fazer dele um homem idoso. Ele era adorado por todos que o conheciam, e ele era, na medida em que o homem mortal pode ser, digno dessa adoração.

"O velho Abel está se divertindo com seu violino novamente", ele pensou.

– Que coisa deliciosa ele está tocando! Ele tem um grande dom para o violino. Mas como ele pode tocar uma coisa dessas? Um velho brutamontes maltratado que, uma vez ou outra, chafurdou-se em quase todo pecado ao qual a natureza humana pode cair? Ele estava em uma de suas farras três dias atrás, a primeira em mais de um ano, deitado bêbado na praça do mercado em Charlottetown entre os cães, e agora ele está tocando algo que apenas um jovem arcanjo nas colinas do céu seria capaz de tocar. Bem, isso tornará minha tarefa ainda mais fácil. Abel sempre se sente arrependido no momento em que é capaz de tocar seu violino.

O senhor Leonard estava na soleira da porta. O cachorrinho preto o revistou ao encontrá-lo, e a gata cinza esfregou sua cabeça contra a perna dele. O velho Abel não o notou; ele estava ritmando o momento com a mão erguida e o rosto sorridente com a música de Felix, e seus olhos eram jovens novamente, brilhando de tanto rir e de pura felicidade.

– Felix! O que isso significa?

O arco de violino caiu da mão de Felix, e ele se virou e encarou o avô. Ao encontrar o ardor de pesar e a mágoa nos olhos do velho homem, os seus nublaram-se com uma agonia de arrependimento.

– Vovô, me desculpe. – Ele desatou a chorar.

– Ora, ora... – O velho Abel havia se levantado de modo reprovador.

– É tudo culpa minha, senhor Leonard. Não culpe o garoto. Eu o persuadi a tocar um pouco para mim. Eu ainda não me sentia em condições de tocar o violino, tão cedo depois da sexta-feira, você sabe. Então eu o persuadi, eu não lhe daria paz até que ele tocasse. É tudo culpa minha.

– Não – disse Felix, jogando a cabeça para trás. Seu rosto estava branco como mármore, mas parecia em chamas com o desespero da verdade e o desprezo pela mentira de proteção do velho Abel. – Não, vovô, não é culpa de Abel. Eu vim aqui de propósito para tocar, porque pensei que você tinha ido ao porto. Eu venho aqui frequentemente, desde que vim morar com você.

– Desde que veio morar comigo você me enganou assim, Felix?

Não havia raiva no tom do senhor Leonard, apenas uma tristeza imensurável. Os lábios sensíveis do garoto estremeceram.

– Perdoe-me, vovô – ele sussurrou de maneira suplicante.

– Você nunca o proíbe de vir – interrompeu o velho Abel com raiva.

– Seja justo, senhor Leonard, seja justo.

– Eu *sou* justo. Felix sabe que me desobedeceu, no espírito, se não na palavra. Você não sabe, Felix?

– Sim, vovô, eu errei, eu sabia que estava errado toda vez que vim. Perdoe-me, vovô.

– Felix, eu o perdoo, mas peço que me prometa, neste momento, que você nunca mais, enquanto viver, tocará um violino.

Um vermelho sombrio correu loucamente pelo rosto do garoto. Ele deu um grito como se tivesse sido açoitado com um chicote. O velho Abel saltou aos pés do pastor.

– Não peça tal promessa a ele, senhor Leonard – ele gritou furiosamente. – É um pecado, é isso o que é. Homem, homem, o que te cega? Você *está* cego. Você não pode ver o que há no garoto? Sua alma está cheia de música. Isso vai torturá-lo até a morte, ou pior, se você não deixar que isso aconteça.

– Existe um diabo nessa música – disse o senhor Leonard veementemente.

– Sim, pode haver, mas não se esqueça de que também há um Cristo nela – replicou o velho Abel em um tom tenso.

O senhor Leonard pareceu chocado; ele considerou que o velho Abel havia proferido uma blasfêmia. Ele se afastou dele com reprimenda.

– Felix, me prometa.

Não havia sinal em seu rosto ou tom de que ele iria ceder. Ele foi impiedoso no uso do poder que possuía sobre aquele espírito jovem e amoroso. Felix entendeu que não havia escapatória, e seus lábios estavam muito brancos quando ele disse:

CRÔNICAS DE AVONLEA

– Eu prometo, vovô.

O senhor Leonard deu um longo suspiro de alívio. Ele sabia que a promessa seria mantida. O velho Abel também. Este último atravessou o chão e, emburrado, pegou o violino da mão relaxada de Felix. Sem uma palavra ou olhar, ele entrou no quartinho perto da cozinha e fechou a porta com uma batida de justificada indignação. Mas, pela janela, ele observava furtivamente seus visitantes irem embora. No momento em que entraram no caminho de bordo, o senhor Leonard colocou a mão na cabeça de Felix e olhou para ele. Instantaneamente, o garoto jogou o braço por cima do ombro do velho e sorriu para ele. No olhar que trocaram, havia amor e confiança ilimitados, sim, e boa comunhão. Os olhos desdenhosos do velho Abel detinham novamente o lampejo dourado.

– Como aqueles dois se amam! – ele murmurou invejosamente. – E como eles se torturam!

O senhor Leonard foi a seu estúdio para rezar quando chegou em casa. Ele sabia que Felix havia corrido para se confortar com Janet Andrews, a pequena e magra mulher de rosto doce e lábios rígidos que mantinha a casa para eles. O senhor Leonard sabia que Janet desaprovaria sua ação tão profundamente quanto o velho Abel o fizera. Ela não diria nada, apenas o olharia com olhos reprovadores sobre as xícaras de chá na hora do jantar. Mas o senhor Leonard acreditava que ele havia feito o que era melhor, e sua consciência não o incomodava, embora seu coração o fizesse.

Treze anos antes disso, sua filha Margaret quase quebrou aquele coração ao se casar com um homem que ele não podia aprovar. Martin Moore era um violinista profissional. Ele era um intérprete popular, embora não fosse, de maneira alguma, um grande artista. Ele conheceu a filha esbelta e de cabelos dourados no presbitério na casa de uma amiga da faculdade que ela estava visitando em Toronto e se apaixonou

73

imediatamente por ela. Margaret, por sua vez, o amava com todo o seu coração virginal e se casou com ele, apesar da desaprovação do pai. Não foi à profissão de Martin Moore que o senhor Leonard se opôs, mas ao próprio homem. Ele sabia que a vida passada do violinista não fora do tipo que o tornaria pretendente de Margaret Leonard; e sua percepção do caráter o alertou de que Martin Moore nunca poderia fazer qualquer mulher duradouramente feliz.

Margaret Leonard não acreditou nisso. Ela se casou com Martin Moore e viveu um ano no paraíso. Talvez isso tenha sido expiado pelos três anos amargos que se seguiram, isso e seu filho. Em todo o caso, ela morreu como havia vivido, leal e sem queixas. Ela morreu sozinha, pois seu marido estava fora em uma turnê de concertos, e sua doença foi tão breve que seu pai não teve tempo de vê-la antes do fim. Seu corpo foi levado para casa para ser enterrado ao lado de sua mãe no pequeno cemitério de Carmody. O senhor Leonard queria levar a criança, mas Martin Moore se recusou a entregá-lo.

Seis anos depois, Moore também morreu e, finalmente, o senhor Leonard teve o desejo de seu coração, a posse do filho de Margaret. O avô aguardara a chegada da criança com sentimentos ambíguos. Seu coração ansiava por ele, mas ele temia conhecer uma segunda versão de Martin Moore. Supunha que o filho de Margaret se parecesse com o belo vagabundo do pai! Ou, pior ainda, supunha que ele fora amaldiçoado com a falta de princípios do pai, a instabilidade, os instintos boêmios. Assim, o senhor Leonard se torturou miseravelmente antes da chegada de Felix.

A criança não se parecia nem com o pai nem com a mãe. Em vez disso, o senhor Leonard se viu olhando para um rosto que ele havia enterrado trinta anos antes, o rosto da sua jovem esposa, que morrera no nascimento de Margaret. Aqui estavam novamente seus brilhantes olhos acinzentados, seus contornos de marfim, seu arco fino de

CRÔNICAS DE AVONLEA

sobrancelha; e aqui, olhando além daqueles olhos, parecia o próprio espírito dela novamente. A partir daquele momento, a alma do velho se uniu à alma da criança, e eles se amavam com um amor que superava o das mulheres.

A única herança que Felix tinha de seu pai era o amor pela música. Mas a criança era genial, e seu pai possuía apenas talento. À maestria de Martin Moore no violino foram acrescentados o mistério e a intensidade da natureza de sua mãe, com uma qualidade ainda mais sutil, que talvez tivesse chegado a ele vinda da avó com a qual ele tanto se parecia. Moore entendeu o que era uma carreira naturalmente antes da criança, e ele o treinou na técnica de sua arte desde o momento em que os dedos leves puderam segurar o arco pela primeira vez. Quando Felix, com 9 anos, foi à mansão Carmody, ele havia dominado tanto a ciência do violino quanto nove em cada dez músicos conseguem na vida; e ele trouxe com ele o violino de seu pai; ele era tudo o que Martin Moore tinha para deixar para o filho, mas era um Amati, cujo valor comercial ninguém suspeitava em Carmody. O senhor Leonard tomou posse dele, e Felix nunca mais o viu. Ele chorou para dormir durante muitas noites pela perda do violino. O senhor Leonard não sabia disso e, se Janet Andrews suspeitava, ela segurava a língua, uma arte que ela dominava. Ela mesma "não via nenhum mal em um violino" e considerou o senhor Leonard absurdamente rigoroso no assunto, embora isso não fosse bom para o infeliz forasteiro que se aventurasse a dizer o mesmo para ela. Ela agira em conivência nas visitas de Felix ao velho Abel Blair, conciliando o assunto com sua consciência presbiteriana por meio de algum processo peculiar conhecido apenas por ela mesma.

Quando Janet soube da promessa que o senhor Leonard exigira de Felix, ela ferveu de indignação, e, embora "conhecesse seu lugar", melhor do que dizer qualquer coisa ao senhor Leonard, ela manifestou sua desaprovação tão claramente que o velho severo e gentil achou a atmosfera de sua até então pacífica mansão desagradavelmente fria e hostil por um tempo.

Era o desejo de seu coração que Felix fosse pastor, como ele gostaria que seu próprio filho fosse caso tivesse um. O senhor Leonard pensou devidamente que o trabalho mais elevado ao qual qualquer homem poderia ser chamado era uma vida de assistência a seus companheiros, mas ele cometeu o erro de supor o campo de serviço muito mais estreito do que é, ao deixar de ver que um homem pode atender às necessidades da humanidade de muitas maneiras diferentes, mas igualmente eficazes.

Janet esperava que o senhor Leonard não exigisse o cumprimento da promessa de Felix, no entanto o próprio Felix, com a compreensão instintiva do amor perfeito, sabia que era inútil esperar qualquer mudança de ponto de vista de seu avô. Ele se concentrou em manter sua promessa em palavra e em espírito. Não foi mais à casa do velho Abel; nem mesmo tocou no órgão, embora isso não fosse proibido, porque qualquer música despertava nele um ardor de anseio e êxtase que exigia ser expresso com uma intensidade a não ser suportada. Ele se lançou implacavelmente a seus estudos e memorizou os verbos latinos e gregos com uma persistência que logo o colocou à frente de todos os concorrentes.

Apenas uma vez no longo inverno ele chegou perto de quebrar sua promessa. Uma noite, quando março estava chegando a abril e os pulsos da primavera estavam se agitando sob a neve persistente, ele estava voltando da escola sozinho. Enquanto descia para a pequena depressão abaixo da mansão, uma cadência animada de música se arrastou ao seu encontro. Era apenas o produto de uma gaita, manipulada por um garoto franco-canadense contratado, de olhos negros, sentado em cima do muro junto ao riacho; havia, porém, música no moleque maltrapilho e ela saía através de seu brinquedo simples. Ela fez Felix formigar da cabeça aos pés, e, quando Leon estendeu a gaita com um fraternal sorriso largo de convite, ele a agarrou como uma criatura faminta agarrando a comida.

Então, a meio caminho de seus lábios, ele parou. É verdade que era apenas o violino que ele prometera nunca tocar, mas ele sentia que, se cedesse só um pouquinho ao desejo que havia nele, isso varreria tudo à sua frente. Se ele tocasse a gaita de Leon Buote, naquele vale nebuloso da primavera, ele iria à casa do velho Abel naquela noite; ele *sabia* que iria. Para espanto de Leon, Felix atirou a gaita de volta para ele e correu morro acima como se fosse perseguido. Havia algo em seu rosto de menino que assustou Leon, e assustou Janet Andrews quando Felix passou correndo por ela no átrio da mansão.

– Criança, qual é o seu problema? – ela gritou. – Você está doente? Você está com medo?

– Não, não. Deixe-me em paz, Janet – disse Felix, engasgado, correndo escada acima para o seu quarto.

Ele estava bastante calmo quando desceu para o chá, uma hora depois, embora estivesse extraordinariamente pálido e com sombras roxas sob seus olhos grandes.

O senhor Leonard o examinou minuciosamente e um tanto ansioso. De repente ocorreu ao velho pastor que Felix estava parecendo mais sensível do que seu habitual nesta primavera. Bem, ele havia estudado muito durante todo o inverno e certamente estava crescendo muito rápido. Quando as férias chegaram, ele deveria ser mandado embora para uma visita.

– Eles me dizem que Naomi Clark está de fato doente – disse Janet. – Ela esteve doente durante todo o inverno e agora está permanentemente em sua cama. A senhora Murphy diz que acredita que a mulher está morrendo, mas ninguém ousa dizer isso a ela. Ela não cede à doença nem toma remédios. E não há ninguém para servi-la, exceto aquela criatura simples, Maggie Peterson.

– Eu me pergunto se eu devo ir vê-la – disse o senhor Leonard, com certa preocupação.

– De que serviria se incomodar? Você sabe que ela não iria vê-lo; ela fecharia a porta na sua cara como fez antes. Ela é uma mulher horrível e má, mas é meio terrível pensar nela deitada lá, doente, sem nenhuma pessoa responsável para cuidar dela.

– Naomi Clark é uma mulher má e viveu uma vida de vergonha, mas eu gosto dela, apesar de tudo isso – comentou Felix, no tom grave e meditativo em que ele ocasionalmente dizia coisas surpreendentes.

O senhor Leonard olhou de maneira um tanto reprovadora para Janet Andrews, como se lhe perguntasse por que Felix deveria ter obtido esse conhecimento dúbio do bem e do mal sob os cuidados dela; Janet atirou um olhar austero de volta para ele, que, sendo interpretado, significava que, se Felix fosse à escola distrital, ela não poderia e não seria responsabilizada se ele aprendesse mais do que aritmética e latim.

– O que você sabe sobre o que Naomi Clark gosta ou não gosta? – ela perguntou curiosamente. – Você já a viu?

– Ah, sim – respondeu Felix, dirigindo-se à sua conserva de cereja com considerável entusiasmo. – Eu estava em Spruce Cove uma noite no verão passado quando ocorreu uma grande tempestade. Fui à casa de Naomi em busca de abrigo. A porta estava aberta, então entrei direto, porque ninguém respondeu à minha batida. Naomi Clark estava na janela, observando a nuvem surgir sobre o mar. Ela apenas olhou para mim uma vez, mas não disse nada e continuou observando a nuvem. Eu não quis me sentar porque ela não tinha me convidado, então fui até a janela ao lado dela e observei também. Era uma visão terrível, a nuvem era tão negra e a água tão verde, e havia uma luz tão estranha entre a nuvem e a água; no entanto, havia algo esplêndido também. Parte do tempo eu observei a tempestade, e a outra parte eu observei o rosto de Naomi. Era horrível de se olhar, como a tempestade, e ainda assim eu gostei de ver.

– Depois que o trovão terminou, choveu mais um pouco, e Naomi sentou-se e conversou comigo. Ela me perguntou quem eu era e, quando eu lhe contei, ela me pediu para tocar algo para ela em seu violino – Felix lançou um olhar depreciativo para o senhor Leonard –, porque ela sabia que eu tinha uma ótima mão para isso, ela falou. Ela queria algo animado, e eu tentei o máximo possível tocar algo assim. Mas não pude. Toquei algo que era terrível, o violino apenas tocava sozinho, parecia que algo estava perdido e que nunca poderia ser encontrado novamente. E, antes que eu terminasse, Naomi veio até mim, arrancou o violino das minhas mãos e me xingou. Disse: "Seu pirralho de olhos grandes, como você sabia disso?" Então ela me pegou pelo braço, e também me machucou, posso lhe dizer, e me colocou para fora na chuva e bateu a porta com violência.

– Criatura rude e sem maneiras! – Janet disse indignada.

– Ah, não, ela estava completamente certa – disse Felix, calmo. – Isso me serviu de forma adequada por causa do que eu toquei. Veja bem, ela não sabia que eu não podia deixar de tocar aquilo. Suponho que ela pensou que eu fiz isso de propósito.

– O que diabos você tocou, criança?

– Não sei. – Felix estremeceu. – Foi horrível, terrível. Era apropriado para lhe partir o coração. Mas tinha que ser tocado, se eu fosse tocar alguma coisa.

– Não entendo o que você quer dizer, confesso que não – disse Janet, atordoada.

– Melhor mudarmos de assunto – disse o senhor Leonard.

Havia passado um mês quando "a criatura simples, Maggie" apareceu na porta da mansão uma noite e pediu pelo pastor.

– Naomi quer vê-lo – ela murmurou. – Naomi enviou Maggie para dizer para você vir imediatamente.

– Certamente irei – disse o senhor Leonard gentilmente.

– Ela está muito doente?

– Ela está morrendo – disse Maggie com um sorriso largo. – E ela está terrivelmente assustada com o inferno. Ela só soube hoje que estava morrendo. Maggie lhe disse, ela não acreditava nas mulheres do porto, mas acreditava em Maggie. Ela gritou de maneira horrível.

Maggie riu para si mesma com a terrível lembrança. O senhor Leonard, com o coração cheio de pena, chamou Janet e disse-lhe para dar um pouco de refresco à pobre criatura. Mas Maggie balançou a cabeça.

– Não, não, pastor, Maggie deve voltar direto para Naomi. Maggie dirá a ela que a vinda do pastor a salvará do inferno.

Ela emitiu um grito estranho e correu a toda a velocidade em direção à costa através dos bosques de abetos.

– O Senhor nos salve! – Janet disse em um tom impressionado. – Eu sabia que a pobre garota era simples, mas não sabia que ela era assim. E você vai, senhor?

– Sim, com certeza. Rezo a Deus que eu possa ajudar a pobre alma – disse o senhor Leonard sinceramente. Ele era um homem que nunca se esquivava do que acreditava ser seu dever; mas o dever às vezes se apresentava a ele com uma aparência mais agradável do que essa convocação ao leito da morte de Naomi Clark.

A mulher tinha sido a marca da peste de Lower Carmody e Carmody Harbor por uma geração. Nos primeiros dias de seu ministério na congregação, ele tentara recuperá-la, e Naomi zombou dele e o desrespeitou. Então, pelo bem daqueles a quem ela era uma armadilha ou um desgosto, ele se esforçou para colocar a lei em ação contra ela, e Naomi riu da lei com desprezo. Finalmente, ele foi obrigado a deixá-la sozinha.

CRÔNICAS DE AVONLEA

No entanto, Naomi nem sempre foi uma pária. Sua infância tinha sido inocente; mas ela possuía uma beleza perigosa, e sua mãe estava morta. Seu pai era um homem notório por sua dureza e violência de temperamento. Quando Naomi cometeu o erro fatal de confiar em um falso amor que a traiu e abandonou, ele a expulsou de sua porta com insultos e xingamentos.

Naomi se alojou em uma casinha abandonada em Spruce Cove. Se sua filha tivesse vivido, poderia tê-la salvado. Mas ela morreu no nascimento e, com sua pouca vida, se foi sua última chance de redenção mundana. A partir daquele momento, seus pés foram colocados no caminho que leva ao inferno.

Nos últimos cinco anos, no entanto, Naomi teve uma vida toleravelmente respeitável. Quando Janet Peterson morreu, sua filha, Maggie, que tinha deficiência intelectual, ficou sem parentes no mundo. Ninguém sabia o que devia ser feito com ela, pois ninguém queria se incomodar com ela. Naomi Clark foi até a garota e ofereceu-lhe uma casa. As pessoas diziam que ela não era uma pessoa apta para se encarregar de Maggie, mas todo mundo se esquivava da tarefa desagradável de interferir no assunto, exceto o senhor Leonard, que foi argumentar com Naomi e, como Janet disse, por suas dores, ela bateu a porta na cara dele.

Mas, desde o dia em que Maggie Peterson foi morar com ela, Naomi deixou de ser o porto de Madalena.

O Sol havia se posto quando o senhor Leonard chegou a Spruce Cove, e o porto estava se encobrindo em um maravilhoso esplendor do crepúsculo. Ao longe, o mar estava num tom vibrante de púrpura, e o gemido do mar veio pelo ar doce e frio da primavera, com seu fardo de anseio e busca interminável e sem esperança. O céu estava desabrochando em estrelas acima do brilho da tarde; no Leste, a Lua estava subindo, e o mar abaixo dela tinha algo de resplendor, prata e *glamour*; e um pequeno barco portuário que estava navegando por meio do mar foi transmutado em uma chalupa delicada vinda da costa do reino das fadas.

O senhor Leonard suspirou enquanto passava da beleza sem pecado do mar e do céu para a entrada da casa de Naomi Clark. Era muito pequena: um cômodo abaixo e um quarto de dormir acima; mas uma cama havia sido arrumada para a mulher doente à janela da escada que dava para o porto; e Naomi estava deitada, com uma lâmpada acesa à sua cabeça e outra ao seu lado, embora ainda não estivesse escuro. Um grande medo das trevas sempre fora uma das peculiaridades de Naomi.

Ela se balançava inquietamente em seu pobre leito, enquanto Maggie se agachava em uma caixa ao seu pé. O senhor Leonard não a via há cinco anos e ficou chocado com a mudança nela. Ela estava muito perdida; seus traços nítidos e aquilinos eram do tipo que se tornam indescritivelmente parecidos com os de uma bruxa na velhice e, embora Naomi Clark tivesse apenas sessenta anos, ela parecia ter cem. Seus cabelos se derramavam sobre o travesseiro em tranças brancas e descuidadas, e as mãos que arrancavam as roupas de cama eram como garras enrugadas. Somente seus olhos estavam inalterados; eles estavam tão azuis e brilhantes como sempre, mas agora cheios de terror e súplica tão agonizantes que o coração gentil do senhor Leonard quase parou com o horror deles. Eram os olhos de uma criatura enlouquecida pela tortura, perseguida por fúrias, arrebatada por um medo indescritível.

Naomi sentou-se e puxou o braço dele.

– Você pode me ajudar? Você pode me ajudar? – ela engasgou implorando. – Ah, eu pensei que você nunca viria! Eu estava com medo de morrer antes de que você chegasse aqui, morrer e ir para o inferno. Até hoje, eu não sabia que estava morrendo. Nenhum desses covardes me contou. Você pode me ajudar?

CRÔNICAS DE AVONLEA

– Se eu não posso, Deus pode – disse o senhor Leonard gentilmente. Ele se sentiu muito impotente e ineficiente diante desse terrível pânico e frenesi. Ele tinha visto tristes leitos de morte, leitos de morte problemáticos, sim, e leitos de morte desesperadores, mas nunca algo parecido com isso.

– Deus! – A voz de Naomi soou terrivelmente estridente quando ela pronunciou o nome. – Não posso pedir ajuda a Deus. Ah, tenho medo do inferno, mas tenho mais medo ainda de Deus. Prefiro ir para o inferno mil vezes a enfrentar Deus depois da vida que tive. Eu lhe digo, desculpe-me por minha vida perversa, sempre senti muito por isso o tempo todo. Nunca houve um momento em que eu não estivesse arrependida, embora ninguém acreditasse. Eu fui levada por demônios do inferno. Ah, você não entende, você não pode entender, mas eu sempre lamentei!

– Se você se arrepender, é tudo o que é necessário. Deus a perdoará se você Lhe pedir.

– Não, Ele não pode! Pecados como os meus não podem ser perdoados. Ele não pode... E Ele não o fará.

– Ele pode e Ele fará. Ele é um Deus de amor, Naomi.

– Não – disse Naomi com convicção obstinada. – Ele não é de todo um Deus de amor. É por isso que eu tenho medo dele. Não, ele é um Deus de ira, justiça e punição. Amor! Não existe tal coisa como o amor! Eu nunca o encontrei na Terra e não acredito que seja encontrado em Deus, com certeza.

– Naomi, Deus nos ama como um pai.

– Como *meu* pai? – A risada estridente de Naomi, repicando pela sala imóvel, era horrível de ouvir.

O velho pastor estremeceu.

– Não, não! Como um pai gentil, terno e onisciente, Naomi, como você teria amado sua pequena filha se ela tivesse vivido.

Naomi se encolheu e gemeu.

– Ah, eu gostaria de poder acreditar nisso. Eu não teria medo se pudesse acreditar nisso. Faça-me acreditar. Certamente você pode me fazer acreditar que há amor e perdão em Deus, se você acredita nisso.

– Jesus Cristo perdoou e amou a Madalena, Naomi.

– Jesus Cristo? Ah, eu não tenho medo dele. Sim, ele podia entender e perdoar. Ele era meio humano. Eu digo a você, é de Deus que eu tenho medo.

– Eles são um só e o mesmo – disse o senhor Leonard, impotente. Ele sabia que não poderia fazer Naomi perceber isso. Este leito de morte angustiado não era lugar para uma exposição teológica sobre os mistérios da Trindade.

– Cristo morreu por você, Naomi. Ele carregou os seus pecados em Seu próprio corpo na cruz.

– Nós carregamos nossos próprios pecados – disse Naomi ferozmente. – Eu carreguei os meus toda a minha vida, e eu os carregarei por toda a eternidade. Não consigo acreditar em mais nada. Eu *não posso* acreditar que Deus possa me perdoar. Arruinei as pessoas de corpo e alma, parti corações e envenenei casas, sou pior que uma assassina. Não, não, não, não há esperança para mim. – Sua voz subiu novamente naquele grito estridente e intolerável. – Eu tenho que ir para o inferno. Não é tanto do fogo que eu tenho medo, mas da escuridão eterna. Eu sempre tive muito medo da escuridão, ela é tão cheia de coisas e pensamentos terríveis. Ah, não há ninguém para me ajudar! O homem não é bom e eu tenho muito medo de Deus.

Ela torceu as mãos. O senhor Leonard andou de um lado para o outro da sala com a mais intensa angústia de espírito que já conhecera. O que ele poderia fazer? O que ele poderia dizer? Havia cura e paz em sua religião para essa mulher e para todas as outras, mas ele não podia expressá-las em nenhum idioma que essa alma torturada pudesse entender. Ele olhou para o rosto contorcido dela; ele olhou para a garota

CRÔNICAS DE AVONLEA

com deficiência intelectual que ria para si mesma ao pé da cama; ele olhou através da porta aberta para a noite remota e estrelada, e uma sensação horrível de total desamparo o dominou. Ele não podia fazer nada, nada! Em toda a sua vida, ele nunca conhecera tanta amargura de alma como essa trazida para ele.

– Qual é a sua eficácia, se você não pode me ajudar? – gemeu a mulher moribunda. – Ore, ore, ore! – ela gritou de repente.

O senhor Leonard caiu de joelhos ao lado da cama. Ele não sabia o que dizer. Nenhuma oração que ele já havia pregado seria útil aqui. As velhas e belas fórmulas, que acalmaram e ajudaram a passagem de muitas almas, nada mais eram do que palavras inúteis e vazias para Naomi Clark. Em sua angústia mental, Stephen Leonard engasgou com a oração mais breve e sincera que seus lábios já haviam proferido.

– Ó Deus, nosso pai! Ajude esta mulher. Fale com ela em uma língua que ela possa entender.

Um lindo rosto branco apareceu por um momento na luz que fluía da entrada da porta afora, para a escuridão da noite. Ninguém percebeu, e ela rapidamente voltou para a sombra. De repente, Naomi caiu sobre o travesseiro, os lábios azuis, o rosto terrivelmente abatido, os olhos revirados em sua cabeça. Maggie levantou-se, empurrou o senhor Leonard para o lado e passou a administrar algum remédio com habilidade e destreza surpreendentes. O senhor Leonard, acreditando que Naomi estava morrendo, foi até a porta, sentindo-se doente e machucado na alma.

Nesse momento, uma figura moveu-se furtivamente para a luz.

– Felix, é você? – disse o senhor Leonard em um tom sobressaltado.

– Sim, senhor. – Felix subiu o degrau de pedra. – Janet ficou com medo de que você pudesse cair naquela estrada áspera depois do anoitecer, então ela me fez vir atrás de você com uma lanterna. Eu estava esperando atrás do ponto, mas finalmente pensei que seria melhor vir e ver se você ficaria muito mais tempo. Se você ficar, voltarei para Janet e deixarei a lanterna aqui com você.

– Sim, essa será a melhor coisa a fazer. Talvez eu ainda não esteja pronto para voltar para casa – disse o senhor Leonard, pensando que o leito de morte do pecado atrás dele não era vista para os olhos jovens de Felix.

– É com seu neto que você está falando? – Naomi falou com clareza e vigor. O espasmo havia passado. – Se for, traga-o para dentro. Quero vê-lo.

Relutantemente, o senhor Leonard sinalizou a Felix que entrasse. O garoto ficou ao lado da cama de Naomi e olhou para ela com olhos simpáticos. Mas, a princípio, ela não olhou para ele, olhou atrás dele, para o pastor.

– Eu poderia ter morrido naquele período – disse ela, com reprovação sombria em sua voz – e, se tivesse, eu estaria no inferno agora. Você não pode me ajudar, eu terminei com você. Não há nenhuma esperança para mim, e eu sei agora.

Ela se virou para Felix.

– Pegue esse violino na parede e toque alguma coisa para mim – disse ela imperiosamente. – Estou morrendo e vou para o inferno, e não quero pensar nisso. Toque-me algo para tirar meus pensamentos disso, eu não ligo para o que você tocar. Eu sempre gostei de música, sempre houve algo nela que nunca encontrei em nenhum outro lugar.

Felix olhou para o avô. O velho assentiu, sentiu muita vergonha de falar; ele se sentou com sua fina cabeça prateada nas mãos, enquanto Felix retirava o velho violino da parede e o afinava, o mesmo em que tantas melodias sem Deus haviam sido tocadas em muitas ocasiões selvagens. O senhor Leonard sentiu que havia falhado em sua religião. Ele não podia dar a Naomi a ajuda que havia em sua religião.

CRÔNICAS DE AVONLEA

Felix passou o arco suave e perplexamente sobre as cordas. Ele não tinha ideia do que deveria tocar. Então seus olhos foram capturados e mantidos pelo olhar ardente, hipnotizante e deprimido de Naomi, enquanto ela estava deitada em seu travesseiro amarrotado. Um olhar estranho e inspirado surgiu no rosto do garoto. Ele começou a tocar como se não fosse ele quem tocasse, mas algo mais poderoso, do qual ele era apenas o instrumento passivo.

Doce, suave e maravilhosa foi a música que se apropriou da sala. O senhor Leonard esqueceu seu desgosto e o ouviu com espanto, perplexo. Ele nunca tinha ouvido algo parecido antes. Como a criança podia tocar assim? Ele olhou para Naomi e ficou maravilhado com a mudança no rosto dela. O medo e o frenesi estavam indo embora; ela ouvia sem fôlego, nunca tirando os olhos de Felix. Ao pé da cama, a garota estava sentada com lágrimas nas bochechas.

Naquela música estranha estava a alegria da infância inocente e feliz, abençoada com o riso das ondas e o chamado dos ventos alegres.

Em seguida, continha os sonhos selvagens e rebeldes da juventude, doces e puros em toda a sua selvageria e rebeldia. Eles foram seguidos por um êxtase de amor jovem, amor que a tudo se rende, a tudo se sacrifica. A música mudou. Ela continha a tortura de lágrimas não derramadas, a angústia de um coração enganado e desolado. O senhor Leonard quase pôs as mãos nos ouvidos para calar a sua intolerável pungência. Mas no rosto da mulher moribunda havia apenas um estranho alívio, como se alguma dor muda e oculta tivesse finalmente encontrado a cura no fim amargo.

A indiferença sombria da desesperança veio a seguir, a amargura da ardente revolta e da miséria, o desperdício imprudente de todo bem. Havia algo indescritivelmente perverso na música agora, tão perverso que a alma do senhor Leonard estremeceu em ódio, e Maggie se encolheu e gemeu como um animal assustado.

Mais uma vez a música mudou. E agora havia agonia e medo, e arrependimento e uma súplica de perdão. Para o senhor Leonard, havia algo estranhamente familiar nela. Ele lutou para se lembrar de onde tinha escutado isso antes; então de repente ele soube, ele havia ouvido isso nas terríveis palavras de Naomi antes de Felix chegar! Ele olhou para seu neto com perplexidade. Ali estava um poder do qual ele nada sabia, um poder estranho e terrível. Era de Deus? Ou de Satanás?

Pela última vez a música mudou. E agora não era mais música de todo, era um imenso e infinito perdão, um amor que tudo compreendia. Ele estava curando uma alma doente; era luz, esperança e paz. Um texto bíblico, aparentemente incongruente, veio à mente do senhor Leonard: "Esta é a casa de Deus; esta é a porta do céu".

Felix abaixou o violino e caiu cansado em uma cadeira ao lado da cama. A luz inspirada se desvaneceu de seu rosto; mais uma vez ele era apenas um garoto cansado. Mas Stephen Leonard estava de joelhos, soluçando como uma criança; e Naomi Clark estava deitada imóvel, com as mãos entrelaçadas sobre o peito.

– Eu entendo agora – ela disse muito suavemente. – Eu não podia ver isso antes, e agora é tão evidente. Eu apenas sinto. Deus é um Deus de amor. Ele pode perdoar qualquer um, até eu, até eu. Ele sabe de tudo. Não estou mais com medo. Ele apenas me ama e me perdoa como eu teria amado e perdoado meu bebê se ela tivesse vivido, não importa o quão ruim ela fosse ou o que ela fizesse. O pastor me disse isso, mas eu não pude acreditar. Eu sei disso agora. E Ele enviou você aqui nesta noite, garoto, para me dizer de uma maneira que eu pudesse sentir.

Naomi Clark morreu exatamente quando o amanhecer aparecia sobre o mar. O senhor Leonard levantou-se de sua vigília ao lado da cama e foi até a porta. Diante dele, espalhava-se o porto, cinzento e

CRÔNICAS DE AVONLEA

austero sob a luz fraca, mas ao longe o Sol rasgava as brumas brancas como leite que envolviam o mar, e sob ele havia um brilho virgem de água espumante.

Os pinheiros no porto se moviam suavemente e sussurravam juntos. O mundo inteiro cantou a primavera, a ressurreição e a vida, e atrás dele, o rosto morto de Naomi Clark assumiu a paz que passa pelo entendimento.

O velho pastor e seu neto voltaram para casa juntos em um silêncio que nenhum dos dois queria romper. Janet Andrews deu-lhes uma boa bronca e um excelente café da manhã. Então ela mandou os dois para a cama, mas o senhor Leonard, sorrindo para ela, disse:

– Daqui a pouco, Janet, daqui a pouco. Mas agora, pegue esta chave, vá até o baú preto no sótão e me traga o que você encontrar lá.

Quando Janet se foi, ele se virou para Felix.

– Felix, você gostaria de estudar música como o propósito da sua vida?

Felix levantou os olhos, com um rubor transfigurante em seu rosto pálido.

– Ah, vovô! Ah, vovô!

– Você pode fazer isso, minha criança. Depois dessa noite, não ouso impedi-lo. Vá com a minha bênção, e que Deus o guie e guarde, e faça com que você seja forte para concretizar Sua obra e transmitir Sua mensagem à humanidade à sua própria maneira. Não é o caminho que eu desejava para você, mas vejo que eu estava enganado. O velho Abel falou verdadeiramente quando disse que havia um Cristo em seu violino assim como um diabo. Eu entendo o que ele quis dizer agora.

Ele se virou para encontrar Janet, que entrou no estúdio com um violino. O coração de Felix palpitava; ele o reconheceu. O senhor Leonard tomou-o de Janet e estendeu-o para o garoto.

89

– Este é o violino do seu pai, Felix. Cuide para que você nunca faça da sua música o servo do poder do mal, nunca a degrade para fins indignos. Pois sua responsabilidade é como seu dom, e Deus exigirá a conta de você. Fale ao mundo em sua própria língua por meio dela, com verdade e sinceridade, e tudo o que eu esperei para você será realizado em abundância.

Pequena Joscelyn

– Simplesmente não deve pensar nisso, tia Nan – disse a senhora William Morrison decisivamente. A senhora William Morrison era uma daquelas pessoas que sempre falam dessa maneira. Se elas apenas anunciam que vão descascar as batatas para o jantar, seus ouvintes percebem que não há escapatória possível para as batatas. Além disso, essas pessoas sempre são chamadas por todos pelo nome completo. William Morrison era chamado Billy com mais frequência; mas, se você a chamasse de senhora Billy Morrison, ninguém em Avonlea saberia o que você estava querendo dizer num primeiro momento.

– Você deve ver isso por si mesma, tia – continuou a senhora William, lavando morangos agilmente com seus dedos grandes, firmes e brancos enquanto falava. A senhora William insistia a cada momento. – São dezesseis quilômetros até Kensington, e apenas pense em quão tarde você voltaria. Você não é capaz de dirigir. Você não se recuperaria disso por um mês. Você sabe que está tudo, menos com boa saúde neste verão.

Tia Nan suspirou e com dedos trêmulos deu um tapinha no gatinho minúsculo, delicado, peludo e cinzento em seu colo. Ela sabia melhor do que ninguém que não estava com boa saúde naquele verão. No fundo de sua alma, tia Nan, doce, frágil e tímida sob o fardo de seus setenta anos, sentia com misteriosa e inconfundível clarividência que este seria seu último verão na fazenda Gull Point. Mas esse era apenas o maior motivo pelo qual ela deveria ouvir a pequena Joscelyn cantar; ela nunca teria outra chance. Ouvir a pequena Joscelyn cantar apenas uma vez. Joscelyn, cuja voz estava encantando milhares no mundo, assim como nos anos passados havia encantado tia Nan e os moradores da fazenda Gull Point por todo um verão dourado com alegres canções ao amanhecer e ao anoitecer na antiga casa!

– Ah, eu sei que não estou com a saúde muito boa, Maria – disse tia Nan, suplicante –, mas estou forte o suficiente para isso. Com certeza estou. Eu poderia ficar em Kensington durante a noite com o pessoal de George, você sabe, e assim não me cansaria muito. Eu quero ouvir Joscelyn cantar. Ah, como eu amo a pequena Joscelyn.

– Isso passa do meu entendimento, o jeito que você anseia por essa criança – exclamou a senhora William, impacientemente. – Ora, ela era uma perfeita estranha para você quando veio para cá, e esteve aqui apenas um verão!

– E que verão! – disse tia Nan suavemente. – Todos nós amamos a pequena Joscelyn. Ela parecia uma das nossas. Ela era uma das filhas de Deus, que carregam o amor com elas em todos os lugares. De certa forma, a pequena Anne Shirley que os Cuthberts trouxeram de Green Gables me lembra ela, embora de outras maneiras não sejam nem um pouco parecidas. Joscelyn era uma beleza.

– Bem, Shirley certamente não é – disse a senhora William sarcasticamente. – E, se a língua de Joscelyn fosse um terço da de Anne Shirley, o assombro para mim teria sido que ela não falou descontroladamente com todos vocês até a morte.

CRÔNICAS DE AVONLEA

– A pequena Joscelyn não era muito comunicativa – disse tia Nan, sonhadora. – Ela era uma criança quieta. Mas você se lembra do que ela disse. E eu nunca esqueci a pequena Joscelyn.

A senhora William encolheu os ombros roliços e bem torneados.

– Bem, isso foi quinze anos atrás, tia Nan, e Joscelyn não deve ser muito "pequena" agora. Ela é uma mulher famosa e se esqueceu de você, pode ter certeza disso.

– Joscelyn não era do tipo que esquece – disse tia Nan lealmente. – E, de qualquer forma, a questão é: eu não a esqueci. Ah, Maria, eu ansiei anos e anos ouvi-la cantar mais uma vez. Parece que devo ouvir minha pequena Joscelyn cantar mais uma vez antes de eu morrer. Eu não tive a chance antes e nunca mais a terei. Por favor, peça ao William que me leve a Kensington.

– Minha querida, tia Nan, isso é realmente infantil – disse a senhora William, levando sua tigela de frutas rapidamente para a despensa. – Você deve permitir que outras pessoas julguem o que é melhor para você agora. Você não está com saúde suficiente para ir até Kensington e, mesmo que estivesse, sabe muito bem que William não poderia ir a Kensington amanhã à noite. Ele deve comparecer àquela reunião política em Newbridge. Eles não podem ficar sem ele.

– Jordan poderia me levar a Kensington – implorou tia Nan, com uma persistência muito incomum.

– Bobagem! Você não poderia ir a Kensington com o empregado. Agora, tia Nan, seja razoável. William e eu não somos gentis com você? Não fazemos tudo para o seu conforto?

– Sim, sim – admitiu tia Nan, modestamente.

– Bem, então você deve ser guiada por nossa opinião. E você deve simplesmente parar de pensar no concerto de Kensington, tia, e não se afligir mais e nem a mim com isso. Vou agora ao campo costeiro para chamar William para o chá. Apenas fique de olho no bebê, no caso de ele acordar, e cuide para que o bule de chá não transborde.

A senhora William se retirou da cozinha, fingindo não ver as lágrimas que caíam sobre as bochechas rosadas e murchas de tia Nan. A tia Nan estava realmente ficando muito infantil, refletiu a senhora William, enquanto marchava para o campo costeiro. Ora, ela chorava agora por qualquer coisinha! E essa ideia de querer ir ao concerto dos Old Timers em Kensington e estar tão determinada a ir! Realmente, era difícil tolerar seus caprichos. A senhora William suspirou virtuosamente.

Quanto a tia Nan, ela se sentou sozinha na cozinha e chorou amargamente, pois apenas a velhice solitária pode chorar. Pareceu-lhe que não podia suportar isso, que ela *deveria* ir a Kensington. Mas ela sabia que isso não aconteceria, pois a senhora William havia decidido o contrário. A palavra da senhora William era lei na fazenda Gull Point.

– Qual é o problema com minha velha tia Nan? – gritou uma voz jovem e animada na entrada da porta. Jordan Sloane estava parado lá, com o rosto redondo e sardento, parecendo tão ansioso e agradável quanto possível para um rosto tão redondo e sardento. Jordan era o garoto contratado pelos Morrison naquele verão e adorava tia Nan.

– Ah, Jordan – soluçou tia Nan, que não se sentia superior para contar seus problemas para o garoto contratado, embora a senhora William pensasse que ela fosse –, não posso ir a Kensington amanhã à noite para ouvir a pequena Joscelyn cantar no concerto dos Old Timers. Maria diz que não posso.

– Isso é ruim – disse Jordan. – Gata velha – ele murmurou atrás da senhora William, que se retirava serenamente inconsciente. Então ele cambaleou e se sentou no sofá ao lado de tia Nan.

– Calma, calma, não chore – disse ele, dando um tapinha no seu pequeno e fino ombro com sua mão grande e queimada pelo sol.

CRÔNICAS DE AVONLEA

– Você ficará doente se continuar chorando, e não podemos progredir sem você na fazenda Gull Point.

Tia Nan sorriu languidamente.

– Receio que em breve você tenha que continuar sem mim, Jordan. Eu não vou ficar aqui por muito tempo agora. Não, Jordan, não, eu sei. Algo me diz isso muito claramente. Mas eu estaria disposta a ir, feliz em ir, pois estou muito cansada, Jordan, se eu pudesse apenas ouvir a pequena Joscelyn cantar mais uma vez.

– Por que você está tão decidida a ouvi-la? – perguntou Jordan. – Ela não tem parentela com você, tem?

– Não, mas ela é mais querida para mim, mais querida para mim do que muitos dos meus parentes. Maria acha isso bobo, mas você não acharia se a conhecesse, Jordan. Nem mesmo a própria Maria se a conhecesse. Faz quinze anos que ela veio aqui passar um verão. Ela tinha então treze anos e não tinha nenhum parente, exceto um velho tio que a mandava para a escola no inverno e a hospedava no verão e não se importava com ela. A criança estava apenas faminta por amor, Jordan, e ela o obteve aqui. William e seus irmãos eram crianças na época e não tinham irmã. Todos nós a adoramos. Ela era tão doce, Jordan. E bonita, ó meu Deus! como uma garotinha em uma foto, com grandes cachos longos, todos pretos e puros e finos como fio de seda, grandes olhos escuros e bochechas tão rosadas, verdadeiras bochechas rosadas. E cantava! Minha nossa! Mas ela não podia cantar assim! Sempre cantando, a cada hora do dia aquela voz estava ressoando pela antiga casa. Eu costumava prender a respiração para ouvi-la. Ela sempre dizia que pretendia ser uma cantora famosa algum dia, e eu nunca duvidei disso. Isso nasceu nela. No domingo à noite, ela costumava cantar hinos para nós. Ah, Jordan, isso faz meu velho coração jovem novamente. Uma criança doce ela era, minha pequena Joscelyn! Ela escrevia a mim durante três ou quatro anos depois que se foi, mas não tenho notícias dela há muito tempo. Ouso dizer que ela se esqueceu de mim, como diz Maria. Não seria de admirar. Mas eu não a esqueci e, ah, eu quero muito vê-la e ouvi-la. Ela vai cantar no concerto dos Old Timers amanhã à noite em Kensington. As pessoas que estão organizando o concerto são amigas dela, ou, é claro, ela nunca viria a uma pequena vila rural. Apenas dezesseis quilômetros de distância, e eu não posso ir.

Jordan não conseguia pensar em nada para dizer. Ele refletiu rudemente que, se tivesse um cavalo, levaria tia Nan para Kensington, com a senhora William ou sem a senhora William. Embora, com certeza, fosse uma longa viagem para ela; e ela estava parecendo muito frágil neste verão.

– Não vai durar muito – murmurou Jordan, escapando pela porta da varanda enquanto a senhora William entrava sem fôlego pela outra.

– A mais doce e velha criatura que já foi criada partirá quando ela se for. Sim, velha madame, eu gostaria de lhe dizer poucas e boas, como eu gostaria!

Esta última foi para a senhora William, mas foi entregue em uma prudente meia-voz. Jordan detestava a senhora William, mas ela era uma força que não pode ser esquecida, mesmo assim. O manso e maleável Billy Morrison fez exatamente o que sua esposa mandou.

Por isso, tia Nan não foi a Kensington para ouvir a pequena Joscelyn cantar. Ela não disse mais nada sobre isso, mas depois daquela noite ela pareceu enfraquecer muito rapidamente. A senhora William disse que era calor e que tia Nan se entregava muito facilmente. Mas tia Nan não podia deixar de se entregar agora; ela estava muito, muito cansada. Até seu tricô a aborrecia. Ficava horas sentada na cadeira de balanço com o gatinho cinza no colo, olhando pela janela com olhos sonhadores e cegos. Ela conversava bastante consigo mesma, geralmente sobre a pequena Joscelyn. A senhora William disse ao pessoal de Avonlea que a tia Nan estava terrivelmente infantil, e sempre acompanhava o comentário com um suspiro que insinuava com o quanto ela, a senhora William, tinha que lidar.

Justiça deve ser feita à senhora William, no entanto. Ela não era cruel com tia Nan; pelo contrário, era muito gentil com ela. Seu conforto foi escrupulosamente atendido, e a senhora William teve a graça de não pronunciar nenhuma de suas reclamações no ouvido da velha. Se tia Nan sentia a ausência do espírito, ela nunca reclamou.

Um dia, quando as encostas de Avonlea estavam em um tom dourado com a colheita amadurecida, tia Nan não se levantou. Ela não se queixou de nada além de grande cansaço. A senhora William comentou com o marido que, se *ela* deitasse na cama todos os dias que se sentisse cansada, não haveria muito trabalho feito na fazenda Gull Point. Porém, ela preparou um excelente café da manhã e levou-o pacientemente até tia Nan, que pouco comeu.

Depois do jantar, Jordan rastejou pelas escadas dos fundos para vê-la. Tia Nan estava deitada com os olhos fixos nas pálidas rosas trepadeiras cor-de-rosa que balançavam ao redor da janela. Quando viu Jordan, ela sorriu.

– Essas rosas me lembram muito a pequena Joscelyn – disse ela suavemente. – Ela as amava tanto. Se eu apenas pudesse vê-la! Ah, Jordan, se eu apenas pudesse vê-la! Maria diz que é muito infantil insistir nisso, e talvez seja. Mas, ah, Jordan, há no meu coração tanta vontade de vê-la, tanta vontade!

Jordan sentiu uma sensação estranha na garganta e torceu seu chapéu de palha esfarrapado em suas mãos grandes. Nesse momento, uma vaga ideia que rondou seu cérebro o dia inteiro se cristalizou em decisão. Mas tudo o que ele disse foi:

– Espero que você se sinta melhor em breve, tia Nan.

– Ah, sim, Jordan, querido, logo estarei melhor – disse tia Nan com seu sorriso doce. – "A ocupante não dirá que estou doente", você sabe. Mas se eu pudesse ver a pequena Joscelyn primeiro!

Jordan saiu e desceu as escadas correndo. Billy Morrison estava no estábulo quando Jordan enfiou a cabeça sobre a meia-porta.

– Diga, eu posso ter o resto do dia de folga, senhor? Eu quero ir a Kensington.

– Bem, eu não me importo – disse Billy Morrison amavelmente. – Você pode fazer seu passeio antes que a colheita comece. Aqui, Jord, pegue este quarto de dólar e traga algumas laranjas para a tia Nan. Não precisa mencionar isso para a patroa.

O rosto de Billy Morrison estava solene, mas Jordan piscou enquanto guardava o dinheiro.

– Se eu tiver alguma sorte, trarei a ela algo que lhe fará mais do que as laranjas – ele murmurou, enquanto corria para o pasto. Jordan agora tinha o próprio cavalo, um rocim bastante ossudo, que respondia pelo nome de Dan. Billy Morrison concordara em pastorear o animal se Jordan o usasse no trabalho da fazenda, um acordo que foi ridicularizado pela senhora William sem comedimento.

Jordan atrelou Dan na segunda melhor charrete, vestiu-se com as roupas de domingo e partiu. Na estrada, releu um parágrafo que recortara do *Charlottetown Daily Enterprise* do dia anterior.

– Joscelyn Burnett, a famosa contralto, está passando alguns dias em Kensington no retorno de sua turnê marítima. Ela é a convidada do senhor e da senhora Bromley, do The Beeches.

– Agora, se eu puder chegar lá a tempo – disse Jordan enfaticamente.

Jordan chegou a Kensington, colocou Dan em uma estrebaria e perguntou o caminho para The Beeches. Ele se sentiu um pouco nervoso ao encontrá-lo; era um lugar majestoso e imponente, afastado da rua em um isolamento verde esmeralda de belos jardins.

– Imagino-me seguindo até aquela porta da frente e chamando a senhorita Joscelyn Burnett – Jordan deu um sorriso largo acanhado. – Talvez eles me digam para dar a volta para os fundos e perguntar

CRÔNICAS DE AVONLEA

pela cozinheira. Mas você vai da mesma maneira, Jordan Sloane, e não se esquive. Marche agora. Pense na tia Nan e não deixe a elegância abater você.

Uma empregada de aparência atrevida, atendeu à campainha de Jordan e o encarou quando ele chamou pela senhorita Burnett.

– Eu não acho que você possa vê-la – disse ela brevemente, esquadrinhando o corte de cabelo e as roupas do campo com muita arrogância. – Qual é o seu assunto com ela?

O desprezo da criada despertou a "ira" de Jordan, como ele teria expressado.

– Vou dizer a ela quando a vir – ele replicou friamente. – Apenas diga a ela que tenho uma mensagem para ela da tia Nan Morrison, da fazenda Gull Point, de Avonlea. Se ela não esqueceu, isso vai trazê-la aqui. Você pode se apressar, por favor, não tenho muito tempo.

A criada atrevida decidiu ser civilizada, pelo menos, e convidou Jordan a entrar. Mas ela o deixou parado na entrada enquanto procurava a senhorita Burnett. Jordan olhou ao seu redor com assombro. Ele nunca esteve em um lugar como aquele antes. O salão era bastante maravilhoso, e pelas portas abertas de ambos os lados estendia-se a vista de quartos encantadores que, aos olhos de Jordan, pareciam os de um palácio.

– Caramba! Como eles se movem ao redor sem derrubar as coisas?

Então Joscelyn Burnett veio, e Jordan se esqueceu de todo o resto. Aquela mulher alta e bonita, em seus drapejados de seda, com um rosto como nada que Jordan jamais vira, ou sonhara, poderia ser a pequena Joscelyn de tia Nan? O semblante redondo e sardento de Jordan ficou vermelho. Ele se sentiu com a língua presa e envergonhado. O que ele poderia dizer para ela? Como ele poderia dizer?

Joscelyn Burnett olhou para ele com seus grandes olhos escuros, os olhos de uma mulher que havia sofrido muito, aprendido muito e conseguido pela luta chegar à vitória.

– Você veio da tia Nan? – ela disse. – Ah, eu estou tão feliz em ouvir falar dela. Ela está bem? Venha aqui e me conte tudo sobre ela.

Ela virou-se para um daqueles quartos de fadas, mas Jordan a interrompeu desesperadamente.

– Ah, não lá dentro, madame. Eu nunca sairia. Apenas deixe-me cometer uma besteira por aqui de alguma maneira. Sim, tia Nan, ela não está muito bem. Ela... Ela está morrendo, eu acho. E ela está ansiosa por ver você noite e dia. Parece que ela não poderia morrer em paz sem vê-la. Ela queria vir a Kensington para ouvi-la cantar, mas aquela gata velha da senhora William, perdão, madame, não a deixou vir. Ela está sempre falando de você. Se você puder vir à fazenda Gull Point e vê-la, ficarei muito agradecido a você, madame.

Joscelyn Burnett parecia preocupada. Ela não havia esquecido a fazenda Gull Point nem a tia Nan, mas, durante anos, a lembrança tinha se tornado indistinta, escondida no fundo da consciência pelos eventos mais emocionantes de sua vida agitada. Agora ela voltara com um ímpeto. Ela se lembrou de tudo com ternura: a paz, a beleza e o amor daquele verão antigo, e a doce tia Nan, muito sábia na tradição de todas as coisas simples, boas e verdadeiras. Por um momento, Joscelyn Burnett era novamente uma garotinha solitária e de coração faminto, procurando amor e não o encontrando, até que tia Nan a levou para seu grande coração materno e lhe ensinou seu significado.

– Ah, eu não sei – disse ela, perplexa. – Se você tivesse chegado mais cedo... Eu parto no trem das onze e trinta hoje à noite. Eu *devo* partir até esse horário ou não chegarei a Montreal a tempo de cumprir um compromisso muito importante e ainda preciso ver a tia Nan também. Tenho sido descuidada e negligente. Eu poderia ter ido vê-la antes. Como podemos resolver isso?

– Trarei você de volta a Kensington a tempo de pegar o trem – disse Jordan ansiosamente. – Não há nada que eu não faria por tia Nan, eu e

CRÔNICAS DE AVONLEA

Dan. Sim, senhora, você voltará a tempo. Apenas pense no rosto da tia Nan quando ela a vir!

– Eu irei – disse a grande cantora, gentilmente.

Era pôr do sol quando chegaram à fazenda Gull Point. Um arco de ouro quente estava sobre os abetos atrás da casa. A senhora William estava no pátio do celeiro, ordenhando, e a casa estava deserta, exceto pelo bebê dormindo na cozinha e a velhinha com olhos atentos no quarto de cima.

– Por aqui, madame – disse Jordan, parabenizando-se interiormente porque o caminho estava limpo. – Eu vou levar você até o quarto dela.

No andar de cima, Joscelyn bateu na porta entreaberta e entrou. Antes de fechá-la atrás dela, Jordan ouviu tia Nan dizer: – Joscelyn! Pequena Joscelyn! – em um tom que o fez engasgar novamente. Ele cambaleou agradecidamente escada abaixo, para ser atacado pela senhora William na cozinha.

– Jordan Sloane, quem era aquela mulher estilosa com quem você andava no quintal? E o que você fez com ela?

– Era a senhorita Joscelyn Burnett – disse Jordan, inflando-se. Era a hora do seu triunfo sobre a senhora William. – Fui a Kensington e a trouxe para ver tia Nan. Ela está lá em cima com ela agora.

– Meu Deus – disse a senhora William, sem poder fazer nada. – E eu com esses trajes de ordenha! Jordan, pelo amor de Deus, segure o bebê enquanto eu vou vestir minha seda preta. Você podia ter nos avisado. Confesso que não sei quem é o mais idiota: você ou a tia Nan!

Quando a senhora William saiu indignada da cozinha, Jordan ria, tranquilamente satisfeito.

No andar de cima, no pequeno quarto, estava uma grande glória de pôr do sol e contentamento dos corações humanos. Joscelyn estava ajoelhada ao lado da cama, com os braços em volta da tia Nan,

101

e tia Nan, com o rosto todo irradiado, acariciava os cabelos escuros de Joscelyn afetuosamente.

– Ah, pequena Joscelyn – ela murmurou –, parece bom demais para ser verdade. Parece um sonho lindo. Eu a reconheci no minuto em que você abriu a porta, minha querida. Você não mudou nada. E agora é uma cantora famosa, pequena Joscelyn! Eu sempre soube que você seria. Ah, eu quero que você cante uma canção para mim, apenas uma, você canta, querida? Cante aquela canção que as pessoas mais gostam de ouvir você cantar. Esqueci o nome, mas li nos jornais. Cante-a para mim, pequena Joscelyn.

E Joscelyn, de pé junto à cama de tia Nan, sob a luz do pôr do sol, cantou a música que ela havia cantado para muitas plateias brilhantes em muitos concertos notáveis, cantou como nunca, enquanto tia Nan deitava e ouvia extasiada. No andar de baixo, até a senhora William prendeu a respiração, fascinada pela melodia requintada que flutuava pela antiga casa da fazenda.

– Ó, pequena Joscelyn! – respirou tia Nan em êxtase quando a música terminou.

Joscelyn se ajoelhou junto a ela novamente e elas tiveram uma longa conversa sobre os velhos tempos. Uma a uma, elas recordaram as memórias daquele verão desaparecido. O passado entregou-se a lágrimas e risos. Tanto o coração quanto a imaginação vagavam pelos caminhos de muito tempo atrás. Tia Nan estava perfeitamente feliz. E então Joscelyn contou a ela toda a história de suas lutas e triunfos desde que elas se separaram.

Quando o luar começou a deslizar pela janela, tia Nan estendeu a mão e tocou a cabeça inclinada de Joscelyn.

– Pequena Joscelyn – ela sussurrou –, se não for pedir muito, eu quero que você cante apenas mais uma música. Você se lembra de quando estava aqui, como cantávamos hinos na sala de visitas todos os domingos

CRÔNICAS DE AVONLEA

à noite, e meu favorito sempre era *"The Sands of Time Are Sinking"*[2]? Eu nunca me esqueci de como você costumava cantá-lo, e eu quero ouvi-lo mais uma vez, querida. Cante-o para mim, pequena Joscelyn.

Joscelyn se levantou e foi até a janela. Ao erguer a cortina, ela ficou em pé no esplendor do luar e cantou o grande hino antigo. A princípio, tia Nan marcava o compasso debilmente sobre a colcha; mas, quando Joscelyn chegou ao verso "Com misericórdia e julgamento", ela cruzou as mãos sobre o peito e sorriu.

Quando o hino terminou, Joscelyn se aproximou da cama.

– Receio que eu deva dizer adeus agora, tia Nan – disse ela.

Então ela viu que tia Nan havia adormecido. Ela não a acordou, mas tirou de seu peito o ramo de rosas vermelhas que usava e o deslizou delicadamente entre os dedos de tia Nan gastos pela labuta.

– Adeus, querida, doce mãe de coração – ela murmurou.

No andar de baixo, ela encontrou a senhora William esplêndida em sua seda preta farfalhante, seu rosto largo e rubi sorrindo, transbordando de desculpas e boas-vindas, que Joscelyn interrompeu friamente.

– Obrigada, senhora Morrison, mas não posso ficar mais tempo. Não, obrigada, eu não me importo com comes e bebes. Jordan vai me levar de volta a Kensington imediatamente. Eu vim para ver a tia Nan.

– Tenho certeza de que ela ficou encantada – disse a senhora William, efusivamente. – Ela tem falado de você há semanas.

– Sim, isso a deixou muito feliz – disse Joscelyn gravemente. – E isso me fez feliz também. Eu amo a tia Nan, senhora Morrison, e devo muito a ela. Em toda a minha vida, nunca conheci uma mulher tão pura, desinteressadamente boa, nobre e verdadeira.

---

2 "As Areias do Tempo estão Afundando", composta em 1857, de autoria de Anne Ross Cousin e Samuel Rutherford. (N. T.)

– Imagino agora – disse a senhora William, bastante assolada ao ouvir essa grande cantora pronunciar tanto elogio sobre a velha tranquila e tímida tia Nan.

Jordan levou Joscelyn de volta a Kensington; e, no andar de cima, em seu quarto, tia Nan dormia, com aquele sorriso extasiado no rosto e as rosas vermelhas de Joscelyn nas mãos. Foi assim que a senhora William a encontrou, ao entrar na manhã seguinte com o café da manhã. A luz do sol deslizava sobre o travesseiro, iluminando o rosto doce e velho e os cabelos prateados, e movendo-se furtivamente para baixo até as rosas vermelhas desbotadas em seu peito. Sorrindo, em paz e feliz, jazia a tia Nan, pois ela havia caído no sono que não conhece o despertar terreno enquanto a pequena Joscelyn cantava.

A vitória de Lucinda

O casamento de um Penhallow sempre era motivo para uma reunião dos Penhallows. Das partes mais extremas da Terra eles viriam, Penhallows de nascimento, Penhallows de casamento e Penhallows de ascendência. East Grafton era o hábitat antigo da raça, e Penhallow Grange, onde o "velho" John Penhallow vivia, era uma Meca para eles.

Quanto à própria família, o parentesco exato de todas as suas ramificações era algo difícil de definir. O velho tio Julius Penhallow era visto como uma verdadeira maravilha, porque ele carregava tudo na cabeça e podia dizer à primeira vista exatamente qual a relação de qualquer Penhallow com outro Penhallow. O resto dava um palpite cego sobre isso, na maioria das vezes, e os Penhallows mais jovens deixavam-se perder entre os primos.

Nesse caso estava a filha do "jovem" John Penhallow, Alice Penhallow, que estava para se casar. Alice era uma garota agradável, mas ela e seu casamento só pertencem a essa história na medida em que fornecem um pano de fundo para Lucinda; portanto, nada mais precisa ser dito sobre ela.

LUCY MAUD MONTGOMERY

Na tarde do dia do casamento, os Penhallows mantiveram o bom e antiquado costume de casamentos à noite com uma dança vibrante depois, Penhallow Grange estava lotada de convidados que tinham vindo tomar chá e descansar antes de ir até o "jovem" John. Muitos deles haviam percorrido oitenta quilômetros. No grande pomar de outono, os mais jovens se reuniam, batiam papo e se divertiam. No andar de cima, no antigo quarto da senhora John, ela e as filhas casadas realizavam um conclave nobre. O "velho" John havia se estabelecido com seus filhos e genros na sala de visitas, e as três noras estavam se sentindo em casa na sala de estar azul, envolvidas em fofocas inofensivas da família. Lucinda e Romney Penhallow também estavam lá.

A senhora Nathaniel Penhallow estava sentada em uma cadeira de balanço e esquentava os dedos dos pés na lareira, pois a brilhante tarde de outono estava um pouco fria, e Lucinda, como sempre, mantinha a janela aberta. Ela e a rechonchuda senhora Frederick Penhallow conversaram a maior parte do tempo. A senhora George Penhallow estava um pouco fora de si em razão de sua novidade. Ela era a segunda esposa de George Penhallow, casada havia apenas um ano. Por isso, suas contribuições para a conversa eram bastante espasmódicas, lançadas, por assim dizer, por dedução, sendo algumas vezes apropriadas e outras saboreavam um ponto de vista não estritamente "penhallowesco".

Romney Penhallow estava sentado em um canto, ouvindo a tagarelice das mulheres, com o sorriso inescrutável que sempre irritava a senhora Frederick. A senhora George se perguntou o que ele fazia ali entre as mulheres. Ela também se perguntou a qual ponto exatamente ele pertencia na árvore genealógica. Ele não era um dos tios, mas não podia ser muito mais jovem que George.

"Quarenta, pelo menos", era o diálogo mental da senhora George, "mas um homem muito bonito e fascinante. Eu nunca vi um queixo e uma covinha tão esplêndidos".

CRÔNICAS DE AVONLEA

Lucinda, com cabelos cor de bronze e a mais branca das peles, desafiando a impiedosa luz do sol e se deleitando com o ar fresco, estava sentada no parapeito da janela aberta atrás das folhas carmesim da videira, olhando para o jardim, onde dálias ardiam e ásteres[3] se rompiam em ondas de roxo e branco neve. A luz avermelhada da tarde de outono dava um brilho às ondas do seu cabelo e salientava a pureza excessiva de seus contornos gregos.

A senhora George sabia quem era Lucinda, prima de segundo grau, cuja beleza, apesar de seus 35 anos, era característica dos Penhallows.

Ela era uma daquelas mulheres raras que mantêm sua beleza intocada pela passagem dos anos. Ela amadureceu, mas não envelheceu. Os Penhallows mais velhos ainda estavam inclinados, por pura força de hábito, a encará-la como uma menina, e os Penhallows mais novos a consideravam um deles. No entanto, Lucinda nunca fingia feminilidade; bom gosto e um forte senso de humor a preservavam em meio a muitas tentações. Ela era simplesmente uma mulher bonita e totalmente desenvolvida, com quem o tempo havia declarado uma trégua, jovem com uma juventude suave que nada tinha a ver com anos.

A senhora George gostava de Lucinda e a admirava. Agora, quando a senhora George gostava de qualquer pessoa e a admirava, era uma questão de necessidade que ela transmitisse suas opiniões ao mais conveniente confidente. Nesse caso, foi com Romney Penhallow que a senhora George comentou docemente:

– Você não acha que nossa Lucinda está notavelmente bem neste outono?

Parecia uma pergunta bastante inofensiva, ilógica e bem-intencionada. A pobre senhora George podia muito bem ser desculpada por se sentir desnorteada com o efeito. Então, Romney juntou suas longas pernas, levantou-se e afastou-se da infeliz oradora com uma esmagadora reverência no estilo Penhallow.

---

3   Flor em forma estrelada, nativa da América do Norte, da família das *Asteraceae*. (N.T.)

– Longe de mim discordar da opinião de uma dama, especialmente quando se trata de outra dama – disse ele, ao deixar a sala azul.

Recuperada pela sátira mordaz em seu tom, a senhora George, sem palavras, olhou de relance para Lucinda. Lucinda tinha dado as costas para a festa e estava olhando fixamente para o jardim, com um rubor muito decidido nas curvas nevadas de seu pescoço e de sua bochecha. Então a senhora George olhou para as cunhadas. Elas estavam observando-a com o divertimento tolerante que elas deviam oferecer a uma criança por falar inadvertidamente. A senhora George experimentou aquele pressentimento sutil pelo qual nos é dado saber que falamos o que não devia. Ela sentiu-se transformar em um desconfortável vermelho. Que esqueleto de Penhallow ela involuntariamente sacudiu? Ora, por que era uma ofensa tão evidente elogiar Lucinda?

A senhora George ficou devotamente agradecida quando uma convocação à mesa de chá a resgatou de seu lamaçal de embaraço. A refeição estava arruinada para ela, no entanto – a recordação mortificante de seu misterioso disparate conspirou com sua curiosidade para banir o apetite. Assim que possível, depois do chá, ela atraiu a senhora Frederick para o jardim e, no caminho das dálias, solenemente exigiu o motivo de tudo.

A senhora Frederick entregou-se a uma risada que pôs à prova o valor de suas festivas costuras de seda marrom.

– Minha querida Cecília, foi *tão* divertido – disse ela, um pouco condescendentemente.

– Mas por quê? – gritou a senhora George, ressentindo-se do apoio e do mistério. – O que foi tão terrível no que eu disse? Ou tão engraçado? E *quem* é esse Romney Penhallow com quem não se deve falar?

– Ah, Romney é um dos Penhallows de Charlottetown – explicou a senhora Frederick. – Ele é advogado lá. É primo de primeiro grau de Lucinda e de segundo grau de George, não é? Oras bolas! Você deve

CRÔNICAS DE AVONLEA

procurar o tio John se quiser a genealogia. Estou confusa sobre o parentesco dos Penhallows. E, quanto a Romney, é claro que você pode falar com ele sobre o que quiser, exceto Lucinda. Ah, você é inocente! Perguntar se ele não achava que Lucinda estava parecendo bem! E bem diante dela também! Claro que ele pensou que você fez isso de propósito para provocá-lo. Foi isso que o tornou tão selvagem e sarcástico.

– Mas por quê? – insistiu a senhora George, mantendo-se tenazmente à sua questão.

– George não lhe contou?

– Não – disse a esposa de George em ligeira exasperação. – George passa a maior parte do tempo, desde que nos casamos, contando coisas estranhas sobre os Penhallows, mas ele ainda não chegou a isso, evidentemente.

– Ora, minha querida, é o romance da nossa família. Lucinda e Romney são apaixonados um pelo outro. Eles estão apaixonados há quinze anos e, durante todo esse tempo, nunca se falaram uma única vez!

– Ai, meu Deus! – murmurou a senhora George, sentindo a inadequação da mera linguagem. Esse era um método de cortejo de Penhallow? – Mas por quê?

– Eles tiveram uma briga quinze anos atrás – disse a senhora Frederick pacientemente. – Ninguém sabe como se originou ou algo a respeito, exceto que a própria Lucinda admitiu isso para nós depois. Mas, na primeira onda de raiva, ela disse a Romney que nunca mais falaria com ele enquanto vivesse. E ele disse que nunca falaria com ela até que ela falasse primeiro, porque, veja, como ela estava errada, ela deveria fazer o primeiro avanço. E eles nunca mais se falaram. Todos, suponho, revezaram-se na tentativa de reconciliá-los, mas ninguém conseguiu. Não acredito que Romney tenha sequer pensado em qualquer outra mulher em toda a sua vida, e certamente Lucinda nunca pensou em outro homem. Você notará que ela ainda usa o anel de Romney. Eles estão praticamente noivos ainda, é claro. E Romney disse uma vez que, se Lucinda dissesse apenas uma palavra, não importasse qual fosse, mesmo que fosse algo ofensivo, ele também falaria e pediria perdão por sua parte na briga, porque, veja você, ele não estaria quebrando sua palavra. Ele não toca no assunto há anos, mas presumo que ele ainda tenha a mesma opinião. E eles estão tão apaixonados um pelo outro como sempre foram. Ele está sempre rondando onde ela está, quando outras pessoas também estão lá. Ele a evita como uma praga quando ela está sozinha. Foi por isso que ele ficou na sala azul conosco hoje. Não parece haver uma partícula de ressentimento entre eles. Se Lucinda apenas falasse! Mas isso Lucinda não fará.

– Você não acha que ela vai falar? – disse a senhora George.

A senhora Frederick sacudiu sabiamente sua cabeça frisada.

– Agora não. A coisa toda resistiu por muito tempo. Seu orgulho nunca a deixará falar. Costumávamos esperar que ela fosse enganada por esquecimento ou acidente, costumávamos montar armadilhas para ela, mas tudo sem efeito. É uma pena também. Eles foram feitos um para o outro. Você sabe, eu me zango quando começo a debater todo esse caso bobo dessa maneira. Não soa como se estivéssemos falando da briga de duas crianças em idade escolar? Nos últimos anos, aprendemos que não vale a pena falar de Lucinda para Romney, mesmo da maneira mais comum. Ele parece se ressentir disso.

– Ele deveria falar – exclamou a senhora George calorosamente. – Mesmo que ela estivesse errada dez vezes, ele deveria ignorar e falar primeiro.

– Mas ele não vai falar. E ela não vai falar. Você nunca viu dois mortais tão determinados. Eles herdaram isso do avô por parte de mãe, o velho Absalom Gordon. Não existe essa teimosia no lado Penhallow. Sua obstinação era um provérbio, minha querida, realmente um provérbio. O que quer que ele dissesse, ele manteria até se o céu caísse.

CRÔNICAS DE AVONLEA

Ele também era um velho que xingava muito – acrescentou a senhora Frederick, caindo em uma lembrança irrelevante. – Ele passou muito tempo em um campo de mineração em sua juventude e nunca superou isso, o hábito de xingar, quero dizer. Teria feito seu sangue gelar, minha querida, ouvi-lo às vezes. E, no entanto, ele era um velho muito bom de qualquer outra maneira. Ele não podia evitar, de alguma forma. Ele tentou, mas costumava dizer que a profanação era tão natural para ele quanto respirar. Isso costumava mortificar terrivelmente sua família. Felizmente, nenhum deles se parece com ele a esse respeito. Mas ele está morto, e não se deve falar mal dos mortos. Preciso ir buscar Mattie Penhallow para arrumar meu cabelo. Eu rasgaria essas mangas se tentasse fazer isso sozinha e não quero me vestir de novo. Você não vai falar com Romney sobre Lucinda novamente, minha querida Cecília?

– Quinze anos! – murmurou a senhora George, impotente, para as dálias. – Comprometidos há quinze anos e nunca falando um com o outro! Querido coração e alma, pensem nisso! Ah, esses Penhallows!

Enquanto isso, Lucinda, serenamente inconsciente de que sua história de amor estava sendo narrada pela senhora Frederick no jardim da dália, estava se vestindo para o casamento. Lucinda ainda gostava de se vestir para uma festa, já que o espelho ainda tratava delicadamente dela. Além disso, ela tinha um vestido novo. Agora, um vestido novo e especialmente belo como esse era uma raridade para Lucinda, que pertencia a um lado dos Penhallows conhecido por ser cronicamente desvalido. De fato, Lucinda e sua mãe viúva eram pobres e, portanto, um vestido novo era um evento na existência de Lucinda. Um tio havia lhe dado este, uma coisa linda e efêmera, como ela jamais ousaria escolher por si mesma, mas com a qual se deleitava com encanto feminino.

Era de um *voile* verde-claro, uma cor que destacava admiravelmente o brilho avermelhado de seus cabelos e o brilho claro de sua pele.

111

Quando ela terminou de se vestir, olhou-se no espelho com franco deleite. Lucinda não era vaidosa, mas estava muito consciente de sua beleza e sentia um prazer impessoal nela, como se estivesse olhando para um quadro delicadamente pintado pela mão de um mestre.

A forma física e o rosto refletidos no espelho a satisfizeram. Os folhados e drapeados do *voile* verde exibiam com perfeição as curvas completas, mas não exageradas, de sua bela imagem. Lucinda levantou o braço e tocou uma rosa vermelha nos lábios com a mão sobre a qual cintilava o brilho glacial do diamante de Romney, olhando para a inclinação graciosa do ombro e a linha esplêndida do queixo e da garganta com aprovação crítica.

Ela notou também o quão bem o vestido realçou seus olhos, destacando toda a cor mais profunda deles. Lucinda tinha olhos magníficos. Certa vez, Romney escreveu um soneto para eles, no qual ele comparou sua cor com mirtilos maduros. Isso pode não soar poético para você, a menos que você saiba ou se lembre exatamente de quais são os matizes de mirtilos maduros: roxo-escuro sob algumas luzes, cinza-claro sob outras, e ainda outras vezes a tonalidade enevoada das primeiras violetas do prado.

– Você realmente parece muito bem – comentou a Lucinda real para a Lucinda espelhada. – Ninguém pensaria que você é uma donzela solteirona. Mas você é. Alice Penhallow, que vai se casar nesta noite, era uma criança de cinco anos quando você pensou em se casar quinze anos atrás. Isso faz de você uma donzela solteirona, minha querida. Bem, culpa é sua e continuará sendo sua culpa, seu ramo teimoso de uma raça teimosa!

Ela lançou sua cauda longe e vestiu as luvas.

– Espero não fazer nenhuma mancha neste vestido nesta noite – refletiu. – Vai ter que me servir de vestido de gala por pelo menos um ano,

CRÔNICAS DE AVONLEA

e tenho uma convicção assustadora de que ele é terrivelmente fácil de manchar. Abençoe o coração bom e incalculável do tio Mark! Como eu teria detestado se ele tivesse me dado algo razoável, útil e feio... como tia Emilia teria feito.

Todos foram até o "jovem" John Penhallow ao nascer da lua. Lucinda atravessou os mais de três quilômetros de colina e vale com um jovem primo de segundo grau, chamado Carey Penhallow. O casamento foi um acontecimento completamente maravilhoso. Lucinda parecia impregnada na atmosfera social, e em todos os lugares que ela passava um pequeno murmúrio de admiração seguia atrás dela como uma onda. Ela estava, sem sombra de dúvida, uma beldade, mas se sentia levemente entediada e ficou mais feliz quando os convidados começaram a se desentender.

"Receio estar perdendo a capacidade de me divertir", pensou ela, um pouco triste. "Sim, eu devo estar envelhecendo. É isso que significa quando as funções sociais começam a aborrecer você."

Foi aquela infeliz da senhora George que falou o que não devia novamente. Ela estava em pé na varanda quando Carey Penhallow apareceu.

– Diga a Lucinda que eu não posso levá-la de volta ao Grange. Eu tenho que levar Mark e Cissy Penhallow para Bright River para pegar o expresso das duas horas. Haverá muitas oportunidades de carona para ela com os outros.

Nesse momento, George Penhallow, segurando seu cavalo de criação com dificuldade, gritou por sua esposa. A senhora George, toda agitada, correu de volta para o salão ainda lotado. Exatamente a quem ela deu sua mensagem nunca foi de conhecimento de nenhum dos Penhallows. Mas uma garota alta, de cabelos avermelhados, vestida de organdi verde-claro, Anne Shirley, de Avonlea, contou a Marilla Cuthbert e Rachel Lynde como uma piada na manhã seguinte que uma mulher rechonchuda em um *fascinator*[4] rosa brilhante a agarrou pelo braço e disse com a voz entrecortada: "Carey Penhallow não pode levá-la, ele diz que você deve procurar outra pessoa", e se foi antes que ela pudesse responder ou se virar.

Foi assim que Lucinda, quando saiu do degrau da varanda, se encontrou inexplicavelmente abandonada. Todos os Grange Penhallows se foram; Lucinda percebeu isso depois de alguns momentos de busca perplexa, e ela entendeu que, para chegar ao Grange naquela noite, ela deveria andar. Claramente não havia alguém para levá-la.

Lucinda estava zangada. Não é agradável sentir-se esquecida e negligenciada. É ainda menos agradável caminhar sozinha para casa por uma estrada rural, à uma da manhã, usando um *voile* verde-claro. Lucinda não estava preparada para tal caminhada. Ela não tinha nada, a não ser sapatos de sola fina, e seus únicos agasalhos eram um *fascinator* frágil e um casaco curto.

"Que tipo eu vou parecer, entrando sozinha em casa neste traje", ela pensou irritada.

Não havia ajuda para isso, a menos que ela confessasse sua difícil situação a alguns dos convidados estranhos e implorasse uma carona para casa. O orgulho de Lucinda desprezou tal pedido e a confirmação do abandono envolvida. Não, ela iria andar, já que era tudo o que havia, mas ela não iria pela estrada principal para ser encarada por todos que pudessem passar por ela. Havia um atalho por uma trilha através dos campos; ela conhecia cada centímetro dele, embora não o atravessasse há anos.

Ela reuniu o *voile* verde no melhor estado possível, saiu furtivamente ao redor da casa na sombra delicada, escolheu o caminho pelo gramado lateral e encontrou um portão que se abria para uma trilha

---

4 Acessórios para o cabelo em que plumas, flores, penas e outros elementos podem ser presos em um chapéu ou no próprio penteado. (N.T.)

cercada de bétulas, onde as árvores cobertas pela geada brilhavam ao luar com um esplendor prateado e dourado. Lucinda esvoaçou pela trilha, ficando mais furiosa a cada passo, conforme lhe vinha a percepção de quão vergonhosamente ela pareceu ter sido tratada. Ela acreditava que ninguém tinha pensado nela, o que era dez vezes pior do que o abandono premeditado.

Quando ela chegou ao portão na final da trilha, um homem que estava debruçado sobre ele sobressaltou-se, com um rápido arfar em sua respiração, o que, em qualquer outro homem que não fosse Romney Penhallow, ou em qualquer outra mulher que não fosse Lucinda Penhallow, teria sido uma exclamação de surpresa.

Lucinda reconheceu-o com muito aborrecimento e um pouco de alívio. Ela não teria que ir para casa sozinha. Mas com Romney Penhallow! Ele pensaria que ela havia tramado isso propositalmente?

Romney silenciosamente abriu o portão para ela, silenciosamente trancou-o atrás dela e silenciosamente acertou o passo ao lado dela. Desceram através de uma extensão aveludada de campo; o ar estava gelado, calmo e imóvel; em todo o mundo jazia uma bruma de luar e névoa que converteu as prosaicas colinas e campos de East Grafton em uma deslumbrante terra das fadas. A princípio, Lucinda se sentiu mais furiosa do que nunca. Que situação ridícula! Como os Penhallows ririam disso!

Quanto a Romney, ele também estava furioso com aquele travesso truque que o acaso lhe pregara. Ele não gostava de ser alvo de uma situação embaraçosa assim como a maioria dos homens; e certamente ser obrigado a voltar para casa pelos campos iluminados pela lua, à uma hora da manhã, com a mulher que ele amava e com quem não falava havia quinze anos, era a ironia do destino com uma vingança. Ela pensaria que ele havia planejado isso? E que diabos ela fazia ao voltar para casa andando depois do casamento?

No momento em que cruzaram o campo e alcançaram a trilha de cerejeira selvagem acima deles, a raiva de Lucinda foi dominada por seu senso de humor salvador. Ela estava até sorrindo um pouco maliciosamente sob seu *fascinator*.

A trilha era um lugar de encantamento: uma longa colunata adornada pela luz da lua, que ninfas de madeira sedutoras poderiam ter graciosamente ambientado. O brilho da Lua caía através dos galhos arqueados e fazia um mosaico de luz prateada e sombra clara para os amantes hostis entrarem. De ambos os lados havia a escuridão pairando no bosque, e ao redor deles havia um enorme silêncio que não era rompido nem pelo vento.

No meio do caminho, Lucinda foi tomada por uma recordação sentimental. Ela pensou na última vez que Romney e ela caminharam para casa juntos por essa mesma trilha, vindos de uma festa na casa do "jovem" John. Também havia sido à luz da lua, e – Lucinda deu um suspiro – eles andaram de mãos dadas. Bem aqui, diante da grande faia cinza, ele a deteve e a beijou. Lucinda se perguntou se ele também estava pensando nisso e lançou um olhar para ele por baixo da aba de renda de seu *fascinator*.

Mas ele andava a passos largos e mal-humorado, com as mãos nos bolsos e o chapéu puxado sobre os olhos, passando pela velha faia sem dar uma olhadela para ela. Lucinda controlou outro suspiro, recolheu um pedaço esvoaçante do *voile* que escapara e seguiu em frente.

Além da trilha, uma série de três campos de colheita prateados descia até o riacho de Peter Penhallow, um córrego largo e raso cuja ponte nos velhos tempos era feita pelo tronco musgoso de uma velha árvore caída. Quando Lucinda e Romney chegaram ao riacho, fitaram a agitação da água sem expressão. Lucinda se lembrou de que não devia falar com Romney bem a tempo de impedir uma exclamação de consternação. Não havia árvore! Não havia nenhuma ponte de nenhum tipo sobre o riacho!

CRÔNICAS DE AVONLEA

Eis uma situação difícil! Mas, antes que Lucinda pudesse fazer mais do que desesperadamente se perguntar o que deveria ser feito agora, Romney respondeu, não em palavras, mas em ações. Friamente ele pegou Lucinda em seus braços, como se ela fosse uma criança em vez de uma mulher adulta feita, e começou a atravessar com ela pelas águas.

Lucinda arfou impotentemente. Ela não podia proibi-lo e estava tão sufocada de raiva pela presunção dele que não podia falar em nenhum caso. Então veio a catástrofe. O pé de Romney escorregou em uma pedra redonda e traiçoeira, houve um tremendo barulho de algo caindo na água, e Romney e Lucinda Penhallow caíram sentados no meio do riacho de Peter Penhallow.

Lucinda foi a primeira a se recuperar. Nela se agarrava em uma frouxidão de partir o coração o *voile* arruinado. A recordação de toda a sua injustiça naquela noite tomou conta de sua alma e seus olhos arderam à luz da lua. Lucinda Penhallow nunca esteve tão furiosa em sua vida.

– SEU I-I-IDIOTA! – ela disse, em uma voz que literalmente tremia de raiva.

Romney mansamente escalou a margem atrás dela.

– Sinto muito, Lucinda – disse ele, esforçando-se com sucesso incerto para deter um suspeito tremor de riso em seu tom. – Foi lamentavelmente desajeitado da minha parte, mas aquela pedra virou bem debaixo do meu pé. Por favor, perdoe-me por isso, e por outras coisas.

Lucinda não se dignou responder. Ela ficou em pé em uma pedra plana e torceu a água do pobre *voile* verde. Romney a contemplou apreensivamente.

– Depressa, Lucinda – ele suplicou. – Você vai morrer de resfriado.

– Eu nunca pego resfriado – respondeu Lucinda, com os dentes batendo. – E é no meu vestido que estou pensando, estava pensando. Você tem mais necessidade de se apressar. Você está encharcado e sabe que é sujeito a resfriados. Lá, vai.

LUCY MAUD MONTGOMERY

Lucinda pegou a cauda pesada, que tinha sido tão admirável e flutuante cinco minutos antes, e começou a subir o campo a um ritmo acelerado. Romney aproximou-se dela e deslizou seu braço entre o dela como antigamente. Por um tempo eles caminharam em silêncio. Então Lucinda começou a tremer com uma risada interior. Ela riu silenciosamente por toda a extensão do campo; e, na cerca entre a terra de Peter Penhallow e os acres de Grange, ela parou, afastou o *fascinator* do rosto e olhou para Romney em tom desafiador.

– Você está pensando nisso – exclamou ela –, e eu estou pensando nisso. E continuaremos pensando nisso de tempos em tempos pelo resto de nossa vida. Mas, se você mencionar isso para mim, nunca o perdoarei, Romney Penhallow!

– Eu nunca mencionarei – prometeu Romney. Dessa vez, havia mais do que um vestígio de riso em sua voz, mas Lucinda escolheu não se ressentir. Ela não falou novamente até chegarem ao portão dos Grange. Então ela o encarou solenemente.

– Foi um caso de atavismo – disse ela. – O velho avô Gordon foi o culpado por isso.

No Grange, quase todo mundo estava na cama. Com os convidados espalhando-se para casa a intervalos regulares e saindo apressadamente para seus quartos, ninguém havia sentido falta de Lucinda, cada grupo supondo que ela estivesse com outro grupo. A senhora Frederick, a senhora Nathaniel e a senhora George estavam acordadas. A perenemente fria senhora Nathaniel havia acendido uma fogueira na lareira da sala azul para aquecer os pés antes de se recolher, e as três mulheres estavam discutindo o casamento em tom moderado quando a porta se abriu e a imponente forma de Lucinda, mesmo no *voile* arrastado, apareceu, com o Romney molhado atrás dela.

– Lucinda Penhallow! – arfaram elas, uma a uma.

CRÔNICAS DE AVONLEA

– Fui deixada para caminhar para casa – disse Lucinda friamente. – Então Romney e eu viemos pelo meio dos campos. Não havia ponte sobre o riacho, e, quando ele estava me carregando, escorregou e nós caímos. Isso é tudo. Não, Cecília, nunca fico resfriada, então não se preocupe. Sim, meu vestido está arruinado, mas isso não tem importância. Não, obrigada, Cecília, eu não ligo para uma bebida quente. Romney, vá e tire essa roupa molhada imediatamente. Não, Cecília, *não* vou tomar um banho quente. Eu vou direto para a cama. Boa noite.

Quando a porta se fechou, as três cunhadas se entreolharam. A senhora Frederick, sentindo-se incapaz de expressar suas primeiras sensações, refugiou-se em uma citação:

– "Eu durmo, sonho, imagino e duvido? As coisas são o que parecem, ou são visões?"[5]

– Haverá outro casamento em Penhallow em breve – disse a senhora Nathaniel, com um longo suspiro. – Lucinda falou com Romney finalmente.

– Ah, o que você supõe que ela disse a ele? – gritou a senhora George.

– Minha querida Cecília – disse a senhora Frederick –, nós nunca iremos saber.

Elas nunca souberam.

---

5   Do poema *"Further Language from Truthful James"* (1870), de autoria do poeta americano Francis Brett Harte (1836-1902), conhecido como Bret Harte. (N.T.)

A menina do velho Shaw

– Depois de amanhã, depois de amanhã – disse o velho Shaw, esfregando alegremente suas mãos compridas e esbeltas. – Eu tenho que continuar dizendo isso várias vezes, para acreditar de fato. Parece bom demais para ser verdade que eu vou ter Florzinha novamente. E tudo está pronto. Sim, acho que está tudo pronto, só falta terminar de cozinhar algumas coisas. E este pomar não será uma surpresa para ela! Eu apenas vou trazê-la aqui o mais rápido que puder, sem dizer uma palavra. Vou buscá-la pela trilha de abetos e, quando chegarmos ao final do caminho, vou dar um passo casual e deixá-la sair de debaixo das árvores sozinha, sem nunca suspeitar. Todo o trabalho vai ter valido a pena quando vir seus grandes olhos castanhos arregalados e ouvi-la dizer: "Ó, papai! Ora, papai!"

Ele esfregou as mãos novamente e riu gentilmente para si mesmo. Ele era um velho homem alto e curvado, cujos cabelos eram brancos como a neve, mas o rosto era enérgico e rosado. Seus olhos eram os de um menino, grandes, azuis e alegres, e sua boca nunca havia perdido o

CRÔNICAS DE AVONLEA

truque jovial de sorrir diante de qualquer provocação e, muitas vezes, sem provocação alguma.

Certamente, o pessoal de White Sands não teria lhe dado a opinião mais favorável do mundo sobre o velho Shaw. Antes de mais nada, eles teriam lhe falado que ele era "indolente" e deixara sua fazenda esgotar-se enquanto ele se ocupava com flores e insetos, ou caminhava à toa pelo bosque, ou lia livros ao longo da praia. Talvez fosse verdade, mas a antiga fazenda lhe rendia o sustento; além disso, o velho Shaw não tinha ambição. Ele era tão alegre quanto um peregrino em uma caminhada para o Oeste. Ele havia aprendido o raro segredo de que se deve agarrar a felicidade quando a encontrar, que não adianta marcar o local e voltar a ele em uma época mais conveniente, porque ela não estará mais lá. E é muito fácil ser feliz se você souber, como o velho Shaw sabia mais profundamente, como encontrar prazer em pequenas coisas. Ele aproveitava a vida, sempre aproveitara a vida e ajudava os outros a aproveitá-la; consequentemente, sua vida era um sucesso, independentemente do que as pessoas de White Sands pudessem pensar. E se ele não tivesse "melhorado" sua fazenda? Há pessoas para quem a vida nunca será mais do que uma horta; e há outros para quem ela sempre será um palácio real, com cúpulas e minaretes de arco-íris ornamental.

O pomar do qual ele estava tão orgulhoso ainda era pouco mais do que a essência das coisas que se esperava: uma plantação florescente de árvores jovens que mais tarde equivaleria a algo. A casa do velho Shaw ficava no topo de uma colina sem vegetação e ensolarada, com alguns velhos e firmes pinheiros e abetos atrás dela, as únicas árvores que podiam resistir à varredura completa dos ventos que às vezes sopravam implacavelmente do mar. Árvores frutíferas nunca cresciam perto dela, e isso tinha sido um grande pesar para Sara.

– Ó, papai, se pudéssemos apenas ter um pomar! – ela costumava dizer melancolicamente, quando outras casas de fazenda em White Sands eram sufocadas de branco pela flor de maçã. E, quando ela se foi, e seu pai não tinha nada por que ansiar, exceto seu retorno, ele estava determinado a fazer com que ela encontrasse um pomar quando voltasse.

Sobre a colina sul, calorosamente protegida por bosques de abetos e inclinando-se para a luz do sol, havia um pequeno campo, tão fértil que toda a descuidada gestão de uma vida inteira não se valeu de esgotar. Ali o velho Shaw estabeleceu seu pomar e o viu florescer, observando e cuidando dele até que viesse a conhecer cada árvore como uma criança e amá-la. Seus vizinhos riram dele e disseram que todos os frutos de um pomar tão longe da casa seriam roubados. Mas ainda não havia frutos e, quando chegasse o momento da safra, haveria bastante e de sobra.

– Florzinha e eu vamos pegar tudo o que queremos, e os garotos podem ficar com o resto, se os querem pior do que querem uma boa consciência – disse o velho Shaw, ingênuo e nada metódico.

No caminho de volta para casa, de seu querido pomar, encontrou uma samambaia rara na floresta e a arrancou para Sara, ela adorava samambaias. Ele a plantou no lado sombrio e protegido da casa e sentou-se no velho banco, perto do portão do jardim, para ler a última carta dela, a carta que era apenas uma nota, porque ela estava voltando para casa em breve. Ele sabia todas as palavras de cor, mas isso não estragava o prazer de reler a cada meia hora.

O velho Shaw demorou para se casar e, como diziam as pessoas de White Sands, selecionou uma esposa com seu julgamento habitual, que, em outras palavras, significava nenhum julgamento; caso contrário, ele nunca teria se casado com Sara Glover, uma mera garota franzina, com grandes olhos castanhos como os de uma assustada criatura de madeira e o florescer delicado e fugaz de uma flor de maio na primavera.

– A última mulher no mundo para ser a esposa de um fazendeiro, sem forças ou o que falar sobre ela.

CRÔNICAS DE AVONLEA

O povo de White Sands também não conseguia entender por que Sara Glover se casara com ele.

– Bem, a colheita tola foi a única que nunca falhou.

O velho Shaw (ele era o velho Shaw desde então, embora tivesse apenas 40 anos) e sua jovem noiva não se preocuparam em nada com as opiniões do povo de White Sands. Eles tiveram um ano de perfeita felicidade, pela qual sempre vale a pena viver, mesmo que o resto da vida seja uma peregrinação monótona, e então o velho Shaw se viu sozinho novamente, exceto pela pequena Florzinha. Ela foi batizada de Sara, depois da morte de sua mãe, mas sempre foi Florzinha para seu pai, a preciosa florzinha cujo parto tirou a vida de sua mãe.

Os parentes de Sara Glover, especialmente uma tia rica de Montreal, queriam levar a criança, mas o velho Shaw ficou quase violento com a sugestão. Ele não daria seu bebê a ninguém. Uma mulher foi contratada para cuidar da casa, mas foi o pai quem cuidou da bebê em geral. Ele era tão terno, leal e hábil como uma mulher. Sara nunca sentiu falta dos cuidados de uma mãe e cresceu como uma criatura de vida, luz e beleza, um prazer constante para todos que a conheciam. Ela tinha um jeito de bordar a vida com estrelas. Era dotada com todas as características encantadoras de ambos os pais, com uma vitalidade resiliente e energia que não pertenciam a nenhum deles. Quando ela tinha dez anos, despediu todos os assalariados e cuidou da casa para o pai por seis deleitosos anos, tempo em que eles eram pai e filha, irmão e irmã e "camaradas". Sara nunca foi à escola, mas seu pai cuidou de sua educação de maneira própria. Quando o trabalho era concluído, eles viviam nos bosques e campos, no pequeno jardim que haviam construído no lado protegido da casa ou na praia, onde a luz do sol e a tempestade eram para eles igualmente amáveis e amados. Nunca uma camaradagem foi mais perfeita ou totalmente satisfatória.

– Apenas embrulhados um no outro – dizia o povo de White Sands, meio invejoso, meio reprovador.

Quando Sara tinha dezesseis anos, a senhora Adair, a tia rica já mencionada aqui, lançou-se em White Sands com um charme de moda, cultura e mundanismo exterior. Ela bombardeou o velho Shaw com tantos argumentos que ele teve de sucumbir. Era uma pena que uma garota como Sara crescesse em um lugar como White Sands, "sem vantagens e sem educação", disse a senhora Adair, com desdém, sem entender que sabedoria e conhecimento são duas coisas completamente diferentes.

– Pelo menos, deixe-me dar à filha da minha querida irmã o que eu teria dado à minha própria filha se tivesse uma – ela suplicou em lágrimas. – Deixe-me levá-la comigo e mandá-la para uma boa escola por alguns anos. Então, se ela desejar, ela pode voltar para você, é claro.

Particularmente, a senhora Adair nem por um momento acreditou que Sara iria querer voltar a White Sands e seu estranho pai, depois de três anos da vida que daria a ela.

O velho Shaw cedeu, influenciado de maneira alguma pelas lágrimas da senhora Adair, mas muito por sua convicção de que a justiça de Sara exigia isso. A própria Sara não queria ir, ela protestou e implorou, mas o pai, convencido de que era melhor ir, foi inexorável. Tudo, até os próprios sentimentos dela, teve que ceder a isso. Mas ela deveria voltar para ele sem permissão ou impedimento quando terminasse sua "educação". Foi apenas ao ter isso mais claramente entendido que Sara consentiria em ir. Suas últimas palavras, passadas de novo ao pai em meio a suas lágrimas enquanto ela e a tia passavam pela trilha, foram:

– Eu voltarei, papai. Daqui a três anos eu estarei de volta. Não chore, mas espere ansiosamente por isso.

Ele esperara ansiosamente durante os três longos e solitários anos que se seguiram, nos quais ele nunca viu sua querida. Meio continente

CRÔNICAS DE AVONLEA

estava entre eles, e a senhora Adair vetara visitas de férias, sob algum pretexto ilusório. Mas toda semana trazia uma carta de Sara. O velho Shaw tinha cada uma delas, amarradas com uma das velhas fitas azuis dela e guardadas na sala de visitas dentro da pequena caixa de madeira cor-de-rosa trabalhada, que era de sua mãe. Ele passava todo domingo à tarde relendo-as, com a fotografia dela diante dele. Ele vivia sozinho, recusando-se a ser incomodado com qualquer espécie de ajuda, e mantinha a casa em uma bela ordem.

– Uma dona de casa melhor do que um fazendeiro – diziam as pessoas da White Sands. Ele não alterava nada. Quando Sara voltasse, não se magoaria com mudanças. Nunca lhe ocorreu que ela pudesse ter mudado.

E agora aqueles três anos intermináveis se foram e Sara estava voltando para casa. Ela não escreveu nada sobre os pedidos e as censuras de sua tia e sobre lágrimas vãs; ela escreveu apenas que se formaria em junho e voltaria para casa uma semana depois. A partir de então, o velho Shaw andou em um estado de beatitude, preparando-se para o regresso dela a casa. Ao sentar-se no banco à luz do sol, com o mar azul espumando e estalando ao pé da encosta verde, ele refletiu com satisfação que tudo estava em perfeita ordem. Não havia mais nada a fazer, exceto contar as horas até aquele belo e ansioso dia depois de amanhã. Ele entregou-se a um devaneio, tão doce quanto um sonho em um vale mal-assombrado.

As rosas vermelhas estavam em flor. Sara sempre amou aquelas rosas vermelhas; elas eram tão vívidas quanto ela, com toda a sua plenitude e alegria de viver. Além disso, um milagre aconteceu no jardim do velho Shaw. Em um canto, havia uma roseira que nunca florescera, apesar de toda a tentativa deles de induzi-la, "a roseira emburrada", costumava chamar Sara. Eis que naquele verão ela lançara a doçura acumulada durante anos em abundantes flores brancas, como xícaras rasas de marfim com uma fragrância marcante e picante. Foi em honra à volta de Sara para casa, assim o velho Shaw gostava de imaginar. Todas as coisas, até a roseira emburrada, sabiam que ela estava voltando e estavam alegres por causa disso.

Ele estava exultante com a carta de Sara quando a senhora Peter Blewett chegou. Ela disse que tinha corrido para ver como ele estava se saindo e se ele queria algo antes de Sara chegar.

– Não, obrigado, madame. Eu já me encarreguei de tudo. Eu não poderia deixar mais ninguém se preparar para Florzinha. Só para imaginar, madame, ela estará em casa no dia depois de amanhã. Estou cheio de alegria: corpo, alma e espírito, com alegria ao pensar em ter minha pequena Florzinha em casa novamente.

A senhora Blewett sorriu com azedume. Quando a senhora Blewett sorria, isso era sinal de problemas, e as pessoas sábias haviam aprendido a arranjar compromissos repentinos em outros lugares antes que o sorriso pudesse ser traduzido em palavras. Mas o velho Shaw nunca havia aprendido a ser sábio no que diz respeito à senhora Blewett, embora ela fosse sua vizinha mais próxima havia anos e tivesse incomodado sua vida com conselhos e "conversas amistosas".

A senhora Blewett era alguém para quem a vida tinha dado errado. O efeito nela foi tornar a felicidade para outras pessoas um insulto pessoal. Ela se ressentiu do deleite radiante do velho Shaw pelo retorno de sua filha e "considerou seu dever" alertá-lo imediatamente.

– Você acha que Sara ficará contente em White Sands agora? – ela perguntou.

O velho Shaw parecia um pouco confuso.

– É claro que ela ficará contente – disse ele lentamente. – Não é a casa dela? E eu não estou aqui?

A senhora Blewett sorriu de novo, com duplo desprezo destilado por tal simplicidade.

CRÔNICAS DE AVONLEA

– Bem, é bom que você tenha tanta certeza disso, suponho. Se fosse minha filha que estivesse voltando para White Sands, depois de três anos de vida elegante entre gente rica e estilosa e em uma escola formidável, eu não teria um minuto de paz de espírito. Eu saberia perfeitamente bem que ela desprezaria tudo aqui e ficaria descontente e infeliz.

– A *sua* filha – disse o velho Shaw, com mais sarcasmo do que ele imaginara possuir –, mas Florzinha não.

A senhora Blewett encolheu os ombros pontiagudos.

– Talvez não. Espera-se que não, pelo bem de vocês, tenho certeza. Mas eu ficaria preocupada se fosse comigo. Sara está vivendo entre gente boa e tendo um período alegre e emocionante, e é lógico que ela achará White Sands assustador, solitário e enfadonho. Olhe para Lauretta Bradley. Ela ficou em Boston por apenas um mês no inverno passado e não conseguiu mais suportar White Sands desde então.

– Lauretta Bradley e Sara Shaw são duas pessoas diferentes – disse o pai de Sara, tentando sorrir.

– E sua casa também – prosseguiu a senhora Blewett sem piedade. – É um lugar tão estranho, pequeno e velho. O que ela vai pensar depois de um tempo na casa da tia? Ouvi dizer que a senhora Adair vive em um perfeito palácio. Vou apenas avisá-lo gentilmente de que Sara provavelmente o desprezará, e você deve estar preparado para isso. Claro, suponho que ela pensa que precisa voltar, já que prometeu a você tão solenemente que voltaria. Mas tenho certeza de que ela não quer e também não a culpo.

A senhora Blewett teve que parar para respirar, e o velho Shaw encontrou sua oportunidade. Ele ouvira aturdido e encolhendo-se, como se ela estivesse o castigando com golpes físicos, mas agora uma mudança rápida tomou conta dele. Seus olhos azuis brilharam ominosamente, direto para as dispersas órbitas cinzentas da senhora Blewett.

– Se você já manifestou sua opinião, Martha Blewett, pode ir – disse ele fervorosamente. – Não vou ouvir outra palavra desse tipo. Afaste-se da minha vista e sua língua maliciosa dos meus ouvidos!

A senhora Blewett foi embora, completamente pasmada pela insólita explosão do tranquilo velho Shaw para dizer uma palavra de defesa ou ataque. Quando ela se foi, o fogo todo desvaneceu-se dos olhos dele, e o velho Shaw afundou-se novamente em seu banco. Seu encanto estava morto; seu coração estava cheio de dor e amargura. Martha Blewett era uma mulher belicosa e de mau-caráter, mas ele temia que houvesse muita verdade no que ela dizia. Por que ele nunca pensou nisso antes? É claro que White Sands pareceria enfadonha e solitária para Florzinha; é evidente que a casinha cinza onde ela nasceu pareceria uma pobre residência depois dos esplendores da casa de sua tia. O velho Shaw atravessou o jardim e olhou para tudo com novos olhos. Quão pobre e simples tudo era! Quão decadente e castigada pelo tempo estava a velha casa! Ele entrou e subiu as escadas para o quarto de Sara. Estava arrumado e limpo, exatamente como ela o deixara três anos atrás. Mas era pequeno e escuro; o teto estava descolorido, os móveis antiquados e surrados; ela pensaria que era um lugar pobre e inferior. Até o pomar sobre a colina não lhe trazia conforto agora. Florzinha não se importaria com os pomares. Ela teria vergonha do velho estúpido pai e da fazenda árida. Ela odiaria White Sands e se irritaria com a existência enfadonha, e menosprezaria tudo o que ele passou para constituir sua vida rotineira.

O velho Shaw estava bastante infeliz naquela noite, para satisfação da senhora Blewett, se ela soubesse. Ele se viu como pensava que o povo de White Sands deveria vê-lo: um velho pobre, indolente e tolo, que só tinha uma coisa no mundo que valeria a pena, sua menininha, e ele não tinha sido suficiente para mantê-la.

– Ó, Florzinha, Florzinha! – ele disse, e, quando falou o nome dela, soou como se ele falasse o nome de um morto.

CRÔNICAS DE AVONLEA

Depois de um tempo, o pior passou. Ele se recusou a acreditar que Florzinha teria vergonha dele; ele sabia que ela não teria.

Três anos não poderiam alterar sua natureza leal, não, nem dez vezes três anos. Mas ela teria mudado, teria crescido longe dele naqueles três anos ocupados e brilhantes. Sua companhia não poderia mais satisfazê-la. Quão simples e infantil ele tinha sido! Ela seria doce e gentil, Florzinha nunca poderia ser outra coisa. Ela não mostraria descontentamento ou insatisfação; ela não seria como Lauretta Bradley; mas estaria lá, e ele adivinharia, e isso partiria seu coração. A senhora Blewett estava certa. Quando ele renunciou a Florzinha, ele não deveria ter feito irresolutamente algo de seu sacrifício, ele não deveria obrigá-la a voltar para ele.

Ele andou em seu pequeno jardim até tarde da noite, sob as estrelas, com o mar cantando e chamando-o pela encosta. Quando ele finalmente foi para a cama, não dormiu, mas ficou deitado até a manhã com os olhos molhados de lágrimas e desespero em seu coração. Durante toda a manhã, ele fez seu trabalho diário habitual distraidamente. Frequentemente ele caía em longos devaneios, ficando imóvel onde quer que estivesse e olhando de maneira enfadonha para a frente. Apenas uma vez ele mostrou alguma animação. Quando viu a senhora Blewett subir a trilha, precipitou-se para dentro da casa, trancou a porta e a ouviu bater em um silêncio sinistro. Depois que ela foi embora, ele saiu e encontrou um prato de rosquinhas frescas, coberto com um guardanapo, colocado no banco à porta. A senhora Blewett pretendia indicar, assim, que não se aborreceu por sua dispensa brusca no dia anterior; possivelmente sua consciência também lhe trouxera algum remorso. Mas suas rosquinhas não podiam servir à mente que ela havia adoecido. O velho Shaw as pegou; levou-as para o curral e com elas alimentou os porcos. Foi a primeira coisa maldosa que ele fez em sua vida, e ele sentiu uma satisfação imoral.

129

No meio da tarde, ele foi ao jardim, sentindo a nova solidão de sua pequena casa insuportável. O antigo banco estava quente à luz do sol. O velho Shaw sentou-se com um longo suspiro e deixou sua cabeça branca cair de maneira cansada sobre seu peito. Ele havia decidido o que deveria fazer. Ele diria a Florzinha que ela poderia voltar para sua tia e não se importar com ele, ele se sairia muito bem sozinho e não a culparia nem um pouco.

Ele ainda estava sentado, remoendo-se lá, quando uma garota subiu a trilha. Ela era alta e reta e andava com uma espécie de elevação em seu movimento, como se fosse um tanto mais fácil voar. Ela era morena, com um rico tipo de morenice, como o tom escuro da flor das ameixas roxas ou do brilho de maçãs vermelhas profundas entre as folhas de bronze. Seus grandes olhos castanhos demoravam-se em tudo à vista, e pequenos balbucios de vez em quando vinham de seus lábios entreabertos, como se uma alegria inarticulada estivesse se expressando.

No portão do jardim, ela viu uma figura curvada no velho banco e, no minuto seguinte, estava voando ao longo do caminho das rosas.

– Papai! – ela chamou – Papai!

O velho Shaw levantou-se, em uma impetuosa perplexidade; então, um par de braços femininos estava em volta do seu pescoço e um par de lábios vermelhos e calorosos nos dele; olhos de menina, cheios de amor, olhavam para ele, e uma voz nunca esquecida, formigando com risos e lágrimas misturadas em um delicioso acorde, estava chorando.

– Ó, papai, é você mesmo? Ah, eu não posso lhe dizer como é bom vê-lo novamente!

O velho Shaw a abraçou com firmeza em um silêncio de espanto e alegria profundo demais para imaginar. Ora, essa era sua Florzinha, a mesma Florzinha que partira três anos atrás! Um pouco mais alta, um pouco mais feminina, mas sua querida Florzinha, e nenhuma estranha. Havia um novo céu e uma nova Terra para ele no acontecimento.

CRÔNICAS DE AVONLEA

– Ó querida Florzinha! – ele murmurou – pequena Florzinha querida!
Sara esfregou a bochecha contra a manga desbotada do casaco.

– Papai querido, este momento compensa tudo, não é?

– Mas... mas... de onde você veio? – ele perguntou, seus sentidos
começando a se debater com a perplexidade de surpresa. – Eu não esperava você até amanhã. Você não teve que andar desde a estação, teve?
E seu velho pai não estava lá para recebê-la!

Sara riu, balançou-se pelas pontas dos dedos e dançou ao redor dele
da maneira infantil de muito tempo atrás.

– Descobri que eu consegui adiantar minha vinda e chegar à ilha na
noite passada. Eu estava tão ansiosa para chegar em casa que agarrei a
oportunidade. É claro que andei desde a estação, são apenas três quilômetros, e cada passo foi uma bênção. Minhas bagagens estão lá. Nós
iremos atrás delas amanhã, papai, mas agora eu quero ir direto para
todos os queridos velhos cantos e lugares imediatamente.

– Você deve comer algo primeiro – ele encorajou carinhosamen-
te. – E não há muito na casa, receio. Eu ia fazer um assado amanhã de
manhã. Mas acho que posso procurar algo para você comer, querida.

Ele estava seriamente arrependido por ter dado as rosquinhas da senhora Blewett aos porcos, mas Sara afastou todas essas considerações
com um aceno de mão.

– Eu não quero nada para comer agora. Mais tarde vamos fazer um
lanche, assim como costumávamos fazer sempre que sentíamos fome.
Você não se lembra de quão escandalizadas as pessoas de White Sands
costumavam ficar com nossas horas irregulares? Eu estou com fome;
mas é fome de alma, para vislumbrar todos os queridos velhos aposentos e lugares. Venha, ainda faltam quatro horas para o pôr do sol, e
quero abarrotá-las com tudo o que perdi nesses três anos. Vamos começar aqui mesmo com o jardim. Ah, papai, com que feitiçaria você
induziu aquela roseira emburrada a florescer?

– Nenhuma feitiçaria, ela apenas floresceu porque você estava voltando para casa, querida – disse seu pai.

Eles tiveram uma tarde gloriosa, aquelas duas crianças. Exploraram o jardim e depois a casa. Sara dançou por todos os cômodos e depois pelo seu, segurando com firmeza na mão de seu pai.

– Ah, é adorável ver meu quartinho de novo, papai. Tenho certeza de que todas as minhas velhas esperanças e sonhos estão esperando por mim aqui.

Ela correu para a janela e a abriu, inclinando-se para fora.

– Papai, não há vista no mundo tão bonita quanto aquela curva do mar entre os promontórios. Eu vi paisagens magníficas, e então eu fechava meus olhos e evocava esta imagem. Ouça o vento sibilar nas árvores! Como eu ansiei por essa música!

Ele a levou ao pomar e seguiu perfeitamente seu astuto plano de uma surpresa. Ela o recompensou fazendo exatamente o que ele havia sonhado que ela faria, batendo palmas e gritando:

– Ó papai! Ora, papai!

Eles acabaram na praia e, ao pôr do sol, voltaram e sentaram-se no velho banco do jardim. Diante deles, um mar de esplendor, ardendo como uma grande joia, estendia-se até os portões do oeste. Os longos promontórios de ambos os lados estavam roxo-escuros, e o sol deixava atrás de si um vasto arco sem nuvens de narciso ardente e rosa fugidia. De volta ao pomar, em um céu fresco e verde, cintilava um planeta de cristal, e a noite despejou sobre eles um vinho-claro de orvalho de seu cálice arejado. Os abetos estavam regozijando-se com o vento, e até os pinheiros castigados cantavam o mar. Memórias antigas agruparam-se em seus corações como espíritos iluminados.

– Querida Florzinha – disse o velho Shaw hesitante –, você tem certeza de que ficará satisfeita aqui? Lá fora – com um vago movimento de sua mão em direção a horizontes que encerravam um mundo afastado

CRÔNICAS DE AVONLEA

de White Sands – há prazer e emoção e tudo o mais. Você não vai sentir falta dele? Você não vai se cansar do seu velho pai e de White Sands?

Sara deu uma palmadinha na mão dele suavemente.

– O mundo lá fora é um bom lugar – disse ela, pensativa. – Eu tive três anos esplêndidos e espero que eles possam enriquecer minha vida inteira. Existem coisas maravilhosas por aí para ver e aprender, pessoas finas e nobres para conhecer, obras bonitas para admirar; mas – ela enrolou o braço pelo pescoço dele e encostou a bochecha na dele – não há meu pai!

E o velho Shaw olhou silenciosamente para o pôr do sol, ou melhor, através do pôr do sol, para esplendores ainda mais grandiosos e radiantes, além dos quais as coisas vistas eram apenas reflexos pálidos, não dignos de atenção daqueles que tinham o dom de enxergar mais além.

O namorado da tia Olivia

Tia Olivia contou a Peggy e a mim sobre ele na tarde em que fomos ajudá-la a reunir suas rosas para servir um *pot-pourri*[6]. Nós a encontramos estranhamente calada e preocupada. Como regra geral, ela gostava de diversão leve, alerta para ouvir fofocas de East Grafton, dada às repentinas pequenas vibrações de gargalhadas quase juvenis que por enquanto dissipavam a atmosfera de gentil donzela solteirona que emanava. Nesses momentos, não achamos difícil de acreditar, como em outros momentos, que a própria tia Olivia já fora uma garota.

Nesse dia, ela pegou as rosas distraidamente e sacudiu as pétalas em sua pequena cesta de capim-doce com o ar de uma mulher cujos pensamentos estavam distantes. Não dissemos nada, sabendo que os segredos da tia Olivia sempre chegavam a nós no tempo certo. Quando as folhas das rosas foram colhidas, nós as carregamos para cima em fila indiana, tia Olivia na retaguarda para pegar qualquer folha de rosa perdida que

---

6   Mistura aromática de flores secas. (N.T.)

CRÔNICAS DE AVONLEA

pudéssemos deixar cair. Na sala sudoeste, onde não havia tapete a desbotar, nós as espalhamos pelos jornais no chão. Em seguida, colocamos nossas cestas de capim-doce de volta no lugar apropriado, no armário apropriado, na sala apropriada. O que teria acontecido conosco, ou com as cestas de capim-doce, se isso não tivesse sido feito, eu não sei. Nunca foi permitido ficar algo por um instante fora do lugar na casa da tia Olivia.

Quando descemos, tia Olivia nos pediu para entrar na sala de visitas. Ela tinha algo para nos contar, ela disse, e, quando abriu a porta, um delicado rubor rosa se espalhou por seu rosto. Percebi isso com surpresa, mas nenhuma suspeita da verdade me ocorreu, pois ninguém jamais conectou a ideia de possíveis amores ou casamento a essa pequena e puritana donzela solteirona, Olivia Sterling.

A sala de visitas da tia Olivia era muito parecida com ela: terrivelmente arrumada. Cada peça de mobiliário ficava exatamente no mesmo lugar em que sempre esteve. Nada sofrera para ser alterado. As borlas da almofada maluca estavam sobre o braço do sofá, e o *antimacassar*[7] de crochê estava sempre espalhado precisamente no mesmo ângulo sobre a cadeira de balanço de crina de cavalo. Nenhuma partícula de pó era visível; nenhuma mosca jamais invadiu aquele apartamento sagrado.

Tia Olivia puxou uma cortina, para deixar entrar a luz delicadamente através das folhas da videira, e sentou-se em uma cadeira velha de espaldar alto que havia pertencido à sua bisavó. Ela cruzou as mãos no colo e olhou para nós com apelo tímido em seus olhos azul-acinzentados. Claramente ela achava difícil nos contar seu segredo, mas o tempo todo havia um ar de orgulho e exultação nela; também um pouco de uma nova dignidade. Tia Olivia nunca poderia ser autoafirmativa, mas, se fosse possível, teria sido a hora dela.

---

7   Pequeno pano colocado sobre as costas ou os braços das cadeiras, ou a cabeça ou as almofadas de um sofá, para evitar sujar o tecido permanente por baixo. (N.T.)

– Vocês já me ouviram falar do senhor Malcolm MacPherson? – perguntou tia Olivia.

Nós nunca a ouvimos, ou qualquer outra pessoa, falar do senhor Malcolm MacPherson; mas a quantidade de explicações não poderia ter nos falado mais sobre ele do que a voz da tia Olivia quando ela pronunciou o nome dele. Soubemos, como se nos tivesse sido proclamado em tom de trombeta, que o senhor Malcolm MacPherson devia ser o namorado da tia Olivia, e esse conhecimento nos tirou o fôlego. Nós até deixamos de lado a curiosidade, de tão atônitas que estávamos.

E lá estava a tia Olivia, orgulhosa, tímida, exultante e envergonhada, tudo ao mesmo tempo!

– Ele é irmão da senhora John Seaman, do outro lado da ponte – explicou tia Olivia com um sorriso bobo. – Claro que vocês não se lembram dele. Ele foi para a Colúmbia Britânica há vinte anos. Mas está voltando para casa agora, e... e... digam a seu pai, vocês não... eu... eu... não gostaria de dizer a ele, o senhor Malcolm MacPherson e eu vamos nos casar.

– Casar! – Peggy ofegou.

– "Casar!" – eu repeti estupidamente.

Tia Olivia se ofendeu um pouco.

– Não há nada inadequado nisso, há? – ela perguntou, de maneira um tanto seca.

– Ah, não, não – apressei-me a assegurar-lhe, dando a Peggy um chute furtivo para desviar seus pensamentos do riso. – Você só deveria compreender, tia Olivia, que essa é uma grande surpresa para nós.

– Eu imaginei que seria assim – disse tia Olivia com complacência. – Mas seu pai saberá, ele se lembrará. Espero que ele não me ache tola. Outrora ele não achava que o senhor Malcolm MacPherson fosse uma pessoa adequada para se casar comigo. Mas isso foi há muito tempo, quando o senhor Malcolm MacPherson era muito pobre. Ele está em circunstâncias muito confortáveis agora.

– Conte-nos sobre isso, tia Olivia – disse Peggy. Ela não olhou para mim, o que foi a minha salvação. Se eu tivesse chamado a atenção de Peggy quando tia Olivia disse "senhor Malcolm MacPherson" naquele tom, eu teria rido, quer queira ou não.

– Quando eu era menina, os MacPhersons costumavam viver do outro lado da estrada. O senhor Malcolm MacPherson era meu namorado na época. Mas meus familiares, e especialmente seu pai, queridas, espero que ele não esteja muito zangado, se opuseram a seus interesses e foram muito frios com ele. Acho que foi por isso que ele nunca me disse nada sobre se casar na época. Depois de um tempo, ele foi embora, como eu disse, e nunca ouvi nada diretamente dele por muitos anos. Claro, a irmã dele às vezes me dava notícias sobre ele. Mas em junho passado recebi uma carta dele. Ele disse que estava voltando para casa para se estabelecer na antiga ilha e me perguntou se eu me casaria com ele. Eu escrevi de volta e disse que sim. Talvez eu devesse ter consultado seu pai, mas eu tive medo de que ele achasse que eu deveria recusar o senhor Malcolm MacPherson.

– Ah, acho que o papai não se importará – disse Peggy, de maneira tranquilizadora.

– Espero que não, porque, é claro, consideraria meu dever, em qualquer caso, cumprir a promessa que fiz ao senhor Malcolm MacPherson. Ele estará em Grafton na próxima semana, convidado da irmã dele, a senhora John Seaman, do outro lado da ponte.

Tia Olivia disse isso exatamente como se estivesse lendo a coluna pessoal do *Daily Enterprise*.

– Quando será o casamento? – eu perguntei.

– Ah! – tia Olivia corou angustiadamente. – Eu não sei a data exata. Nada pode ser resolvido definitivamente até o senhor Malcolm MacPherson chegar. Mas não será antes de setembro, no mínimo. Haverá muito que fazer. Vocês vão contar a seu pai, não vão?

Prometemos que sim, e tia Olivia levantou-se com um ar de alívio. Peggy e eu corremos para casa, parando, quando estávamos seguramente fora do alcance de seu ouvido, para rir. Os romances da meia-idade podem ser tão ternos e doces quanto os da juventude, mas tendem a ter muito humor para os espectadores. Somente os jovens podem ser sentimentais sem provocar risada. Amamos tia Olivia e ficamos felizes por sua felicidade tardia e recém-desabrochada, mas também nos divertimos com isso. A lembrança de seu "senhor Malcolm MacPherson" era demais para nós toda vez que pensávamos nisso.

Papai desdenhou de maneira incrédula a princípio e, quando o convencemos, riu com gargalhadas. Tia Olivia não precisava mais temer a oposição de sua família cruel.

– MacPherson era um bom sujeito, mas terrivelmente pobre – disse papai. – Ouvi dizer que ele se saiu muito bem no Oeste, e se ele e Olivia têm um sentimento um pelo outro, no que me diz respeito, eu apoio o casamento. Diga a Olivia que ela não deve ter um ataque se ele deixar um rastro de lama em sua casa de vez em quando.

Assim, tudo foi arranjado e, antes que percebêssemos, tia Olivia estava no meio dos preparativos para o casamento, e Peggy e eu éramos absolutamente indispensáveis. Ela nos consultou em relação a tudo, e quase morávamos na casa dela naqueles dias que antecederam a chegada do senhor Malcolm MacPherson.

Tia Olivia claramente se sentia muito feliz e importante. Ela sempre desejara se casar; não era nem um pouco decidida, e ser uma donzela solteirona sempre fora algo doloroso para ela. Eu acho que ela considerava isso uma desgraça. E, no entanto, ela era uma donzela solteirona nata; olhando para ela e levando em consideração toda a sua maneira puritana e pouco determinada, era quase impossível imaginá-la como a esposa do senhor Malcolm MacPherson ou de qualquer outra pessoa.

CRÔNICAS DE AVONLEA

Logo descobrimos que, para tia Olivia, o senhor Malcolm MacPherson representava uma proposição meramente abstrata, o homem que deveria conferir a ela a dignidade da maternidade há muito retida. Seu romance começou e terminou ali, embora ela própria estivesse bastante inconsciente disso e acreditasse que estava profundamente apaixonada por ele.

– Qual será o resultado, Mary, quando ele chegar em carne e osso e ela for obrigada a lidar com o "senhor Malcolm MacPherson" como um homem real e vivo, em vez de uma nebulosa "outra parte de um contrato" na cerimônia de casamento? – questionou Peggy, enquanto embainhava os guardanapos de mesa para tia Olivia, sentada nos degraus de arenito bem esfregados, e cuidadosamente arrumava todos os retalhos e fiapos na pequena cesta que tia Olivia havia colocado ali para esse propósito.

– Isso pode transformá-la de uma donzela egocêntrica em uma mulher para quem o casamento não parece uma coisa tão incongruente – eu disse.

No dia em que o senhor Malcolm MacPherson era esperado, Peggy e eu fomos lá. Tínhamos planejado permanecer longe, pensando que os amantes prefeririam que o primeiro encontro não fosse testemunhado, mas tia Olivia insistiu que estivéssemos presentes. Ela estava claramente nervosa; o abstrato estava se tornando concreto. Sua pequena casa estava em uma ordem imaculada e impecável, de cima a baixo. Tia Olivia havia ela própria esfregado o chão do sótão e varrido os degraus do porão naquela mesma manhã com tão esmerado cuidado quanto esperava que o senhor Malcolm MacPherson se apressasse em inspecionar cada um imediatamente, e ela dependia completamente da opinião dele.

Peggy e eu a ajudamos a se vestir. Ela insistiu em usar sua melhor seda preta, na qual ela parecia artificialmente bem. Sua musselina macia a deixava muito melhor, mas não conseguimos convencê-la a usá-la.

Qualquer coisa mais pudica e requintadamente arrumada do que tia Olivia, quando sua toalete estava terminada, nunca tive a sorte de ver. Peggy e eu a observamos enquanto ela descia as escadas, com a saia firmemente erguida ao redor dela, para que não roçasse o chão.

– O "senhor Malcolm MacPherson" ficará inspirado com tanta admiração que ele só será capaz de sentar e olhar fixamente para ela – sussurrou Peggy. – Eu gostaria que ele viesse e terminasse isso. Está me dando nos nervos.

Tia Olivia entrou na sala de visitas, acomodou-se na velha cadeira esculpida e cruzou as mãos. Peggy e eu nos sentamos na escada para aguardar a chegada dele em um nítido suspense. O gatinho da tia Olivia, uma criatura gorda e com bigodes, parecendo veludo preto, compartilhou nossa vigília e ronronou em uma enlouquecedora paz de espírito.

Podíamos ver o caminho do jardim e o portão pela janela do corredor, e, portanto, deveríamos ter um aviso completo da aproximação do senhor Malcolm MacPherson. Não era de admirar, portanto, que nós definitivamente pulamos quando uma batida estrondosa ressoou contra a porta da frente e ecoou pela casa. Teria o senhor Malcolm MacPherson caído do céu?

Mais tarde, descobrimos que ele veio através dos campos e rodeara a casa pelo fundo, mas naquele momento sua súbita chegada foi quase estranha. Desci as escadas correndo e abri a porta. No degrau estava um homem com cerca de um metro e noventa de altura, proporcionalmente largo e musculoso. Ele tinha ombros esplêndidos, cabelos pretos encaracolados, grandes olhos azuis cintilantes e uma tremenda barba negra que caía sobre seu peito em ondas brilhantes. Em resumo, o senhor Malcolm MacPherson era o que se chamaria instintivamente, ainda que de maneira trivial, "um magnífico exemplar da masculinidade".

Em uma mão, ele carregava um ramo de ásteres dourados e azul-acinzentados.

CRÔNICAS DE AVONLEA

– Boa tarde – disse ele com uma voz ressonante que parecia tomar posse da sonolenta tarde de verão. – A senhorita Olivia Sterling está? E, por favor, diga a ela que Malcolm MacPherson está aqui?

Eu lhe indiquei a sala de visitas. Então Peggy e eu espiamos através da fresta da porta. Qualquer um teria feito isso. Teríamos disfarçado para nos justificar. E, de fato, o que vimos teria valido vários espasmos de consciência se tivéssemos sentido algum.

Tia Olivia levantou-se e avançou empertigadamente, com a mão estendida.

– Senhor MacPherson, estou extremamente feliz em vê-lo – disse ela com formalidade.

– É você mesmo, Nillie! – O senhor Malcolm MacPherson deu dois passos largos.

Ele deixou cair suas flores no chão, derrubou uma mesinha e mandou o pufe girando contra a parede. Então ele pegou tia Olivia nos braços e a beijou, beijou, beijou! Peggy recostou-se no degrau da escada com seu lenço enfiado na boca. Tia Olivia estava sendo beijada!

Naquele momento, o senhor Malcolm MacPherson segurou--a pelo braço em suas mãos grandes e a olhou. Vi os olhos da tia Olivia percorrerem o braço dele até a mesa invertida e os ásteres doura-dos espalhados. Seus cabelos frisados e lustrosos estavam despenteados, e sua echarpe de renda estava meio torcida ao redor do pescoço. Ela parecia angustiada.

– Você não mudou nada, Nillie – disse o senhor Malcolm MacPherson, com admiração. – E é bom vê-la novamente. Você está feliz em me ver, Nillie?

– Ah, claro – disse tia Olivia.

Ela se libertou e foi arrumar a mesa. Então ela se virou para as flo-res, mas o senhor Malcolm MacPherson já as havia recolhido, deixando uma boa pitada de folhas e caules no tapete.

141

– Eu escolhi essas para você no campo do rio, Nillie – disse ele.

– Onde vou conseguir algo para colocá-las? Aqui, isso serve.

Ele agarrou um vaso frágil e pintado sobre a lareira, enfiou as flores nele e colocou-o sobre a mesa. O olhar no rosto da tia Olivia foi demais para mim, finalmente. Eu me virei, peguei Peggy pelo ombro e, então, a arrastei para fora da casa.

– Ele vai espantar a alma da tia Olivia para fora do corpo se continuar assim – ofeguei. – Mas ele é esplêndido e pensa só coisas boas dela, e, ah, Peggy, você já ouviu beijos como esses? Imagine, tia Olivia!

Não demorou muito tempo para nos familiarizarmos com o senhor Malcolm MacPherson. Ele quase assombrou a casa de tia Olivia, e tia Olivia insistia em ficarmos com ela a maior parte do tempo. Ela parecia ter muita vergonha de se encontrar sozinha com ele. Ele a assustou uma dúzia de vezes em uma hora; no entanto, ela estava muito orgulhosa dele e gostava de ser provocada por ele também. Ela ficou encantada por nós o admirarmos.

– Embora, com certeza, ele seja muito diferente em sua aparência do que costumava ser – disse ela. – Ele é tão terrivelmente grande! E não gosto de barba, mas não tenho coragem de pedir que ele a raspe. Ele pode ficar ofendido. Ele comprou o antigo Lynde em Avonlea e quer se casar em um mês. Mas, meu Deus, é muito cedo. Dificilmente seria apropriado.

Peggy e eu gostamos muito do senhor Malcolm MacPherson. O papai também. Ficamos felizes por ele parecer achar a tia Olivia perfeita. Ele estava absolutamente feliz; mas a pobre tia Olivia, com todo o seu orgulho e importância superficial, não estava. Em meio a todo o humor das circunstâncias, Peggy e eu detectamos a tragédia que se agravou com o humor.

O senhor Malcolm MacPherson nunca poderia ser treinado para uma donzela solteirona exigente, e até a tia Olivia parecia perceber isso. Ele nunca parava para limpar as botas quando entrava, embora ela

CRÔNICAS DE AVONLEA

tivesse um raspador ostensivamente novo colocado em cada porta para seu benefício. Ele raramente se movia pela casa sem derrubar alguns dos tesouros da tia Olivia. Fumava charutos na sala de visitas dela e espalhava as cinzas pelo chão. Trazia flores para ela todos os dias e as colocava em qualquer receptáculo que viesse à mão. Sentava-se nas almofadas dela e enrolava os antimacassares em bolas. Colocava os pés nos degraus da cadeira, e tudo com a mais distraída inconsciência de estar fazendo algo fora do comum. Nunca notou o nervosismo agitado de tia Olivia. Peggy e eu rimos mais do que nunca naqueles dias. Era tão engraçado ver tia Olivia rondar ansiosamente, pegando caules de flores e arrumando o ambiente, e geralmente seguindo-o prestes a endireitar as coisas. Certa vez, ela pegou uma vassoura e uma pá de lixo e varreu as cinzas do charuto sob os olhos dele.

– Não se preocupe com isso agora, Nillie – protestou ele. – Ora, eu não me importo com sujeiras. Deus a abençoe!

Quão bom e divertido ele era, aquele senhor Malcolm MacPherson! Músicas tal como ele cantava, histórias tal como ele contava, uma atmosfera tão animada e não convencional tal como ele trouxera para aquela casinha pura, onde a monotonia estagnada havia reinado por anos! Ele adorava tia Olivia, e seu culto assumia a forma concreta de presentes em abundância. Ele trazia um presente para ela quase em todas as visitas, geralmente algumas peças de joalheria. Braceletes, anéis, correntes, brincos, medalhões, pulseiras foram derramados sobre nossa exigente tiazinha; ela os aceitou sem aprovação, mas nunca os usou. Isso o machucou um pouco, mas ela garantiu que usaria todos eles de vez em quando.

– Não estou acostumada a joias, senhor MacPherson – ela dizia.

O anel de noivado ela usava: era uma combinação "gritante" de ouro e opalas gravadas. Às vezes, a pegávamos girando-o em seu dedo com um rosto muito perturbado.

– Eu lamentaria pelo senhor Malcolm MacPherson se ele não estivesse tão apaixonado por ela – disse Peggy. – Mas, como ele pensa que ela é a perfeição, ele não precisa de condolência.

– Sinto muito por tia Olivia – eu disse. – Sim, Peggy, eu sinto. O senhor MacPherson é um homem esplêndido, mas a tia Olivia é uma donzela pudica nata e está ultrajando sua própria natureza para ser qualquer outra coisa. Você não vê como isso a está machucando? Seus grandes e esplêndidos modos masculinos estão atormentando a alma dela, ela não consegue sair de seu pequeno e estreito mundo, e está matando-a ser puxada para fora.

– Bobagem! – disse Peggy. Então ela acrescentou com uma risada: – Mary, você já viu algo tão engraçado como a tia Olivia sentada no joelho do senhor Malcolm MacPherson?

Foi engraçado. Tia Olivia achava muito impróprio sentar-se ali diante de nós, mas ele a obrigou a fazê-lo. Ele dizia, com sua grande e divertida risada: "Não se preocupe com as menininhas", e a puxava para seu joelho e a segurava lá. Até o dia da minha morte, nunca esquecerei a expressão no rosto da pobre mulher.

Mas, com o passar dos dias e a insistência do senhor Malcolm MacPherson em marcar a data do casamento, tia Olivia passou a ter um olhar estranhamente perturbado. Ela tornou-se muito quieta e nunca ria, exceto sob protesto. Além disso, ela mostrava sinais de petulância quando qualquer um de nós, mas principalmente o papai, provocava-a sobre seu namorado. Eu tinha pena dela, pois acho que entendi melhor que os outros quais eram os sentimentos dela. Mas nem eu estava preparada para o que aconteceu. Eu não acreditaria que tia Olivia pudesse fazer isso. Eu pensei que seu desejo por casamento no abstrato era mais importante do que as desvantagens do concreto. Mas nunca se pode contar com uma verdadeira solteirice impregnada nos ossos.

CRÔNICAS DE AVONLEA

Uma manhã, o senhor Malcolm MacPherson nos disse que viria naquela noite para fazer a tia Olivia marcar o dia. Peggy e eu aprovamos rindo, dizendo a ele que era hora de ele afirmar sua autoridade, e ele saiu com muito bom humor pelo campo do rio, assobiando um tipo de música das Terras Altas da Escócia. Mas tia Olivia parecia um mártir. Ela teve um rompante de faxina naquele dia e colocou tudo em uma ordem impecável, até nos cantos.

– Como se houvesse um funeral em casa – fungou Peggy.

Peggy e eu estávamos na sala do sudoeste ao entardecer naquela noite, montando uma colcha, quando ouvimos o senhor Malcolm MacPherson gritar na entrada abaixo para saber se havia alguém em casa. Corri para o patamar, mas, ao fazê-lo, tia Olivia saiu do quarto, passou por mim e voou escada abaixo.

– Senhor MacPherson – ouvi-a dizer com uma afetação duplamente destilada –, poderia, por favor, entrar na sala? Eu tenho algo a lhe dizer.

Eles entraram e eu voltei para a sala sudoeste.

– Peg, há algum problema no ar – eu disse. – Tenho certeza disso pelo rosto da tia Olivia, estava sombrio. E ela desceu *sozinha* e fechou a porta.

– Vou ouvir o que ela diz a ele – disse Peggy resolutamente. – A culpa é dela mesma, ela nos estragou, sempre insistindo em que estivéssemos presentes em suas conversas. Aquele pobre homem teve que cortejar sob nossos olhos. Vamos, Mary.

A sala sudoeste ficava diretamente sobre a sala de visitas e havia um buraco da tubulação do fogão que ligava uma sala à outra. Peggy removeu a tampa que estava sobre a tubulação, e nós, deliberadamente e sem nenhuma vergonha, nos agachamos e ouvimos com todas as nossas forças.

Era fácil ouvir o que o senhor Malcolm MacPherson estava dizendo.

– Eu vim para acertar a data, Nillie, como eu lhe disse. Vamos, pequena mulher, agora diga o dia.

SMACK!

– Não, senhor MacPherson – disse tia Olivia. Ela falou como uma mulher que se decidiu a realizar uma tarefa muito desagradável e está ansiosa para concluí-la o mais rápido possível. – Há algo que devo lhe dizer. Não posso me casar com você, senhor MacPherson.

Houve uma pausa. Eu teria dado tudo para ter visto os dois. Quando o senhor Malcolm MacPherson falou, sua voz era de inexpressivo e incompreensivo espanto.

– Nillie, o que você está querendo dizer? – ele disse.

– Não posso me casar com você, senhor MacPherson – repetiu tia Olivia.

– Por que não? – A surpresa estava dando lugar à consternação.

– Acho que você não vai entender, senhor MacPherson – disse tia Olivia, vagamente. – Você não percebe o que significa para uma mulher desistir de tudo, sua própria casa, amigos e toda a sua vida passada, por assim dizer, e se afastar com um estranho.

– Ora, suponho que será um pouco difícil. Mas, Nillie, Avonlea não é muito longe, não mais de vinte quilômetros, se chegar a isso.

– Vinte quilômetros! Pode muito bem ser do outro lado do mundo para todos os efeitos – disse tia Olivia, obstinada. – Eu não conheço uma alma viva lá, exceto Rachel Lynde.

– Por que você não disse isso antes de eu comprar a casa, então? Mas não é tarde demais. Posso vendê-la e comprar aqui em East Grafton, se isso a agradar, embora não haja uma casa tão agradável para se ter. Mas eu vou consertar isso de alguma forma!

– Não, senhor MacPherson – disse tia Olivia com firmeza –, isso não resolve o problema. Eu sabia que você não entenderia. As minhas maneiras não são as suas e eu não posso mudá-las. Pois você traz um rastro de sujeira para dentro, e... e... você não se importa se as coisas estão bem arrumadas ou não.

A pobre tia Olivia tinha que ser tia Olivia; se ela estivesse sendo queimada na fogueira, eu realmente acredito que ela teria arrastado um pouco de grotesco para a tragédia do momento.

– O diabo! – disse o senhor Malcolm MacPherson, não profanamente ou com raiva, mas em absoluta perplexidade. Então ele acrescentou: – Nillie, você deve estar brincando. Eu sou descuidado o bastante, o Oeste não é um bom lugar para aprender certas coisas, mas você pode me ensinar. Você não vai me rejeitar porque eu deixo rastros de lama!

– Eu não posso casar com você, senhor MacPherson – disse tia Olivia novamente.

– Você não pode estar falando sério! – ele exclamou, porque estava começando a entender que ela estava falando sério, embora fosse impossível para sua mente masculina entender qualquer outra coisa sobre o quebra-cabeça. – Nillie, você está partindo meu coração! Eu farei qualquer coisa, irei a qualquer lugar, serei o que você quiser, só não venha para cima de mim assim.

– Não posso me casar com você, senhor MacPherson – disse tia Olivia pela quarta vez.

– Nillie! – exclamou o senhor Malcolm MacPherson. Havia uma agonia tão real em seu tom que Peggy e eu fomos subitamente tomadas pelo remorso. O que estávamos fazendo? Não tínhamos o direito de ouvir essa conversa lamentável. A dor e o protesto em sua voz repentinamente baniram todo o humor e não deixaram nada além da tragédia nua e crua. Nós nos levantamos e saímos na ponta dos pés, completamente envergonhadas de nós mesmas.

Quando o senhor Malcolm MacPherson se foi, depois de uma hora de súplicas inúteis, tia Olivia veio até nós, pálida, empertigada e determinada, e nos disse que não haveria casamento. Não podíamos fingir surpresa, mas Peggy arriscou um leve protesto.

– Ah, tia Olivia, você acha que fez o que era certo?

– Era a única coisa que eu podia fazer – disse tia Olivia, dura como pedra. – Eu não poderia me casar com o senhor Malcolm MacPherson e eu disse a ele então. Por favor, contem ao seu pai, e gentilmente não digam mais nada sobre o assunto.

Então tia Olivia desceu as escadas, pegou uma vassoura e varreu as pegadas de lama que o senhor Malcolm MacPherson havia deixado sobre os degraus.

Peggy e eu fomos para casa e contamos ao papai. Nós nos sentimos muito desanimadas, mas não havia nada a ser feito ou dito. Papai riu da coisa toda, mas eu não pude rir. Eu sentia muito pelo senhor Malcolm MacPherson e, embora estivesse com raiva dela, também sentia pela tia Olivia. Claramente, ela se sentia mal o suficiente por causa das esperanças e dos planos desaparecidos, mas ela havia desenvolvido uma descrição estranha e desconcertante que nada poderia perfurar.

– Não passa de um caso crônico de mania de perfeição – disse papai, impaciente.

As coisas ficaram muito enfadonhas por uma semana. Não vimos mais o senhor Malcolm MacPherson e sentimos muito sua falta. Tia Olivia estava inescrutável e trabalhava com ferocidade em tarefas supérfluas.

Uma noite, papai chegou em casa com algumas novidades.

– Malcolm MacPherson está partindo no trem das sete e meia para o Oeste – disse ele. – Ele alugou a casa de Avonlea e está indo embora. Dizem que ele está completamente insano com a situação em que Olivia o colocou.

Depois do chá, Peggy e eu fomos ver tia Olivia, que havia pedido nossos conselhos sobre um vestido. Ela estava costurando como fazia na antiga vida preciosa, e seu rosto estava mais empertigado e frio do que nunca. Eu me perguntava se ela sabia da partida do senhor Malcolm MacPherson. A delicadeza me proibiu de mencionar, mas Peggy não tinha tais escrúpulos.

CRÔNICAS DE AVONLEA

– Bem, tia Olivia, seu namorado está indo embora – ela anunciou alegremente. – Você não será incomodada por ele de novo. Ele está partindo no trem para o Oeste.

Tia Olivia deixou cair sua costura e se levantou. Eu nunca vi nada parecido com a transformação que tomou conta dela. Era tão completa e repentina que parecia quase estranha. A donzela puritana desvaneceu-se completamente, e em seu lugar havia uma mulher, cheia até os lábios de emoção e dor primitivas.

– O que devo fazer? – ela gritou com uma voz terrível. – Mary, Peggy, o que devo fazer?

Foi quase um grito agudo. Peggy empalideceu.

– Você se importa? – ela disse estupidamente.

– Importar-me! Meninas, eu *morrerei* se Malcolm MacPherson for embora! Eu fiquei louca, eu devo ter ficado louca. Eu quase morri de solidão desde que o mandei embora. Mas eu pensei que ele voltaria! Preciso vê-lo. Dá tempo de chegar à estação antes que o trem parta, se eu for pelos campos.

Ela deu um passo frenético em direção à porta, mas eu a detive, com uma súbita visão mental de tia Olivia voando de cabeça descoberta e desesperada pelos campos.

– Espere um momento, tia Olivia. Peggy, corra para casa e faça o papai arrear Dick na charrete o mais rápido possível. Vamos levar tia Olivia até a estação. Vamos chegar lá a tempo, tia.

Peggy voou, e tia Olivia se precipitou escada acima. Eu me demorei a pegar sua costura e, quando cheguei ao quarto dela, ela estava com o chapéu e a capa. Espalhadas na cama estavam todas as caixas de presentes que o senhor Malcolm MacPherson lhe trouxera, e tia Olivia estava colocando o conteúdo delas febrilmente. Anéis, três broches, um medalhão, três correntes e um relógio foram colocados de qualquer maneira. Uma visão maravilhosa foi ver tia Olivia enfeitada assim!

149

– Eu nunca os usaria antes, mas vou colocar todos agora para mostrar a ele que sinto muito – ela ofegou, com os lábios trêmulos.

Quando nós três nos amontoamos na charrete, tia Olivia agarrou o chicote antes que pudéssemos impedi-la e, inclinando-se, deu no pobre Dick uma chicotada que ele nunca havia sentido em sua vida antes. Ele foi rasgando a estrada íngreme, pedregosa e escurecida de uma maneira que fez Peggy e eu gritarmos em alarme. Tia Olivia era geralmente a mais medrosa das mulheres, mas agora ela não parecia saber o que era medo. Ela continuou chicoteando e insistindo com o pobre Dick por todo o caminho até a estação, completamente alheia às nossas garantias de que havia tempo de sobra. As pessoas que nos encontraram naquela noite devem ter pensado que éramos loucas. Eu segurei as rédeas, Peggy agarrou o lado oscilante da charrete e tia Olivia inclinou-se para a frente, chapéu e cabelos soprando para trás do seu rosto definido, com as bochechas estranhamente vermelhas, e manejou o chicote. Com tal aparência, passamos em um turbilhão pela vila e pelos três quilômetros da estrada até a estação.

Quando chegamos à estação, onde o trem estava manobrando no meio das sombras, tia Olivia deu um salto voador da charrete e correu pela plataforma, com sua capa correndo atrás dela e todos os broches e correntes cintilando nas luzes. Eu arremessei as rédeas para um garoto que estava por perto e nós a seguimos. Sob a luminosidade da luz da estação, vimos o senhor Malcolm MacPherson, de valise na mão. Felizmente, ninguém mais estava perto, mas teria sido o mesmo se eles estivessem no centro de uma multidão. Tia Olivia praticamente se lançou contra ele.

– Malcolm – ela chorou –, não vá, não vá, eu vou me casar com você, eu vou a qualquer lugar, e eu não me importo com a lama que você traz!

Esse verdadeiro toque de tia Olivia aliviou um pouco a tensão da situação. O senhor MacPherson a abraçou e puxou de volta para as sombras.

CRÔNICAS DE AVONLEA

– Calma, calma – ele a acalmou. – Claro que não vou. Não chore, garota Nillie.

– E você vai voltar comigo agora? – implorou tia Olivia, agarrando-se a ele como se ela temesse que ele fosse levado embora rapidamente se ela o soltasse por um momento.

– Claro, claro – disse ele.

Peggy aproveitou uma chance de voltar para casa com uma amiga, e tia Olivia, o senhor Malcolm MacPherson e eu voltamos na charrete. O senhor MacPherson segurou tia Olivia em seus joelhos porque não havia espaço, mas ela teria ficado ali, acho, se houvesse uma dúzia de lugares vazios. Ela se agarrou a ele da maneira mais descarada, e todo o seu puritanismo e reserva anteriores foram varridos completamente. Ela o beijou uma dúzia de vezes ou mais e disse que o amava, e eu nem sorria, nem queria. De alguma forma, não me pareceu nem um pouco engraçado, nem parece agora, embora sem dúvida pareça para os outros. Havia uma intensidade real de sentimento em tudo para deixar espaço para o ridículo. Tão envolvidos um no outro eles estavam que eu nem me senti supérflua.

Deixei-os em segurança no quintal da tia Olivia e voltei para casa, completamente esquecida pelo casal. Mas, ao luar, que inundava a frente da casa, vi algo que testemunhou eloquentemente a transformação em tia Olivia. Havia chovido naquela tarde e o quintal estava lamacento. No entanto, ela entrou pela porta da frente e levou o senhor Malcolm MacPherson com ela, sem sequer olhar de relance para o raspador!

A quarentena na casa de Alexander Abraham

Recusei-me a assumir aquela aula na escola dominical na primeira vez em que fui convidada. Não que eu me opusesse a lecionar na escola dominical. Pelo contrário, gostei bastante da ideia; mas foi o reverendo Allan quem me pediu, e sempre foi uma questão de princípio para mim nunca fazer algo que um homem me pedisse. Fiquei conhecida por isso. Isso economiza muitos problemas e simplifica tudo lindamente. Eu sempre detestei os homens. Isso deve ter nascido em mim, porque, desde que me lembro, uma antipatia por homens e cães era uma das minhas características mais fortes. Fiquei conhecida por isso. Minhas experiências ao longo da vida serviram apenas para aprofundar esse sentimento. Quanto mais eu via dos homens, mais eu gostava de gatos.

Então, é claro, quando o reverendo Allan me perguntou se eu consentiria em assumir uma aula na escola dominical, eu disse que não de uma maneira calculada para castigá-lo integralmente. Se ele tivesse enviado sua esposa da primeira vez, como ele fez na segunda, teria sido mais sensato. As pessoas geralmente fazem o que a senhora Allan pede porque sabem que isso economiza tempo.

CRÔNICAS DE AVONLEA

A senhora Allan conversou harmoniosamente por meia hora antes de mencionar a escola dominical e me fez vários elogios. Ela é famosa por seu tato. O tato é uma faculdade para divagar até determinado ponto, em vez de ir direto ao assunto. Eu não tenho nenhum tato. Sou conhecida por isso. Assim que a conversa da senhora Allan chegou à escola dominical, eu, que sabia o tempo todo para onde isso estava indo, disse diretamente:

– Que turma você quer que eu ensine?

A senhora Allan ficou tão surpresa que se esqueceu do tato e respondeu de forma clara pela primeira vez em sua vida:

– Há duas turmas, uma de meninos e outra de meninas, que precisam de um professor. Eu tenho ensinado a turma das meninas, mas terei de desistir por um tempo por causa da saúde do bebê. Você pode escolher, senhorita MacPherson.

– Então eu vou assumir os meninos – eu disse resoluta. Sou conhecida pela minha decisão. – Como eles têm que crescer para ser homens, é bom treiná-los adequadamente desde cedo. Inconvenientes eles tendem a se tornar em qualquer circunstância; mas, se forem controlados ainda jovens o suficiente, poderão não ser tão perturbadores quanto seriam, e isso será um ganho para uma mulher desafortunada. – A senhora Allan parecia em dúvida. Eu sabia que ela esperava que eu escolhesse as meninas.

– Eles são um grupo muito selvagem de meninos – disse ela.

– Eu nunca conheci garotos que não fossem – repliquei.

– Eu... eu... acho que talvez você preferisse as meninas – disse a senhora Allan, hesitante. Se não fosse por uma coisa, que eu nunca neste mundo admitiria para a senhora Allan, eu poderia ter preferido a turma das meninas. Mas a verdade era que Anne Shirley estava naquela turma; e Anne Shirley era o único ser humano de quem eu tinha medo. Não que eu não gostasse dela. Mas ela tinha o hábito de fazer perguntas estranhas e inesperadas às quais nem mesmo um advogado da Filadélfia poderia responder. A senhorita Rogerson assumiu essa turma uma vez, e Anne a esgotou completamente, deixando-a sem um pingo de paciência. Eu não iria me encarregar de uma turma com um ponto de interrogação ambulante assim. Além disso, eu achava que a senhora Allan precisava de uma leve desfeita. As esposas dos pastores costumam pensar que podem administrar tudo e todos se não são prudentemente corrigidas de vez em quando.

– Não é o que eu prefiro que deva ser considerado, senhora Allan – eu disse com uma reprimenda. – Mas o que é melhor para esses meninos. Sinto que eu serei melhor para eles.

– Ah, não tenho dúvida disso, senhorita MacPherson – disse a senhora Allan, amavelmente. Era mentira dela, embora ela fosse a esposa do pastor. Ela *tinha* dúvida. Ela achava que eu seria um fracasso deplorável como professora de uma turma de meninos.

Mas eu não fui. Não sou frequentemente um fracasso quando me decido a fazer alguma coisa. Sou conhecida por isso.

– É maravilhoso o jeito que você deu nessa turma, senhorita MacPherson, maravilhoso – disse o reverendo Allan, algumas semanas depois. Ele não queria mostrar quão surpreendente considerava o fato de uma donzela solteirona, notável por odiar homens, ter conseguido isso, mas seu rosto o traiu.

– Onde Jimmy Spencer mora? – perguntei a ele de maneira seca. – Ele veio um domingo há três semanas e não voltou mais desde então. Eu pretendo descobrir por quê.

O senhor Allan tossiu.

– Acredito que ele foi contratado como ajudante por Alexander Abraham Bennett, na estrada de White Sands – disse ele.

– Então vou à casa de Alexander Abraham Bennett na estrada de White Sands para ver por que Jimmy Spencer não frequenta a escola dominical – eu disse com firmeza.

CRÔNICAS DE AVONLEA

Os olhos do senhor Allan cintilaram levemente. Sempre insisti que, se esse homem não fosse pastor, ele teria um senso de humor.

– Possivelmente o senhor Bennett não gostará do seu gentil interesse! Ele tem, ah, uma aversão singular a seu sexo, eu entendo. Não se conhece nenhuma mulher que tenha entrado na casa do senhor Bennett desde que sua irmã morreu, vinte anos atrás.

– Ah, então é ele? – eu disse, lembrando-me. – Ele é do tipo que odeia mulheres, que ameaça que, se uma mulher entrar em seu quintal, será perseguida com um forcado. Bem, ele não vai *me* enxotar!

O senhor Allan deu uma risadinha, uma risadinha ministerial, mas ainda assim uma risadinha. Isso me irritou um pouco, porque parecia implicar que ele pensava que Alexander Abraham Bennett seria demais para mim. Mas não mostrei ao senhor Allan que ele me aborreceu. É sempre um grande erro deixar um homem ver que ele pode provocar você.

Na tarde seguinte, arreei meu pônei alazão na charrete e me dirigi até a casa de Alexander Abraham Bennett. Como sempre, levei William Adolphus comigo como companhia. William Adolphus é o meu favorito entre os meus seis gatos. Ele é preto, com cauda branca e belas patas brancas. Ele se sentou no banco ao meu lado e parecia muito mais um cavalheiro do que muitos homens que eu já vi em uma posição semelhante.

A casa de Alexander Abraham ficava a cerca de cinco quilômetros ao longo da estrada White Sands. Reconheci a casa assim que cheguei, por causa de sua aparência abandonada. Precisava muito de uma pintura; as cortinas estavam tortas e rasgadas; as ervas daninhas cresciam até a porta. Claramente, não havia mulher naquele lugar. Ainda assim, era uma casa agradável, e os celeiros eram esplêndidos. Meu pai sempre dizia que, quando os celeiros de um homem eram maiores que sua casa, era um sinal de que sua renda excedia suas despesas. Então estava tudo

155

bem que eles deveriam ser maiores; mas estava tudo errado que eles deveriam ser mais bem aparados e pintados. Ainda assim, pensei, o que mais você poderia esperar de quem odeia mulheres?

– Mas Alexander Abraham evidentemente sabe administrar uma fazenda, mesmo que ele odeie mulheres – comentei com William Adolphus quando saí e amarrei o pônei na grade.

Eu me dirigi até a casa pelos fundos e agora estava do lado oposto a uma porta lateral que se abria na varanda. Pensei que era melhor ir para lá, então coloquei William Adolphus debaixo do braço e marchei pelo caminho. Quando eu estava na metade, um cachorro precipitou-se no canto da frente e veio direto para mim. Era o cachorro mais feio que eu já vira; e ele nem latiu, apenas veio silenciosa e rapidamente, com um olhar metódico.

Eu nunca paro para discutir assuntos com um cachorro que não late. Sei quando a discrição é a melhor parte da valentia. Apertando firmemente William Adolphus, corri, não para a porta, porque o cachorro estava entre mim e ela, mas para uma grande cerejeira de galhos baixos no canto de trás da casa. Eu a alcancei bem a tempo. Primeiro, empurrando William Adolphus para um galho acima da minha cabeça, escalei a árvore abençoada sem parar para pensar em como isso poderia parecer a Alexander Abraham se ele estivesse observando.

Minha hora de reflexão veio quando me vi empoleirada no meio da árvore com William Adolphus ao meu lado. William Adolphus estava bastante calmo e imperturbável. Mal posso dizer com sinceridade como eu estava. Pelo contrário, admito que me senti consideravelmente aborrecida.

O cachorro estava sentado em seus quadris no chão abaixo, observando-nos, e era evidente que, por sua maneira descontraída, seu dia não estava cheio. Ele mostrou os dentes e rosnou quando chamou minha atenção.

CRÔNICAS DE AVONLEA

– Você parece o cachorro de quem odeia mulher – eu disse a ele. Quis dizer isso como um insulto; mas a fera aceitou como um elogio.

Então, decidi resolver a questão:

– Como vou sair desta situação?

Não parecia fácil resolvê-la.

– Devo gritar, William Adolphus? – perguntei de maneira exigente àquele animal inteligente. William Adolphus balançou a cabeça. Isso é fato. E eu concordei com ele.

– Não, não vou gritar, William Adolphus – eu disse. Provavelmente não há alguém para me ouvir, exceto Alexander Abraham, e tenho minhas dolorosas dúvidas sobre suas ternas misericórdias. Agora, é impossível descer. É, então, William Adolphus, possível subir?

Olhei para cima. Logo acima da minha cabeça havia uma janela aberta com um ramo suportavelmente robusto que se estendia até ela.

– Vamos tentar dessa maneira, William Adolphus? – eu perguntei.

William Adolphus, sem desperdiçar palavras, começou a subir na árvore. Eu segui o exemplo dele. O cachorro correu em círculos ao redor da árvore e parecia não ser lícito pronunciar as coisas. Provavelmente teria sido um alívio para ele latir se não fosse assim contra seus princípios.

Entrei pela janela com bastante facilidade e me encontrei em um quarto com uma tal desordem, poeira e horror geral que nunca tinha visto em toda a minha vida. Mas não parei para prestar atenção em detalhes. Com William Adolphus debaixo do braço, marchei escada abaixo, desejando fervorosamente não encontrar alguém no caminho.

Não encontrei. O corredor abaixo estava vazio e empoeirado. Abri a primeira porta e entrei corajosamente. Um homem estava sentado junto à janela, olhando melancolicamente para fora. Eu deveria tê-lo conhecido por Alexander Abraham em qualquer lugar. Ele tinha a mesma aparência descuidada e esfarrapada da casa; e, no entanto, como a casa, parecia que ele não teria mau aspecto se ele se arrumasse um

157

pouco. Seus cabelos pareciam nunca ter sido penteados, e suas costeletas eram selvagens ao extremo.

Ele olhou para mim branco de espanto em seu semblante.

– Onde está Jimmy Spencer? – eu reivindiquei. – Eu vim para vê-lo.

– Como ele a deixou entrar? – perguntou o homem, olhando fixamente para mim.

– Ele não me deixou entrar – respondi. – Ele me perseguiu por todo o gramado, e eu só me salvei de ser rasgada aos pedaços escalando uma árvore. Você deveria ser processado por manter um cão como esse! Onde está o Jimmy?

Em vez de responder, Alexander Abraham começou a rir da maneira mais desagradável.

– Confie em uma mulher por entrar na casa de um homem, se ela tiver se decidido – ele disse de maneira desagradável.

Vendo que era sua intenção me atormentar, permaneci calma e tranquila.

– Ah, eu não estava interessada em entrar em sua casa, senhor Bennett – eu disse calmamente. – Eu tive pouca escolha. Foi para que um destino pior não me acontecesse. Não era você ou sua casa que eu queria ver, embora eu admita que valha a pena ver se uma pessoa está ansiosa para descobrir quão sujo um lugar *pode* ser. Era o Jimmy. Pela terceira e última vez, onde está Jimmy?

– Jimmy não está aqui – disse o senhor Bennett bruscamente, mas de maneira não muito segura. – Ele partiu na semana passada e foi contratado por um homem em Newbridge.

– Neste caso – eu disse, pegando William Adolphus, que estava explorando a sala com um ar desdenhoso –, não vou mais incomodá-lo. Eu tenho que ir.

– Sim, acho que seria a coisa mais sábia – disse Alexander Abraham, desta vez não de maneira desagradável, mas reflexivo, como se houvesse

CRÔNICAS DE AVONLEA

alguma dúvida sobre o assunto. – Vou deixar você sair pela porta dos fundos. Então, uhum!... O cachorro não vai impedi-la. Por favor, vá embora em silêncio e rápido.

Imaginei se Alexander Abraham pensava que eu iria embora com um grito. Mas eu não disse nada, pensando que esta era a conduta mais digna, e o segui até a cozinha o mais rápido e silenciosamente que ele poderia desejar. Que cozinha!

Alexander Abraham abriu a porta, que estava trancada, no momento em que uma charrete com dois homens entrava no quintal.

– Tarde demais! – ele exclamou em um tom trágico. Entendi que algo terrível devia ter acontecido, mas não me importei, pois, como supus piamente, não dizia respeito a mim. Passei por Alexander Abraham, que parecia tão culpado como se tivesse sido pego assaltando, e fiquei cara a cara com o homem que saltara da charrete. Era o velho doutor Blair, de Carmody, e ele estava olhando para mim como se tivesse me encontrado furtando.

– Minha querida Peter – disse ele gravemente –, lamento *muito* vê-la aqui, sinto muito mesmo.

Admito que isso me exasperou. Além disso, nenhum homem na Terra, nem mesmo meu médico de família, tem o direito a "minha querida Peter"!

– Não há um apelo à tristeza, doutor – eu disse arrogantemente. – Se uma mulher de quarenta e oito anos de idade, membro da Igreja Presbiteriana, de boa e regular reputação, não pode procurar por um de seus estudiosos da escola dominical sem invadir todas as propriedades, quantos anos ela deve ter antes que ela possa?

O médico não respondeu à minha pergunta. Em vez disso, ele olhou de maneira reprovadora para Alexander Abraham.

– É assim que você mantém sua palavra, senhor Bennett? – ele disse. – Eu pensei que você me prometeu que não deixaria ninguém entrar em casa.

– Eu não a deixei entrar – rosnou o senhor Bennett. – Meu Deus, homem, ela subiu em uma janela do andar de cima, apesar da presença em minha propriedade de um policial e um cachorro! O que deve ser feito com uma mulher assim?

– Eu não entendo o que tudo isso significa – eu disse, dirigindo-me ao médico e ignorando Alexander Abraham completamente –, mas se minha presença aqui é extremamente inconveniente para todos os envolvidos, em breve vocês poderão estar aliviados disso. Eu estou indo agora mesmo.

– Sinto muito, minha cara Peter – disse o médico de maneira impressionante –, mas é exatamente isso que não posso permitir que você faça. Esta casa está em quarentena por causa da varíola. Você terá que ficar aqui.

Varíola! Pela primeira e última vez na minha vida, eu abertamente perdi minha paciência com um homem. Virei-me com fúria contra Alexander Abraham.

– Por que você não me contou? – gritei.

– Diga você! – ele disse, me encarando. – Quando a vi pela primeira vez, era tarde demais para lhe contar. Eu pensei que a coisa mais gentil que eu poderia fazer era segurar minha língua e deixar você escapar em feliz ignorância. Isso vai ensiná-la a não tomar a casa de um homem de assalto, madame!

– Ora, ora, não briguem, meu bom povo – interpôs o médico seriamente, mas vi um brilho em seus olhos. – Vocês terão que passar algum tempo juntos sob o mesmo teto e não vão melhorar a situação discordando um do outro. Veja bem, Peter, foi assim. O senhor Bennett esteve na cidade ontem, onde, como você sabe, há um surto de varíola, e jantou em uma pensão onde uma das empregadas estava doente. Ontem à noite, ela apresentou sintomas inconfundíveis de varíola. A Comissão de Saúde imediatamente foi atrás de todas as pessoas que estiveram na casa ontem, até onde puderam localizá-las, e as colocou em quarentena. Eu vim aqui nessa manhã e expliquei a questão ao senhor Bennett. Trouxe Jeremiah Jeffries para vigiar a frente da casa e o senhor Bennett me deu sua palavra de honra de que ele não deixaria ninguém entrar pelos fundos, enquanto eu procurava outro policial e tomava as providências necessárias. Eu trouxe Thomas Wright e assegurei os serviços de outro homem para cuidar do celeiro do senhor Bennett e trazer provisões para a casa. Jacob Green e Cleophas Lee vão observar à noite. Não acho que exista muito perigo de o senhor Bennett pegar a varíola, mas, até termos certeza, você deve permanecer aqui, Peter.

Enquanto ouvia o médico, eu estava pensando. Foi a situação mais angustiante em que já estive na minha vida, mas não havia sentido em piorar as coisas.

– Muito bem, doutor – eu disse calmamente. – Sim, fui vacinada há um mês, quando chegaram as notícias da varíola. Quando você voltar para Avonlea, por favor, vá até Sarah Pye e peça para ela morar em minha casa durante minha ausência e cuidar das coisas, principalmente dos gatos. Diga a ela para lhes dar leite fresco duas vezes por dia e uma porção de manteiga uma vez por semana para cada um. Peça-lhe que coloque minhas duas batas escuras, alguns aventais e algumas trocas de roupa íntima em minha terceira melhor valise e mande-a para mim. Meu pônei está amarrado na cerca. Por favor, leve-o para casa. Isso é tudo, eu acho.

– Não, não é tudo – disse Alexander Abraham, rabugento. – Mande esse gato para casa também. Não vou ter um gato cercando a casa... Prefiro ter varíola.

Olhei Alexander Abraham gradualmente, de uma maneira que eu tenho, começando pelos pés dele e viajando até a cabeça. Fiz isso no meu tempo e então eu disse, bem baixinho.

– Você pode ter os dois. De qualquer forma, você terá que ter William Adolphus. Ele está em quarentena, assim como você e eu. Você acha que eu vou ter meu gato percorrendo Avonlea, espalhando germes de varíola entre pessoas inocentes? Vou ter que aturar aquele seu cachorro. Você terá que suportar William Adolphus.

Alexander Abraham resmungou, mas pude ver que a maneira como eu olhei para ele o castigara consideravelmente.

O médico foi embora e eu entrei na casa, preferindo não me demorar lá fora e receber um sorriso largo de Thomas Wright. Pendurei meu casaco no corredor e coloquei meu chapéu cuidadosamente na mesa da sala de estar, tendo primeiro limpado um lugar para ele com meu lenço. Eu ansiava por me atirar sobre a casa imediatamente e limpá-la, mas tive que esperar até o médico voltar com minha bata. Eu não poderia limpar a casa em meu terno novo e uma camisa de seda.

Alexander Abraham estava sentado em uma cadeira olhando para mim. Logo ele disse:

– Eu não sou curioso, mas você pode me dizer por que o médico a chamou de Peter?

– Porque este é o meu nome, suponho – respondi, sacudindo uma almofada para William Adolphus e, assim, perturbando a poeira de anos.

Alexander Abraham tossiu gentilmente.

– Esse não é, aham! um nome peculiar para uma mulher?

– É – eu disse, me perguntando quanto sabão haveria na casa, se é que havia algum.

– Não sou curioso – disse Alexander Abraham –, mas você se importaria de me dizer como chegou a ser chamada de Peter?

– Se eu fosse menino, meus pais pretendiam me chamar de Peter em homenagem a um tio rico. Quando, felizmente, descobriram que eu seria uma menina, minha mãe insistiu em que eu me chamasse Angelina.

CRÔNICAS DE AVONLEA

Eles me deram os dois nomes e me chamaram de Angelina, mas, assim que cresci, decidi ser chamada de Peter. Já era ruim o bastante, mas não tão ruim quanto Angelina.

– Eu diria que era mais apropriado – disse Alexander Abraham, pretendendo, como eu percebi, ser desagradável.

– Exatamente – eu concordei com calma. – Meu sobrenome é MacPherson e moro em Avonlea. Como você não é curioso, essa será toda a informação de que você vai precisar sobre mim.

– Ah! – Alexander Abraham olhou como se uma luz o tivesse invadido. – Já ouvi falar de você. Você, ah, finge não gostar de homens.

Fingir! Só Deus sabe o que teria acontecido com Alexander Abraham naquele momento se uma distração não tivesse ocorrido. Mas a porta se abriu e um cachorro entrou, O cachorro. Suponho que ele se cansou de esperar debaixo da cerejeira até que William Adolphus e eu descêssemos. Ele era ainda mais feio dentro de casa do que fora.

– Ah, Senhor Riley, Senhor Riley, veja o que você deixou entrar – disse Alexander Abraham, de maneira reprovadora.

Mas o Senhor Riley, já que esse era o nome do bruto, não prestou atenção em Alexander Abraham. Ele avistou William Adolphus enrolado na almofada e atravessou a sala para investigá-lo. William Adolphus sentou-se e começou a prestar atenção.

– Chame esse cachorro para fora – eu disse advertidamente a Alexander Abraham.

– Chame-o para fora você – ele replicou. – Já que você trouxe esse gato aqui, você pode protegê-lo.

– Ah, não foi por causa de William Adolphus que eu falei – eu disse de maneira agradável. – William Adolphus pode se proteger.

William Adolphus poderia e o fez. Ele curvou suas costas, aplanou as orelhas, miou uma vez e depois deu um salto na direção do Senhor

163

Riley. William Adolphus aterrissou diretamente nas costas malhadas do Senhor Riley e de pronto se agarrou a ele, cuspindo, arranhando e miando.

Você nunca viu um cachorro mais atônito do que o Senhor Riley. Com um grito de terror, ele correu para a cozinha, saiu da cozinha para o corredor, atravessou o corredor para a sala e entrou na cozinha e deu a volta novamente. A cada circuito, ele ia cada vez mais rápido, até se parecer com uma risca tigrada com um traço preto e branco no topo. Tal barulheira e tumulto eu nunca ouvi, e ri até as lágrimas caírem de meus olhos. O Senhor Riley voou e girou, e William Adolphus o segurou implacavelmente e o arranhou. Alexander Abraham ficou roxo de raiva.

– Mulher, chame esse gato infernal antes que ele mate meu cachorro – ele gritou por cima do alvoroço de latidos e uivos.

– Ah, ele não mata – eu disse, tranquilizadora –, e ele está indo rápido demais para me ouvir se eu o chamasse. Se você puder parar o cachorro, senhor Bennett, garanto que William Adolphus ouvirá a razão, mas não adianta tentar argumentar com um relâmpago.

Alexander Abraham fez uma arremetida frenética contra a risca tigrada que rodopiava por ele. Como resultado, ele se desequilibrou e caiu esparramado no chão com um estrondo. Eu corri para ajudá-lo, o que pareceu apenas enfurecê-lo ainda mais.

– Mulher – ele balbuciou violentamente –, eu gostaria que você e seu amigo gato estivessem...

– Em Avonlea – terminei rapidamente, para salvar Alexander Abraham de cometer profanidade. – Eu também, senhor Bennett, com todo o meu coração. Mas, como não estamos, vamos fazer o melhor possível como pessoas sensatas. E, no futuro, você pode fazer o favor de se lembrar de que meu nome é senhorita MacPherson, e NÃO Mulher!

Com isso, chegou ao fim e fiquei agradecida, pois o barulho daqueles dois animais era tão terrível que eu esperava que o policial entrasse

CRÔNICAS DE AVONLEA

correndo, com ou sem varíola, para ver se Alexander Abraham e eu estávamos tentando nos matar. O Senhor Riley de repente virou-se em seu louco curso e correu para um canto escuro entre o fogão e a caixa de madeira. William Adolphus o soltou bem a tempo.

Nunca mais houve problemas com o Senhor Riley depois disso. Um cão mais manso e completamente castigado você não poderia encontrar. William Adolphus teve o melhor disso e o manteve.

Vendo que as coisas tinham se acalmado e que eram cinco horas, decidi tomar um chá. Eu disse a Alexander Abraham que o prepararia se ele me mostrasse onde estavam os comestíveis.

– Você não precisa se importar – disse Alexander Abraham. – Eu tenho o hábito de tomar meu próprio chá há vinte anos.

– Ouso dizer. Mas você não tem o hábito de preparar o meu – eu disse com firmeza. – Eu não comeria nada que você cozinhasse se eu estivesse morrendo de fome. Se você quer uma ocupação, é melhor pegar uma pomada e ungir os arranhões nas costas daquele pobre cachorro.

Alexander Abraham disse algo que eu prudentemente não ouvi. Vendo que ele não tinha nenhuma informação a dar, fui até a despensa em uma expedição exploratória. O lugar era horrível além da descrição e, pela primeira vez, um vago sentimento de pena por Alexander Abraham lampejou em meu peito. Quando um homem tinha que viver em um ambiente como esse, o espanto era não que ele odiava mulheres, mas que ele não odiava toda a raça humana.

Mas fiz um jantar de alguma forma. Sou conhecida por fazer jantares. O pão era da padaria de Carmody e eu fiz um bom chá e excelentes torradas; além disso, encontrei uma lata de pêssegos na despensa que, como foram comprados, eu não tive medo de comer.

Aquele chá e torradas abrandaram Alexander Abraham, apesar de tudo. Ele comeu a última crosta e não reclamou quando dei a William

Adolphus todo o creme que restava. O Senhor Riley não parecia querer nada. Ele não tinha apetite.

A essa altura, o garoto do médico havia chegado com minha valise. Alexander Abraham, de maneira bastante civilizada, me deu a entender que havia um quarto vago do outro lado do corredor e que eu poderia tomar posse dele. Eu fui até lá e coloquei uma bata. Havia um conjunto de móveis finos no quarto e uma cama confortável. Mas o pó! William Adolphus tinha me seguido, e suas patas deixaram marcas em todos os lugares em que ele andava.

– Agora – eu disse enfática, retornando à cozinha –, vou limpar e começarei com esta cozinha. É melhor você ir para a sala de estar, senhor Bennett, para ficar fora do caminho.

Alexander Abraham olhou furiosamente para mim.

– Eu não vou ter minha casa mexida – ele retrucou com aspereza.
– Ela está bem para mim. Se você não gostar, pode sair.

– Não, eu não posso. Este é o único problema – eu disse agradavelmente. – Se eu pudesse sair, não ficaria aqui por um minuto. Como eu não posso, ela simplesmente tem que ser limpa. Posso tolerar homens e cães quando sou obrigada, mas não posso e não vou tolerar sujeira e desordem. Vá para a sala de estar.

Alexander Abraham foi. Quando ele fechou a porta, ouvi-o dizer, em maiúsculas: "QUE MULHER HORRÍVEL!"

Limpei a cozinha e a despensa adjacente. Eram dez horas quando terminei, e Alexander Abraham tinha ido para a cama sem se dignar a fazer mais discursos. Tranquei o Senhor Riley em um quarto e William Adolphus em outro e fui para a cama também. Eu nunca me senti tão morta de cansaço na minha vida antes. Foi um dia difícil.

Mas acordei bem cedo na manhã seguinte e tomei um café da manhã excelente, que Alexander Abraham consentiu em comer. Quando o

CRÔNICAS DE AVONLEA

homem da provisão entrou no quintal, chamei-o da janela para me trazer uma caixa de sabão à tarde e depois ataquei a sala de estar.

Levei a maior parte de uma semana para colocar a casa em ordem, mas fiz isso minuciosamente. Sou conhecida por fazer as coisas nos detalhes. No final, ela estava limpa do sótão ao porão. Alexander Abraham não fez comentários sobre minhas operações, embora ele resmungasse alto e com frequência, e dizia coisas cáusticas ao pobre Senhor Riley, que não tinha ânimo para responder depois de sua derrota para William Adolphus. Fiz concessões a Alexander Abraham porque havia tomado vacina e seu braço estava muito dolorido; e cozinhei refeições elegantes, sem muito mais o que fazer, depois que as coisas foram limpas. A casa estava cheia de provisões; Alexander Abraham não era mau com essas coisas, eu direi isso por ele. No geral, eu estava mais confortável do que esperava. Quando Alexander Abraham não falava, eu o deixava em paz; e, quando ele apenas dizia coisas sarcásticas como ele, eu dizia coisas sorrindo e agradavelmente. Pude ver que ele tinha um respeito saudável por mim. Mas de vez em quando ele parecia esquecer sua disposição e falava como um ser humano. Tivemos uma ou duas conversas de fato interessantes. Alexander Abraham era um homem inteligente, embora seu humor tivesse ficado bastante distorcido. Eu disse-lhe uma vez que achava que ele devia ter sido agradável quando jovem.

Um dia ele me surpreendeu ao aparecer à mesa de jantar com o cabelo escovado e uma gola branca. Tivemos um jantar excelente naquele dia, e eu fiz um pudim que era bom demais para alguém que odeia mulher. Quando Alexander Abraham terminou duas grandes pratadas, suspirou e disse:

– Você certamente sabe cozinhar. É uma pena que você seja uma excêntrica tão detestável em outros aspectos.

– É meio conveniente ser uma excêntrica – eu disse. – As pessoas são cuidadosas com a forma como se intrometem com você. Você não descobriu isso em sua própria experiência?

– Eu *não* sou um excêntrico – rosnou Alexander Abraham, ressentido. – Tudo o que peço é que me deixem sozinho.

– Esse é o tipo mais excêntrico de excentricidade – eu disse. – Uma pessoa que quer ser deixada sozinha desafia a providência, a qual diz que as pessoas, para o próprio bem, não devem ser deixadas sozinhas. Mas anime-se, senhor Bennett. A quarentena será encerrada na terça-feira, e você certamente será deixado sozinho pelo resto de sua vida, no que diz respeito tanto a William Adolphus quanto a mim. Você pode voltar a chafurdar no lamaçal e ficar tão sujo e confortável quanto antes.

Alexander Abraham rosnou novamente. A perspectiva não parecia animá-lo tanto quanto eu esperava. Então ele fez uma coisa surpreendente. Ele derramou um pouco de creme em um pires e colocou-o diante de William Adolphus. William Adolphus lambeu-o, mantendo um olho em Alexander Abraham, temendo que este mudasse de ideia. Para não ficar atrás, entreguei um osso ao Senhor Riley.

Nem Alexander Abraham nem eu nos preocupamos muito com a varíola. Não acreditávamos que ele pegaria, pois nem tinha visto a garota que estava doente. Mas na manhã seguinte eu o ouvi me chamar do andar de cima.

– Senhorita MacPherson – disse ele com uma voz tão incomumente suave que me deu uma sensação estranha –, quais são os sintomas da varíola?

– Calafrios e rubores, dor nos membros e nas costas, náusea e vômito – respondi prontamente, pois estava lendo-os em um almanaque de medicamentos patenteados.

– Eu tenho todos eles – disse Alexander Abraham, de maneira vazia.

CRÔNICAS DE AVONLEA

Não me senti tão assustada quanto esperava. Depois de suportar alguém que odeia mulher, um cachorro tigrado e a desordem precoce daquela casa e me sair bem com os três, a varíola parecia bastante insignificante. Fui até a janela e pedi a Thomas Wright para chamar o médico.

O médico desceu do quarto de Alexander Abraham parecendo sério.

– Ainda é impossível se pronunciar sobre a doença – disse ele. – Não há certeza até que a erupção apareça. Mas, é claro, há toda a probabilidade de que seja a varíola. É muito lamentável. Receio que seja difícil conseguir uma enfermeira. Todas as enfermeiras da cidade que cuidarão de casos de varíola estão sobrecarregadas agora, pois a epidemia ainda está intensa lá. No entanto, vou à cidade nesta noite e farei o meu melhor. Enquanto isso, no momento, você não deve se aproximar dele, Peter.

Eu não ia receber ordens de homem nenhum e, assim que o médico foi embora, fui direto para o quarto de Alexander Abraham com um jantar para ele em uma bandeja. Havia um creme de limão que achei que ele poderia comer, mesmo que tivesse varíola.

– Você não deveria chegar perto de mim – ele resmungou. – Você está arriscando sua vida.

– Não vou ver uma criatura morrer de fome, mesmo que seja homem – respondi.

– O pior de tudo – gemeu Alexander Abraham, entre bocadas no creme de limão – é que o médico diz que tenho que ter uma enfermeira. Eu me acostumei tanto a você estar em casa que não me importo com você, mas o pensamento de outra mulher vindo aqui é demais. Você deu ao meu pobre cachorro algo para comer?

– Ele jantou melhor do que muitos cristãos – eu disse severamente.

Alexander Abraham não precisou se incomodar com a chegada de outra mulher. O médico voltou naquela noite com preocupação em sua testa.

– Não sei o que deve ser feito – disse ele. – Eu não consigo uma alma para vir aqui.

– Eu cuidarei do senhor Bennett – eu disse com dignidade. – É meu dever e nunca me esquivo do meu dever. Sou conhecida por isso. Ele é um homem, tem varíola e mantém um cão vil, mas não vou vê-lo morrer por falta de cuidado com tudo isso.

– Você é uma boa alma, Peter – disse o médico, parecendo aliviado, como homem, assim que encontrou uma mulher para assumir a responsabilidade.

Eu cuidei de Alexander Abraham durante a varíola e não me importei muito. Ele era muito mais amável doente do que saudável e teve a doença de uma forma muito branda. No andar de baixo, eu reinava suprema, e o Senhor Riley e William Adolphus deitavam juntos como o leão e o cordeiro. Alimentei o Senhor Riley regularmente e, uma vez, vendo-o parecer solitário, dei-lhe um tapinha com cautela. Foi melhor do que eu imaginei que seria. O Senhor Riley levantou a cabeça e olhou para mim com uma expressão nos olhos que me curou de me perguntar por que diabos Alexander Abraham gostava tanto da besta.

Quando Alexander Abraham conseguiu se sentar, ele começou a compensar o tempo que havia perdido sendo agradável. Você não poderia imaginar qualquer coisa mais sarcástica do que aquele homem em sua convalescença. Eu apenas ri dele, tendo descoberto que aquilo poderia irritá-lo. Para irritá-lo ainda mais, limpei a casa novamente. Mas o que mais o atormentou foi o fato de o senhor Riley ter me seguido e abanado o que ele tinha de rabo para mim.

– Não bastasse que você entrasse na minha casa pacífica e a virasse de cabeça para baixo, mas você precisava afastar os afetos do meu cachorro – reclamou Alexander Abraham.

– Ele vai gostar de você novamente quando eu voltar para casa – eu disse, com segurança. – Os cães não são muito especiais assim. O que eles querem são ossos. Gatos, agora, amam desinteressados. William Adolphus nunca se desviou de sua lealdade a mim, embora você dê a ele creme na despensa às escondidas.

Alexander Abraham pareceu tolo. Ele não imaginou que eu soubesse disso.

Não peguei a varíola e em mais uma semana o médico saiu e mandou o policial para casa. Fui desinfetada e William Adolphus foi pulverizado, e então estávamos livres para ir.

– Adeus, senhor Bennett – eu disse, oferecendo um aperto de mãos em um clima de perdão. – Não tenho dúvida de que você está feliz por se livrar de mim, mas você não está mais feliz do que eu, por ir embora. Suponho que esta casa estará mais suja do que nunca em um mês, e o Senhor Riley terá descartado a pouca polidez que suas maneiras assumiram. A mudança com homens e cães nunca é profunda.

Com esse tiro de despedida, saí da casa, supondo que eu a tivesse visto, e a Alexander Abraham, pela última vez.

Fiquei feliz em voltar para casa, é claro; mas parecia estranho e solitário. Os gatos mal me conheciam, e William Adolphus perambulava desolado e parecia se sentir em um exílio. Eu não tinha tanto prazer em cozinhar como de costume, pois parecia meio tolo fazer um rebuliço só para mim. A visão de um osso me fez pensar no pobre Senhor Riley. Os vizinhos me evitaram sugestivamente, pois não conseguiam se livrar do medo de que eu pudesse irromper em varíola a qualquer momento. Minha turma da escola dominical fora dada a outra mulher e, no geral, senti como se não pertencesse a lugar algum.

Já haviam passado quinze dias quando Alexander Abraham apareceu de repente. Ele chegou uma noite no crepúsculo, mas, à primeira vista, eu não o reconheci; ele estava tão arrumado e barbeado. Mas William Adolphus o reconheceu. Você acredita que William Adolphus, meu próprio William Adolphus, se esfregou na perna da calça daquele homem com um ronronar indisfarçado de satisfação?

– Eu tive que vir, Angelina – disse Alexander Abraham. – Eu não aguentava mais.

– Meu nome é Peter – eu disse friamente, embora estivesse me sentindo ridiculamente feliz com alguma coisa.

– Não é – disse Alexander Abraham, obstinadamente. – É Angelina para mim, e sempre será. Eu nunca a chamarei de Peter. Angelina combina exatamente com você; e Angelina Bennett combinaria com você ainda melhor. Você deve voltar, Angelina. O Senhor Riley está desanimado sem você, e eu não consigo lidar com a situação de que não há alguém para apreciar meus sarcasmos, agora que você me acostumou ao luxo.

– E os outros cinco gatos? – eu reivindiquei.

Alexander Abraham suspirou.

– Suponho que eles terão de vir também – ele suspirou –, embora sem dúvida perseguirão o pobre Senhor Riley para fora dos aposentos. Mas posso viver sem ele, não posso sem você. Em quanto tempo você pode estar pronta para se casar comigo?

– Eu não disse que ia me casar com você, disse? – eu falei com acidez, apenas para ser consistente. Pois eu não estava me sentindo azeda.

– Não, mas você vai, não vai? – disse Alexander Abraham ansiosamente. – Porque, se você não quiser, eu preferia que você tivesse me deixado morrer da varíola. Querida Angelina.

Pensar que um homem ousa me chamar de "querida Angelina"! E pensar que eu não deveria me importar!

– Para onde eu for, William Adolphus vai – eu disse –, mas doarei os outros cinco gatos pelo... pelo bem do Senhor Riley.

A aquisição de Pa Sloane

– Eu acho que o melaço está acabando, não está? – disse Pa Sloane, insinuando. – Suponho que é melhor eu ir até Carmody hoje à tarde e pegar um pouco mais.

– Ainda tem um bom meio galão de melaço no jarro – disse Ma Sloane sem piedade.

– É mesmo? Bem, notei que o garrafão de querosene não estava muito pesado da última vez que enchi a lata. Acho que precisa ser reabastecido.

– Temos querosene suficiente para duas semanas ainda. – Ma continuou seu jantar com um rosto impassível, mas um brilho se tornou aparente nos olhos dela. Para que Pa não visse e se sentisse encorajado, ela olhou imóvel para o prato.

Pa Sloane suspirou. Sua invenção foi revelada.

– Eu não ouvi você dizer anteontem que estava sem noz-moscada? – ele perguntou, depois de alguns momentos de severa reflexão.

– Eu recebi um suprimento do vendedor de ovos hoje mesmo – respondeu Ma, com um grande esforço, impedindo que o brilho se espalhasse por todo o rosto. Ela se perguntou se essa terceira negativa sossegaria Pa. Mas Pa não se daria por vencido.

– Bem, de qualquer maneira – disse ele, iluminando-se sob a influência de uma repentina inspiração salvadora –, vou ter que subir para buscar a ferradura da égua alazã. Então, se houver algo que você queira da loja, Ma, faça uma lista enquanto eu atrelo.

A questão de calçar a égua alazã estava além do domínio de Ma, embora ela tivesse suas próprias suspeitas sobre a necessidade de calçar a alazã.

– Por que você não desiste de ser evasivo, Pa? – ela reivindicou, com pena desdenhosa. – Você também pode descobrir o que o está levando para Carmody. Eu posso ver além da sua intenção. Você quer escapar para o leilão da Garland. É isso o que está incomodando você, Pa Sloane.

– Eu não sei, mas preciso ir, vendo que é útil. A égua alazã realmente precisa de ferradura, Ma – protestou Pa.

– Sempre há algo que precisa ser feito se for conveniente – replicou Ma. – Sua mania de leilões ainda será a sua ruína, Pa. Um homem de cinquenta e cinco anos deveria ter superado tal anseio. Mas, quanto mais velho você fica, pior. De qualquer forma, se "eu" quisesse ir a leilões, escolheria algum útil e não desperdiçaria meu tempo em pequenos casos de um cavalo como o de Garland.

– Então, pode-se pegar algo bem barato na Garland – disse Pa de maneira defensiva.

– Bem, você não vai adquirir nada, barato ou não, Pa Sloane, porque vou com você para me certificar de que não. Sei que não posso impedi-lo de ir. Da mesma forma que eu poderia tentar impedir que o vento soprasse. Mas eu irei também, em legítima defesa. Esta casa agora está tão cheia de velhos entulhos e quinquilharia que você trouxe de leilões que eu sinto como se fosse feita de pedaços e sobras.

CRÔNICAS DE AVONLEA

Pa Sloane suspirou novamente. Não era estimulante participar de um leilão com Ma. Ela nunca o deixaria dar um lance sobre nada. Mas ele percebeu que a mente de Ma estava além do poder de persuasão de um mortal para alterá-la, então ele foi atrelar a égua.

O desperdício de Pa Sloane era ir a leilões e comprar coisas que ninguém mais compraria. Os esforços pacientes de Ma Sloane em mais de trinta anos foram capazes de efetuar apenas uma mudança parcial. Algumas vezes, Pa heroicamente se abstinha de ir a um leilão por seis meses seguidos; então ele estourava e ficava pior do que nunca: ia a tudo o que acontecia a quilômetros de distância e voltava para casa com uma carroça de porcarias.

Sua última façanha foi fazer um lance de cinco dólares por uma velha batedeira. Os meninos "armaram as coisas" para Pa Sloane por diversão, e ele a trouxe para casa, para a indignada Ma, que fizera sua manteiga por quinze anos na batedeira mais recente e de última geração. Para acrescentar insulto ao prejuízo, essa foi a segunda batedeira que Pa comprou em leilão. Estava resolvido. Ma decretou que dali em diante ela iria acompanhar Pa quando ele fosse a leilões.

Mas este era o dia de sorte de Pa. Quando ele foi até a porta onde Ma estava esperando, uma criança levada de dez anos, sem chapéu e sem fôlego, voou para o quintal e se lançou entre Ma e o degrau da carroça.

– Ó senhora Sloane, você não pode vir à nossa casa imediatamente? – ele ofegou. – O bebê, ele tem cólicas, e a mãe está nervosa, e ele está com o rosto todo roxo.

Ma foi, sentindo que as estrelas em sua trajetória lutavam contra uma mulher que tentava cumprir seu dever com o marido. Mas primeiro ela advertiu Pa.

– Vou ter que deixar você ir sozinho. Mas eu encarrego você, Pa, de não fazer nenhum lance, *nenhum*, você ouviu?

175

Pa ouviu e prometeu levar em consideração, com toda a intenção de cumprir sua promessa. Então ele foi embora alegremente. Em qualquer outra ocasião, Ma teria sido uma companheira bem-vinda. Mas ela certamente estragava o sabor de um leilão.

Quando Pa chegou à loja de Carmody, viu que o pequeno quintal da Garland, abaixo da colina, já estava cheio de pessoas. O leilão evidentemente começara; então, para não perder mais nada, Pa se apressou. A égua alazã podia esperar por suas ferraduras.

Ma estava nos limites quando chamou o leilão da Garland de "caso de um cavalo". Certamente era muito irrisório, especialmente quando comparado ao grande leilão Donaldson de um mês atrás, que Pa ainda revivia em sonhos felizes.

Horace Garland e sua esposa eram pobres. Quando eles morreram, com diferença de seis semanas um do outro, ele de tuberculose e ela de pneumonia, deixaram apenas dívidas e um pouco de mobília. A casa tinha sido alugada.

A oferta sobre os vários artigos ruins de utensílios domésticos colocados à venda não foi rápida, mas teve um elemento de resignada determinação. O povo de Carmody sabia que essas coisas tinham que ser vendidas para pagar as dívidas e não podiam ser vendidas a menos que fossem compradas. Ainda assim, era um negócio muito insípido.

Uma mulher saiu da casa carregando um bebê de dezoito meses nos braços e sentou-se no banco debaixo da janela.

– Lá está Marthy Blair com o bebê Garland – disse Robert Lawson a Pa. – Gostaria de saber o que vai acontecer com esse pobre jovem!

– Não existe alguém por parte do pai ou da mãe para levá-lo? – perguntou Pa.

– Não. Horace não tinha parentes dos quais alguém já ouvira falar. A senhora Horace tinha um irmão, mas ele foi para Manitoba anos atrás, e ninguém sabe onde ele está agora. Alguém terá que levar o bebê e ninguém parece preocupado com isso. Eu mesmo tenho oito, ou pensaria nisso. Ele é um bom sujeito.

Pa, com a advertência de despedida de Ma ecoando em seus ouvidos, não fez lances sobre nada, embora nunca se saiba quão grande foi o heroico autocontrole que ele impôs a si mesmo, até que, finalmente, ele fez um lance para uma coleção de vasos de flores, pensando que poderia se entregar a esse pequeno deslize. Josiah Sloane, porém, fora incumbido por sua esposa a levar para casa aqueles vasos de flores; então Pa os perdeu.

– Pronto, é tudo – disse o leiloeiro, limpando o rosto, pois o dia estava muito quente para outubro.

– Não há mais nada a não ser que vendamos o bebê.

Uma gargalhada atravessou a multidão. A venda tinha sido um negócio enfadonho, e eles estavam prontos para se divertir. Alguém gritou:
– Coloque-o à venda, Jacob. – A brincadeira caiu nas boas graças e foi repetida de maneira hilária.

Jacob Blair pegou o pequeno Teddy Garland dos braços de Martha e o colocou em cima da mesa perto da porta, firmando o pequeno ser com uma grande mão morena. O bebê tinha uma mecha de cachos loiros, um rosto rosa e branco e grandes olhos azuis. Ele riu para os homens diante dele e acenou com as mãos em deleite. Pa Sloane achou que nunca tinha visto um bebê tão bonito.

– Aqui está um bebê à venda – gritou o leiloeiro. – Um artigo genuíno, quase tão bom quanto novo em folha. Um bebê vivo de verdade, com garantia para andar e falar um pouco. Quem oferece? Um dólar? Ouvi alguém dizer que oferece um dólar? Não, senhor, os bebês não são tão baratos assim, especialmente os de cabelos cacheados.

A multidão gargalhou novamente. Pa Sloane, de forma a manter a brincadeira, gritou:
– Quatro dólares!

Todo mundo olhou para ele. A impressão que passou pela multidão era de que Pa estava falando sério e pretendia assim significar sua intenção de dar um lar ao bebê. Ele era abastado, e seu único filho era adulto e casado.

– Seis – gritou John Clarke do outro lado do quintal. John Clarke morava em White Sands, e ele e sua esposa não tinham filhos.

Essa oferta de John Clarke foi a ruína de Pa. Pa Sloane podia não ter um inimigo, mas um rival ele tinha, e esse rival era John Clarke. Em todos os leilões, John Clarke tinha o hábito de fazer lances contra Pa. No último leilão, ele havia excedido Pa em tudo, sem ter o medo da sua esposa diante de seus olhos. O sangue por briga de Pa subiu em um momento; ele esqueceu Ma Sloane; esqueceu o que estava sendo ofertado; esqueceu tudo, exceto a determinação de que John Clarke não deveria ser vencedor novamente.

– Dez – ele chamou, num tom estridente.

– Quinze – gritou Clarke.

– Vinte – vociferou Pa.

– Vinte e cinco – bramou Clarke.

– Trinta – berrou Pa. Ele quase rompeu um vaso sanguíneo com seus gritos, mas havia vencido. Clarke afastou-se com uma gargalhada e um encolher de ombros, e o lance do bebê foi anunciado para Pa Sloane pelo leiloeiro, que enquanto isso mantinha a multidão em gargalhadas com um rápido disparo de gracejos. Não havia tanta diversão em um leilão em Carmody fazia muito tempo.

Pa Sloane veio, ou foi empurrado, para a frente. O bebê foi colocado em seus braços; ele percebeu que era esperado mantê-lo ali e estava aturdido demais para recusar; além disso, seu coração foi direto para a criança.

O leiloeiro olhou duvidosamente para o dinheiro que Pa estendeu em silêncio.

– Suponho que essa parte foi apenas uma brincadeira – disse ele.

CRÔNICAS DE AVONLEA

– De jeito nenhum – disse Robert Lawson. – O dinheiro todo não será suficiente para pagar as dívidas. Há uma conta do médico, e isso quase a pagará.

Pa Sloane voltou para casa, com a égua alazã ainda sem ferraduras, o bebê e a escassa trouxa de roupas do bebê. O bebê não o incomodou muito; havia se acostumado a estranhos nos últimos dois meses e logo adormeceu em seu braço, mas Pa Sloane não gostou daquele passeio. No final, ele viu mentalmente Ma Sloane.

Ma estava lá, também, esperando por ele no degrau da porta dos fundos enquanto ele dirigia para o quintal ao pôr do sol. O rosto dela, quando viu o bebê, expressou o último grau de espanto.

– Pa Sloane – ela reivindicou –, de quem é esse bebê e onde você o conseguiu?

– Eu... eu... comprei no leilão, Ma – disse Pa, debilmente. Então ele esperou pela explosão. Nada veio. Essa última façanha de Pa foi demais para Ma.

Com um suspiro, ela arrancou o bebê dos braços de Pa e ordenou que ele saísse e guardasse a égua. Quando Pa voltou para a cozinha, Ma havia colocado o bebê no sofá, cercado-o com cadeiras, para que ele não caísse, e lhe dado alguma comida.

– Agora, Pa Sloane, você pode explicar – disse ela.

Pa explicou. Ma ouviu em um silêncio lúgubre até ele terminar. Então ela disse severamente:

– Você acha que vamos ficar com esse bebê?

– Eu... eu... não sei – disse Pa. E ele não sabia.

– Bem, nós NÃO vamos. Eu criei um garoto e isso é o suficiente. Eu não pretendo ser incomodada com mais um. Eu nunca fui muito deslumbrada com crianças, de qualquer maneira. Você diz que Mary Garland tinha um irmão em Manitoba? Bem, vamos escrever para ele e dizer que ele deve cuidar do sobrinho.

– Mas como você pode fazer isso, Ma, quando ninguém sabe o endereço dele? – objetou Pa, com um olhar melancólico para aquele bebê delicioso e risonho.

– Vou descobrir o endereço dele se eu anunciar nos jornais – replicou Ma. – Quanto a você, Pa Sloane, você não está em condições de estar fora de um manicômio. No próximo leilão, você vai comprar uma esposa, suponho?

Pa, bastante arrasado pelo sarcasmo de Ma, puxou a cadeira para jantar. Ma pegou o bebê e sentou-se à cabeceira da mesa. O pequeno Teddy riu e beliscou o rosto, o rosto de Ma! Mamãe parecia muito sombria, mas ela o alimentou com tanta habilidade como se não tivesse passado trinta anos desde que ela fizera uma coisa dessas. A mulher que aprendeu a habilidade materna nunca a esquece.

Depois do chá, Ma enviou Pa a casa de William Alexander para pegar emprestada uma cadeira alta. Quando Pa voltou, no crepúsculo, o bebê estava cercado novamente no sofá, e Ma andava rapidamente sobre o sótão. Ela estava trazendo para baixo o pequeno berço que seu filho havia ocupado e colocando-o no quarto deles para Teddy. Então ela despiu o bebê e o embalou para dormir, cantando uma velha canção de ninar para ele. Pa Sloane sentou-se em silêncio e escutou, com memórias muito doces dos tempos passados, quando ele e Ma eram jovens e orgulhosos, e o bigodudo William Alexander era um camarada de cabelos encaracolados como o bebê.

Ma não estava motivada a colocar um anúncio para o irmão da senhora Garland. Aquele personagem viu a notícia da morte de sua irmã em um jornal em casa e escreveu para o carteiro de Carmody para obter informações completas. A carta foi encaminhada para Ma e ela lhe respondeu.

Ela escreveu que eles haviam recebido o bebê, enquanto aguardavam outros arranjos, mas não tinham intenção de mantê-lo; e ela

CRÔNICAS DE AVONLEA

calmamente perguntou a seu tio o que deveria ser feito com ele. Então ela, resoluta, selou e endereçou a carta; mas, quando terminou, ela olhou do outro lado da mesa para Pa Sloane, que estava sentado na poltrona com o bebê no joelho. Eles estavam realmente se divertindo muito juntos. Pa sempre fora terrivelmente tolo em relação a bebês. Ele parecia dez anos mais jovem. Os olhos penetrantes de Ma suavizaram um pouco enquanto ela os observava.

Uma resposta rápida chegou à sua carta. O tio de Teddy escreveu que ele tinha seis filhos, todavia estava disposto e feliz em dar um lar ao pequeno sobrinho. Mas ele não podia ir buscá-lo. Josiah Spencer, de White Sands, estava indo para Manitoba na primavera. Se o senhor e a senhora Sloane pudessem ficar com o bebê até lá, ele poderia ser enviado com os Spencers. Talvez outra oportunidade apareceria mais cedo.

– Não haverá oportunidade mais cedo – disse Pa Sloane em tom de satisfação.

– Não, que azar! – retrucou Ma secamente.

O inverno passou. O pequeno Teddy cresceu e se desenvolveu, e Pa Sloane o adorava. Ma também era muito boa com ele, e Teddy gostava tanto dela quanto de Pa.

No entanto, à medida que a primavera se aproximava, Pa tornava-se deprimido. Às vezes, ele suspirava com pesar, especialmente quando ouvia referências casuais à emigração de Josiah Spencer.

Em uma tarde quente no início de maio, Josiah Spencer chegou. Ele encontrou Ma tricotando serenamente na cozinha, enquanto Pa cochilava sobre seu jornal e o bebê brincava com o gato no chão.

– Boa tarde, senhora Sloane – disse Josiah com um aceno. – Eu apenas passei para ver sobre esse jovem aqui. Nós vamos partir na próxima quarta-feira, então é melhor mandá-lo para nossa casa na segunda ou terça-feira, para que ele possa se acostumar conosco e...

– Ó Ma – começou Pa, levantando-se e implorando.

Ma o paralisou com seu olhar.

– Sente-se, Pa – ela ordenou.

Infeliz, Pa sentou-se.

Então Ma olhou ferozmente para o sorridente Josiah, que de imediato se sentiu tão culpado como se tivesse sido pego roubando ovelhas em flagrante.

– Somos muito gratos a você, senhor Spencer – disse Ma friamente –, mas este bebê é *nosso*. Nós o compramos e pagamos por ele. Um negócio é um negócio. Quando eu pago em dinheiro por bebês, pretendo fazer meu dinheiro valer a pena. Nós vamos ficar com este bebê, apesar da quantidade de tios em Manitoba. Eu deixei isso bastante claro para o seu entendimento, senhor Spencer?

– Certamente, certamente – gaguejou o infeliz homem, sentindo-se mais culpado do que nunca –, mas pensei que você não o queria, pensei que tivesse escrito para o tio dele, pensei...

– Eu realmente não pensaria tanto se fosse você – disse Ma gentilmente. – Deve ser difícil para você. Você não vai ficar e tomar chá com a gente?

Mas não, Josiah não ficaria. Ele estava grato por fugir com os restos de autorrespeito que lhe restavam.

Pa Sloane levantou-se e veio para perto da cadeira de Ma. Ele colocou a mão trêmula no ombro dela.

– Ma, você é uma boa mulher – ele disse suavemente.

– Concordo, Pa – disse Ma.

O cortejo de Prissy Strong

Não pude ir ao grupo de oração naquela noite porque tive nevralgia em meu rosto, mas Thomas foi, e, no minuto em que ele chegou em casa, eu sabia pelo brilho em seus olhos que ele tinha algumas notícias.

– Com quem você acha que Stephen Clark voltou para casa depois da reunião de hoje à noite? – ele disse rindo.

– Jane Miranda Blair – eu disse prontamente. A esposa de Stephen Clark estava morta fazia dois anos, e ele não havia prestado muita atenção em ninguém, tanto quanto se sabia. Mas Carmody tinha Jane Miranda toda pronta para ele, e realmente não sei por que ela não lhe convinha, exceto pela razão de que um homem nunca faz o que se espera que ele faça quando se trata de casar.

Thomas riu novamente.

– Errado. Ele avançou até Prissy Strong e foi embora com ela. A coisa está esquentando.

– Prissy Strong! – Eu levantei as mãos. Então ri. – Ele não deve tentar Prissy – eu disse. – Emmeline cortou isso pela raiz há vinte anos, e ela fará isso de novo.

– Em'line é uma velha excêntrica – rosnou Thomas. Ele detestava Emmeline Strong, e sempre a detestou.

– Ela é, tudo bem – eu concordei –, e essa é apenas a razão pela qual ela pode transformar a pobre Prissy da maneira como quiser. Guarde minhas palavras, ela vai bater o pé assim que descobrir isso.

Thomas disse que eu provavelmente estava certa. Fiquei acordada por um longo tempo depois de ir para cama naquela noite, pensando em Prissy e Stephen. Como regra geral, não me preocupo com os assuntos de outras pessoas, mas Prissy era uma criatura tão indefesa que não conseguia tirá-la da minha cabeça.

Vinte anos atrás, Stephen Clark tentou sair com Prissy Strong. Isso foi logo após a morte do pai de Prissy. Ela e Emmeline estavam morando sozinhas. Emmeline tinha trinta anos, dez anos mais velha que Prissy. Se alguma vez houvesse duas irmãs totalmente diferentes uma da outra em todos os aspectos, essas duas eram Emmeline e Prissy Strong.

Emmeline parecia-se com seu pai; ela era grande, morena e simples, e era a criatura mais dominadora que já existiu. Ela era bastante autoritária em relação à pobre Prissy.

Prissy era uma garota bonita, pelo menos a maioria das pessoas pensava assim. Não posso dizer honestamente que admirasse o estilo dela. Eu gosto de algo mais enérgico e instantâneo. Prissy era magra e rosada, com olhos azuis suaves e atraentes e cabelos dourados pálidos, com cachos angelicais emoldurando seu rosto. Ela era tão meiga e tímida quanto parecia, e não havia nem um pouco de mal nela. Eu sempre gostei de Prissy, mesmo que não a admirasse tanto quanto algumas pessoas.

De qualquer forma, era evidente que o estilo dela combinava com Stephen Clark. Ele começou a acompanhá-la, e não havia dúvida de que Prissy gostava dele. Então Emmeline colocou um ponto final no caso. Foi pura rabugice dela. Stephen era um bom partido, e nada poderia ser dito contra ele. Mas Emmeline estava determinada a que

CRÔNICAS DE AVONLEA

Prissy não deveria se casar. Ela mesma não pôde se casar, o que lhe causou dor suficiente.

Claro, se Prissy tivesse uma centelha de espírito, ela não teria cedido. Mas ela não tinha um pingo; acredito que ela teria cortado o nariz se Emmeline lhe tivesse ordenado. Ela era apenas sua mãe novamente. Se alguma vez uma garota a entendeu mal, foi Prissy Strong. Não havia nada de forte nela.

Uma noite, quando a reunião do grupo de oração terminou, Stephen foi até Prissy como de costume e perguntou se poderia acompanhá-la até sua casa. Thomas e eu estávamos logo atrás, não éramos casados naquela época, e ouvimos tudo. Prissy lançou um olhar espantado e apelativo para Emmeline e disse:

– Não, obrigada, não nesta noite.

Stephen apenas deu meia-volta e foi embora. Ele era um sujeito cheio de vida, e eu sabia que ele nunca iria ignorar uma desfeita em público como aquela. Se ele tivesse tanto bom senso quanto deveria, saberia que Emmeline estava por trás disso; mas ele não viu isso e começou a sair com Althea Gillis, e eles se casaram no ano seguinte. Althea era uma garota muito agradável, apesar de tonta, e acho que ela e Stephen eram felizes o suficiente juntos. Na vida real, as coisas costumam ser assim.

Nunca alguém tentou sair com Prissy novamente. Suponho que eles tinham medo de Emmeline. A beleza de Prissy logo se desvaneceu. Ela sempre foi meio meiga, mas sua flor desapareceu, e ela ficava cada vez mais tímida e insegura a cada ano de sua vida. Ela não ousaria vestir seu segundo melhor vestido sem pedir a permissão de Emmeline. Ela gostava muito de gatos, e Emmeline não a deixava manter um. Emmeline até recortou o folhetim do semanário religioso que ela pegava antes de entregar a Prissy, porque não acreditava na leitura de romances. Costumava me deixar furiosa ao ver tudo isso. Elas eram minhas vizinhas mais próximas depois que me casei com Thomas, e eu costumava entrar e sair da casa delas. Às vezes, eu me sentia realmente irritada com Prissy por ela ceder da maneira como fazia; mas, afinal, ela não podia evitar, ela nasceu assim.

E agora Stephen tentaria a sorte mais uma vez. Certamente parecia engraçado.

Stephen voltou da reunião do grupo de oração para casa com Prissy quatro noites antes de Emmeline descobrir. Emmeline não estava indo à reunião durante todo o verão porque estava brava com o senhor Leonard. Ela expressou sua desaprovação a ele porque ele havia enterrado a velha Naomi Clark no porto "como se ela fosse cristã", e o senhor Leonard disse-lhe algo que ela não conseguiria superar por um tempo. Não sei o que era, mas sei que, quando o senhor Leonard era motivado a repreender alguém, a pessoa então repreendida se lembraria disso por um tempo.

Imediatamente eu soube que ela devia ter descoberto sobre Stephen e Prissy, pois esta parou de ir à reunião de oração.

De alguma forma, fiquei realmente preocupada com isso e, embora Thomas tenha dito, pelo amor de Deus, para eu não meter o nariz onde não fui chamada, senti como se eu devesse fazer alguma coisa. Stephen Clark era um bom homem, e Prissy teria um lindo lar; e aqueles dois garotinhos de Althea precisavam de uma mãe, se é que meninos precisavam. Além disso, eu sabia muito bem que Prissy, no fundo de sua alma, estava ansiosa para se casar. Emmeline também, mas ninguém queria ajudá-la com um marido.

O resultado de minhas meditações foi que um dia eu convidei Stephen para jantar conosco ao sair da igreja. Ouvi um rumor de que ele iria acompanhar Lizzie Pye até Avonlea, e eu sabia que era hora de me mexer, se algo tivesse que ser feito. Se fosse Jane Miranda, não sei se teria me incomodado; mas Lizzie Pye não teria sido uma boa madrasta para os filhos de Althea. Ela era muito mal-humorada e muito mesquinha.

CRÔNICAS DE AVONLEA

Stephen veio. Ele parecia aborrecido, mal-humorado e pouco inclinado a falar. Depois do jantar, dei uma dica a Thomas. Eu disse:

– Vá para cama e tire uma soneca. Eu quero falar com Stephen.

Thomas encolheu os ombros e saiu. Ele provavelmente achava que eu estava arrumando muitos problemas para mim, mas não disse nada. Assim que ele saiu do caminho, comentei casualmente para Stephen que entendi que ele levaria uma das minhas vizinhas embora e que eu não poderia lamentar, embora ela fosse uma excelente vizinha e eu sentiria muita falta dela.

– Você não vai sentir muita falta dela, eu acho – disse Stephen, implacavelmente. – Disseram que não sou desejado por lá.

Fiquei surpresa ao ouvir Stephen falar de forma tão bruta e clara sobre isso, pois não esperava chegar à raiz do problema tão facilmente. Stephen não era do tipo confidencial. Mas realmente parecia um alívio para ele falar sobre isso; eu nunca vi um homem se sentir tão magoado com alguma coisa. Ele me contou a história toda.

Prissy havia escrito para ele uma carta para ele, a qual ele pescou do bolso e me entregou para ler. Era a caligrafia primitiva e pequena de Prissy, com certeza, e dizia apenas que suas atenções eram "indesejadas" e ele seria "gentil o suficiente para abster-se de oferecê-las". Não é de admirar que o pobre homem tenha ido ver Lizzie Pye!

– Stephen, estou surpresa com você por pensar que Prissy Strong escreveu essa carta – eu disse.

– É a letra dela – ele disse obstinadamente.

– Claro que é. "A mão é a mão de Esaú, mas a voz é a voz de Jacó"[8] – eu disse, embora não tivesse certeza de que a citação era exatamente apropriada. – Emmeline compôs essa carta e fez Prissy copiá-la. Eu sei disso tão bem como se eu a tivesse visto fazer isso, e você também deveria saber.

---

8   Da citação bíblica: "A voz é a voz de Jacó, mas as mãos são as mãos de Esaú". Gênesis 27:22. (N.T.)

– Se eu pensasse isso, mostraria a Emmeline que eu poderia conseguir Prissy apesar dela – disse Stephen, arisco. – Mas, se Prissy não me quiser, não vou insistir.

Bem, conversamos um pouco e, no final, eu concordei em sondar Prissy e descobrir o que ela realmente pensava sobre isso. Não pensei que seria difícil; e não foi. Passei lá no dia seguinte porque vi Emmeline se dirigir para a loja. Encontrei Prissy sozinha, costurando trapos de tapete. Emmeline a mantinha constantemente nisso, porque Prissy odiava fazê-lo, suponho. Prissy estava chorando quando entrei, e em alguns minutos eu entendi a história toda.

Prissy queria se casar, e ela queria se casar com Stephen, e Emmeline não a deixava.

– Prissy Strong – eu disse exasperada –, você não tem o espírito de um rato! Por que diabos você escreveu tal carta para ele?

– Ora, Emmeline me fez escrever – disse Prissy, como se não houvesse nenhum apelo a isso; e eu sabia que não podia haver, para Prissy. Também sabia que, se Stephen quisesse ver Prissy novamente, Emmeline não deveria saber de nada, e eu lhe disse isso quando ele veio na noite seguinte, para "pedir uma enxada emprestada", ele disse. Era um longo caminho a percorrer por uma enxada.

– O que eu devo fazer, então? – ele disse. – Não adiantaria nada escrever, pois provavelmente cairia nas mãos de Emmeline. Ela não vai deixar Prissy ir a lugar nenhum sozinha depois disso. E como vou saber quando a gata velha estiver fora?

– Por favor, não insulte os gatos – eu disse. – Vou falar o que faremos. Você pode ver o ventilador em nosso celeiro da sua casa, não pode? Você seria capaz de avistar uma bandeira ou algo amarrado a ela através do seu telescópio, não seria?

Stephen achava que podia.

– Bem, você dê uma olhada de soslaio de vez em quando – eu disse. – Assim que Emmeline deixar Prissy sozinha, eu vou içar o sinal.

CRÔNICAS DE AVONLEA

A chance não veio por uma quinzena inteira. Então, uma noite, vi Emmeline caminhar sobre o campo abaixo de nossa casa. Assim que ela desapareceu, corri pelo bosque de bétulas até Prissy.

– Sim, Em'line vai tomar conta de Jane Lawson nesta noite – disse Prissy, toda agitada e tremendo.

– Então você coloca seu vestido de musselina e arruma seu cabelo – eu disse. – Eu estou indo para casa, para que Thomas amarre algo naquele ventilador.

Mas você acha que Thomas faria isso? Ele não. Ele disse que devia algo à sua posição de presbítero da igreja. No final, eu tive que fazer isso sozinha, embora não goste de subir em escadas de mão. Amarrei o longo cachecol de lã vermelho de Thomas no ventilador e rezei para que Stephen o visse. Ele viu. Em menos de uma hora ele se dirigiu pela nossa rua e colocou seu cavalo em nosso celeiro. Ele estava todo arrumado, nervoso e empolgado como um estudante. Foi direto para a casa de Prissy, e eu comecei a adornar minha nova almofada com a consciência limpa. Nunca saberei por que de repente me ocorreu de subir ao sótão e me certificar de que as traças não tinham entrado na minha caixa de cobertores; mas sempre acreditei que foi uma interposição especial da providência. Subi e olhei pela janela leste e lá vi Emmeline Strong voltando para casa pelo nosso campo do lago.

Desci voando aquelas escadas do sótão e saí através das bétulas. Irrompi na cozinha de Strong, onde Stephen e Prissy estavam sentados tão aconchegantes quanto você puder imaginar.

– Stephen, venha rápido! Emmeline está quase aqui – eu gritei.

Prissy olhou pela janela e apertou as mãos.

– Ah, ela está na trilha agora – ela ofegou. – Ele não pode sair da casa sem que ela o veja. Ó, Rosanna, o que devemos fazer?

Realmente não sei o que seria dessas duas pessoas se eu não existisse para encontrar ideias para elas.

189

– Leve Stephen até o sótão e esconda-o lá, Prissy – eu disse com firmeza –, e leve-o rápido.

Prissy o levou rapidamente, mas ela mal teve tempo de voltar para a cozinha antes que Emmeline entrasse, louca como uma galinha molhada, porque alguém tomou a frente de sua oferta de tomar conta de Jane Lawson, e então ela perdeu a chance de remexer e bisbilhotar as coisas enquanto Jane dormia. No momento em que ela bateu os olhos em Prissy, suspeitou de algo. Não era de admirar, pois lá estava Prissy, toda arrumada, com bochechas coradas e olhos brilhantes. Ela estava tremendo de ansiedade e parecia dez anos mais jovem.

– Priscilla Strong, você estava esperando Stephen Clark aqui nesta noite! – explodiu Emmeline. – Você é uma criatura perversa, enganadora, desonesta e ingrata!

E ela continuou atacando Prissy, que começou a chorar e parecia tão fraca e infantil que fiquei com medo de que ela traísse a coisa toda.

– Isso é entre você e Prissy, Emmeline – eu interrompi –, e não vou interferir. Mas quero que você venha e me mostre como adornar minha almofada naquele novo padrão que você aprendeu em Avonlea, e, como era melhor fazer antes do anoitecer, gostaria que você viesse imediatamente.

– Suponho que eu vá – disse Emmeline indelicadamente –, mas Priscilla também vai, pois vejo que ela não é digna de confiança quando está fora da minha vista.

Eu esperava que Stephen nos visse da janela do sótão e tivesse sucesso em sua fuga. Mas não ousei confiar no acaso, então, quando levei Emmeline em segurança para trabalhar na minha almofada, me desculpei e saí por um momento. Felizmente minha cozinha ficava do lado de fora da casa, mas eu estava nervosa enquanto corria para a casa das Strongs e subia correndo as escadas do sótão de Emmeline até Stephen. Foi uma sorte eu ter vindo, pois ele não sabia que havíamos saído. Prissy o escondeu atrás do tear, e ele não se atreveu a se mover por medo de Emmeline ouvi-lo naquele chão rangente. Ele estava um espetáculo com teias de aranha.

Levei-o para baixo e o fiz entrar em nosso celeiro, e ele ficou lá até escurecer e as garotas Strongs irem para casa. Emmeline começou a se enfurecer com Prissy no momento em que estavam do lado de fora da minha porta.

Então Stephen entrou e conversamos sobre as coisas. Ele e Prissy fizeram bom uso de seu tempo, por mais curto que tenha sido. Prissy prometera se casar com ele, e tudo o que restava era realizar a cerimônia.

– E isso não será uma tarefa fácil – eu o alertei. – Agora que as suspeitas de Emmeline estão despertadas, ela nunca vai deixar Prissy fora de sua vista até que você esteja casado com outra mulher, mesmo que passem anos. Conheço Emmeline Strong. E conheço Prissy. Se fosse qualquer outra garota no mundo, ela fugiria ou conseguiria, de alguma forma, mas Prissy nunca fugirá. Ela é muito obediente a Emmeline. Você terá uma esposa obediente, Stephen, se você a conseguir.

Stephen pareceu pensar que isso não seria uma desvantagem. Rumores diziam que Althea tinha sido bastante mandona. Eu não sei. Talvez fosse.

– Você não pode sugerir algo, Rosanna? – ele implorou. – Você nos ajudou até agora, e eu nunca esquecerei.

– A única coisa em que consigo pensar é que você tenha pronta sua permissão para casar. Fale com o senhor Leonard e fique de olho no nosso ventilador – eu disse. – Vou observar daqui e sinalizar sempre que houver uma oportunidade.

Bem, eu observei e Stephen observou, e o senhor Leonard estava na trama também. Prissy sempre foi a favorita dele, e ele teria sido mais do que humano, santo como ele é, se tivesse algum amor por Emmeline, por causa do jeito que ela estava sempre tentando armar conflitos na igreja.

Mas Emmeline era páreo para todos nós. Ela nunca deixava Prissy fora de sua vista. Aonde quer que fosse, ela carregava Prissy junto. Quando um mês havia se passado, eu estava quase em desespero. O senhor Leonard teve que partir para a Assembleia em mais uma semana, e os vizinhos de Stephen estavam começando a falar sobre ele. Diziam que um homem que passava todo o seu tempo pendurado no quintal com uma luneta e confiando tudo a um garoto contratado não podia estar completamente bem da cabeça.

Eu mal podia acreditar nos meus olhos quando um dia vi Emmeline ir embora sozinha. Assim que ela desapareceu de vista, corri, e Anne Shirley e Diana Barry foram comigo.

Elas estavam me visitando naquela tarde. A mãe de Diana era minha prima de segundo grau e, como nos visitávamos com frequência, eu via Diana muitas vezes. Mas nunca tinha visto sua amiga Anne Shirley, apesar de ter ouvido o suficiente sobre ela para deixar alguém louco de curiosidade. Então, quando ela voltou para a casa do Redmond College naquele verão, pedi a Diana que tivesse pena de mim e a trouxesse alguma tarde.

Não fiquei desapontada com ela. Eu a considerava uma beleza, embora algumas pessoas não pudessem ver isso. Ela tinha o cabelo vermelho mais magnífico e os maiores e mais brilhantes olhos que eu já vi em uma garota. Quanto à risada dela, me fazia sentir jovem novamente ao ouvi-la. Ela e Diana riram o suficiente naquela tarde, pois contei-lhes, sob solene promessa de sigilo, tudo sobre o caso de amor da pobre Prissy. Então, nada fariam, mas elas deveriam ir comigo.

A aparência da casa me surpreendeu. Todas as persianas estavam fechadas e a porta trancada. Bati e bati, mas não houve nenhuma resposta. Então circulei a casa até a única janela que não tinha persianas, uma minúscula no andar de cima. Eu sabia que era a janela do roupeiro do quarto onde as garotas dormiam. Parei embaixo e chamei Prissy.

Em pouco tempo, Prissy veio e a abriu. Ela estava tão pálida e desolada que tive pena dela de todo o meu coração.

– Prissy, aonde Emmeline foi? – eu perguntei.

– Até Avonlea para ver os Roger Pyes. Eles estão com sarampo, e Emmeline não pôde me levar porque nunca tive sarampo.

Pobre Prissy! Ela nunca teve nada que um corpo deveria ter.

– Então você simplesmente vem e abre a persiana e venha direto para minha casa – eu disse exultante. – Teremos Stephen e o pastor aqui em pouco tempo.

– Eu não posso... Em'line me trancou aqui – disse Prissy lamentavelmente.

Eu estava paralisada. Nenhum mortal vivo maior que um bebê poderia entrar ou sair através daquela janela do roupeiro.

– Bem – eu disse finalmente –, vou colocar um sinal para Stephen de qualquer maneira e veremos o que pode ser feito quando ele chegar aqui.

Eu não sabia como conseguiria colocar o sinal naquele ventilador, pois era um dos dias em que eu tinha momentos de vertigens; e, se eu subisse na escada de mão, provavelmente haveria um funeral em vez de um casamento. Mas Anne Shirley disse que o colocaria para mim, e o fez. Eu nunca tinha visto aquela garota antes e nunca mais a vi desde então, mas é minha opinião de que não havia muito que ela não pudesse fazer se decidisse fazê-lo.

Stephen não tardou a chegar e trouxe o pastor com ele. Então, todos nós, incluindo Thomas, que estava começando a se interessar pelo caso, apesar de tudo, fomos até lá e realizamos um conselho de guerra sob a janela do roupeiro.

Thomas sugeriu arrombar as portas e levar Prissy ousadamente, mas pude ver que o senhor Leonard parecia muito duvidoso sobre isso, e até Stephen disse que achava que isso só poderia ser feito como último recurso. E eu concordei com ele. Sabia que Emmeline Strong provavelmente moveria uma ação contra ele por arrombamento de domicílio. Ela ficaria tão furiosa que não suportaria nada se lhe déssemos alguma desculpa. Então Anne Shirley, que não poderia estar mais entusiasmada do que estaria se ela mesma se casasse, veio em socorro novamente.

– Você poderia colocar uma escada de mão na janela do roupeiro – disse ela –, e o senhor Clark pode subir e eles podem se casar lá. Não podem, senhor Leonard?

O senhor Leonard concordou que poderiam. Ele sempre foi o homem de aparência mais santa, mas sei que vi um brilho em seus olhos.

– Thomas, vá e traga nossa pequena escada de mão aqui – eu disse.

Thomas esqueceu que era um presbítero e trouxe a escada o mais rápido possível para um homem gordo. No final das contas, ela era muito curta para alcançar a janela, mas não havia tempo para procurar outra. Stephen subiu até o topo dela, estendeu a mão para cima e Prissy para baixo, e eles mal podiam encostar as mãos. Jamais esquecerei o aspecto de Prissy. A janela era tão pequena que ela só conseguia tirar a cabeça e um braço para fora. Além disso, ela estava quase morrendo de medo.

O senhor Leonard ficou ao pé da escada e os casou. Como regra, ele faz uma coisa muito longa e solene na cerimônia de casamento, mas desta vez cortou tudo o que não era absolutamente necessário; e foi bom o que fez, pois, assim que os declarou marido e mulher, Emmeline entrou na trilha.

Ela sabia perfeitamente bem o que havia acontecido quando viu o pastor com o livro azul em mãos. Ela não disse uma palavra. Marchou para a porta da frente, destrancou-a e subiu as escadas a passos largos. Sempre me convenci de que era providencial que aquela janela do roupeiro fosse tão pequena, do contrário acredito que ela teria jogado Prissy para fora. Então ela a levou escada abaixo pelo braço e de fato a lançou para Stephen.

CRÔNICAS DE AVONLEA

– Aí, leve sua esposa – disse ela –, e eu vou empacotar todas as roupas que ela possui e enviarei para ela; e nunca mais quero vê-la ou ver você enquanto eu viver.

Então ela se virou para mim e Thomas.

– Quanto a vocês, que ajudaram e incentivaram esse tolo de mente fraca nisso, saiam do meu quintal e nunca mais apareçam na minha porta.

– Pelo amor de Deus, quem quer, sua velha temperamental? – disse Thomas.

Talvez não fosse coisa para ele dizer, mas somos todos humanos, até mesmo os presbíteros.

As garotas não escaparam. Emmeline olhou feio para elas.

– Isso será algo para vocês levarem de volta a Avonlea – disse ela. – Vocês, fofoqueiros, lá embaixo terão o suficiente para conversar por um tempo. É para isso que você sempre sai de Avonlea, apenas para levar e trazer histórias.

Finalmente, ela terminou com o pastor.

– Vou para a Igreja Batista em Spencervale depois disso – disse ela. Seu tom e sua aparência diziam centenas de outras coisas. Ela virou-se para dentro da casa e bateu a porta.

O senhor Leonard olhou para nós com um sorriso de pena, enquanto Stephen colocava a pobre e meio desmaiada Prissy na charrete.

– Sinto muito – disse ele daquele seu modo gentil e santo – pelos batistas.

O milagre em Carmody

Salomé olhou pela janela da cozinha, e uma ruga de angústia apareceu em sua testa lisa.

– Querida, querida, o que Lionel Hezekiah está fazendo agora? – ela murmurou ansiosamente.

Involuntariamente, ela esticou a mão para pegar sua muleta, que estava um pouco além do alcance dela e caiu no chão, e sem ela Salomé não podia dar um passo.

– Bem, de qualquer forma, Judith está trazendo-o o mais rápido que pode – refletiu. – Ele deve ter feito algo terrível desta vez, pois ela parece muito zangada, e ela nunca anda assim, a menos que esteja claramente com raiva. Meu Deus, às vezes sou tentada a pensar que Judith e eu cometemos um erro ao adotar a criança. Suponho que duas donzelas solteironas não saibam muito sobre educar um garoto adequadamente. Mas ele não é uma criança má, e realmente me parece que deve haver alguma maneira de fazê-lo se comportar melhor se soubéssemos qual era.

CRÔNICAS DE AVONLEA

O monólogo de Salomé foi interrompido pela entrada de sua irmã Judith, segurando Lionel Hezekiah pelo pulso gorducho com um aperto determinado.

Judith Marsh era dez anos mais velha que Salomé, e as duas mulheres eram tão diferentes na aparência quanto noite e dia. Salomé, apesar dos trinta e cinco anos, parecia quase ameninada. Ela era pequena, rosada e parecida com uma flor, com pequenos anéis de cabelos dourados pálidos aglomerados por toda a sua cabeça, e seus olhos eram grandes, azuis e suaves como os de uma pomba. Seu rosto era talvez frágil, mas muito doce e atraente.

Judith Marsh era alta e morena, com um rosto sem atrativos e trágico e cabelos grisalhos. Seus olhos eram negros e sombrios, e todos os traços revelavam vontade e determinação inflexíveis.

Agora mesmo ela parecia, como Salomé dissera, "completamente irritada", e as olhadelas sinistras que ela lançava sobre o pequeno mortal que segurava teriam atrofiado um criminoso mais endurecido do que seis anos de boa sorte haviam feitos com Lionel Hezekiah.

Lionel Hezekiah, quaisquer que fossem seus defeitos, não parecia mau. Na verdade, ele era o moleque mais envolvente que já brilhara em um mundo bom e alegre através de um par de grandes olhos castanhos aveludados. Ele era gorducho e de pernas firmes, com uma mecha de lindos cachos dourados, que eram o desespero de seu coração e o orgulho e a alegria de Salomé, e seu rosto redondo era normalmente um lugar para covinhas, sorrisos e brilho.

No entanto, agora Lionel Hezekiah estava sob uma praga: ele fora pego em flagrante como culpado e estava com muita vergonha de si mesmo. Então, ele baixou a cabeça e encolheu-se sob a reprovação desolada nos olhos de Salomé. Quando ela olhava para ele assim, Lionel Hezekiah sempre sentia que estava pagando mais por sua diversão do que valia a pena.

– O que você acha que eu o peguei fazendo desta vez? – perguntou Judith com autoridade.

– Eu... eu não sei – vacilou Salomé.

– Disparou em um alvo na porta do galinheiro com ovos recém--botados – disse Judith com mensurada distinção. – Ele quebrou todos os ovos que foram botados hoje, exceto três. E quanto ao estado daquela porta do galinheiro...

Judith fez uma pausa, com um gesto indignado que tencionava expressar que o estado da porta do galinheiro deveria ser deixado à imaginação de Salomé, já que o idioma inglês não era capaz de descrevê-lo.

– Ó, Lionel Hezekiah, por que você faria essas coisas? – disse Salomé miseravelmente.

– Eu... não sabia que era errado – disse Lionel Hezekiah, desatando a chorar. – Eu... eu pensei que seria divertido pra caramba. Parece que tudo que é divertido é errado.

O coração de Salomé não era à prova de lágrimas, como Lionel Hezekiah sabia muito bem. Ela colocou o braço sobre o culpado que soluçava e o puxou para o lado dela.

– Ele não sabia que estava errado – disse ela, desafiadoramente, a Judith.

– Ele precisa ser ensinado, então – foi a resposta de Judith. – Não, você não precisa perdoá-lo, Salomé. Ele deve ir direto para a cama sem jantar e ficar lá até amanhã de manhã.

– Ah! Não sem o jantar dele – suplicou Salomé. – Você... você não vai melhorar a moral da criança ferindo seu estômago, Judith.

– Sem o jantar, eu digo – repetiu Judith inexoravelmente. – Lionel Hezekiah, suba as escadas para o quarto sul e vá para a cama imediatamente.

Lionel Hezekiah subiu as escadas e foi para a cama imediatamente. Ele nunca era mal-humorado ou desobediente. Salomé o ouviu enquanto ele pacientemente subia as escadas perplexo, com um soluço a cada passo, e os olhos dela se encheram de lágrimas.

– Agora, por piedade, não vá chorar, Salomé – disse Judith, irritada. – Acho que o perdoei muito facilmente. Ele é suficiente para tentar a paciência de um santo, e eu nunca fui isso – acrescentou ela com toda a verdade.

– Mas ele não é mau – defendeu Salomé. – Você sabe que ele nunca faz nada pela segunda vez depois que lhe dizem que está errado, nunca.

– De que serve isso se provavelmente ele vai fazer algo novo e duas vezes pior? Eu nunca vi alguém como ele para inventar ideias de travessuras. Basta olhar o que ele fez há quinze dias, há quinze dias, Salomé. Ele trouxe uma cobra viva e a assustou; ele bebeu uma garrafa de linimento e quase se envenenou; ele levou três sapos para a cama com ele; escalou o sótão do galinheiro, caiu sobre uma galinha e a matou; ele pintou o rosto todo com suas aquarelas; e agora vem esta façanha. E ovos a vinte e oito centavos uma dúzia! Eu lhe digo, Salomé, Lionel Hezekiah é um luxo caro.

– Mas não poderíamos ficar sem ele – protestou Salomé.

– Eu poderia. Mas, como você não pode, ou pensa que não pode, teremos que mantê-lo, suponho. Mas a única maneira de garantir qualquer paz de espírito para nós, até onde posso ver, é amarrá-lo no quintal e contratar alguém para vigiá-lo.

– Deve haver alguma maneira de controlá-lo – disse Salomé desesperadamente. Ela pensou que Judith estava falando a sério sobre amarrá-lo. Judith, de modo geral, era terrivelmente sincera em tudo o que dizia. – Talvez seja por não ter outra tarefa que ele inventa tantas coisas insólitas. Se ele tivesse algo para se ocupar, talvez se o mandássemos para a escola...

– Ele é jovem demais para ir à escola. Papai sempre dizia que nenhuma criança deveria ir à escola até os sete anos, e não quero dizer que

Lionel Hezekiah deveria ir. Bem, vou pegar um balde de água quente e uma escova e ver o que posso fazer com a porta do galinheiro. Eu tenho que parar o trabalho da tarde para isso.

Judith levantou a muleta de Salomé para o lado dela e partiu para limpar a porta do galinheiro. Assim que saiu do caminho em segurança, Salomé pegou sua muleta e mancou lenta e dolorosamente até o pé da escada. Ela não podia subir e confortar Lionel Hezekiah como desejava, e foi por isso que Judith o mandou para o andar de cima. Salomé não subia as escadas havia quinze anos. Nem se atreveu a chamá-lo no patamar, para que Judith não retornasse. Além disso, é claro que ele deveria ser punido – ele tinha sido muito travesso.

– Mas eu gostaria de poder pegar um pouco de jantar para ele – ela meditou, sentando-se no degrau mais baixo e escutando. – Não ouço um som. Suponho que ele tenha chorado até dormir, pobre criança. Ele certamente é terrivelmente travesso, mas parece-me que mostra uma mentalidade investigativa que, se pudesse apenas ser direcionada aos canais apropriados...

"Gostaria que Judith me deixasse conversar com o senhor Leonard sobre Lionel Hezekiah. Eu gostaria que Judith não odiasse tanto os pastores. Não me importo tanto que ela não me deixe ir à igreja, porque sou tão coxa que seria doloroso de qualquer maneira, mas gostaria de conversar com o senhor Leonard de vez em quando sobre algumas coisas. Não posso acreditar que Judith e papai estavam certos; tenho certeza de que eles não estavam. Existe um Deus, e temo que seja terrivelmente perverso não ir à igreja. Mas nada menos que um milagre convenceria Judith; portanto, não adianta pensar nisso. Sim, Lionel Hezekiah deve ter ido dormir."

Salomé o imaginou assim, com seus cílios longos e ondulados roçando sua bochecha rosada e manchada de lágrimas e seus punhos gorduchos apertados firmemente sobre o peito, como era seu hábito;

CRÔNICAS DE AVONLEA

o coração dela ficou quente e emocionado com a ideia maternal que a imagem provocava.

Um ano antes, os pais de Lionel Hezekiah, Abner e Martha Smith, morreram, deixando uma casa cheia de filhos e outras poucas coisas. As crianças foram adotadas por várias famílias de Carmody, e Salomé Marsh surpreendeu Judith ao pedir permissão para levar o "bebê" de cinco anos de idade. A princípio, Judith riu da ideia, mas, quando descobriu que Salomé estava falando sério, cedeu. Judith sempre cedia a Salomé, exceto em um ponto.

– Se você quer a criança, suponho que deva tê-lo – disse ela finalmente. – Eu gostaria que ele tivesse um nome civilizado, no entanto. Hezekiah é ruim, e Lionel é pior; mas os dois combinados, e aderidos a Smith, é algo que apenas Martha Smith poderia ter inventado. A opinião dela era claramente a mesma, desde a seleção de maridos até os nomes.

Então Lionel Hezekiah entrou na casa de Judith e no coração de Salomé. Foi permitido a esta última amá-lo quanto ela quisesse, mas Judith ignorou a instrução dele com um olhar crítico. Possivelmente foi bom, pois de outra forma Salomé o teria arruinado com indulgência. Salomé, que sempre adotou as opiniões de Judith, não importa o quão mal se ajustasse a elas, submeteu-se aos decretos da irmã docilmente e sofreu muito mais que Lionel Hezekiah quando ele foi punido.

Ela ficou sentada na escada até adormecer, com a cabeça apoiada no braço. Judith a encontrou lá quando entrou, severa e triunfante, de sua luta com a porta do galinheiro. Seu rosto suavizou-se com uma ternura maravilhosa quando ela olhou para Salomé.

"Ela mesma não passa de uma criança, apesar de sua idade", pensou com pena. "Uma criança que teve toda a sua vida frustrada e estragada sem culpa própria. E, no entanto, as pessoas dizem que existe um Deus que é gentil e bom! Se existe um Deus, ele é um tirano cruel e ciumento, e eu O odeio!"

Os olhos de Judith eram amargos e vingativos. Ela achava que tinha muitas queixas contra o grande poder que domina o universo, mas a mais intensa era o desamparo de Salomé, que quinze anos antes era a mais brilhante e mais feliz das donzelas, luz de coração ao pé, borbulhando de inofensiva e resplandecente alegria e vida. Se Salomé pudesse andar como as outras mulheres, Judith disse a si mesma que não odiaria o grande poder tirânico.

Lionel Hezekiah foi submisso e angelical por quatro dias após o caso da porta do galinheiro. Então ele irrompeu em um novo lugar. Uma tarde, ele entrou chorando, com seus cachos dourados cheios de carrapichos. Judith não estava lá, mas Salomé largou a manta de crochê e olhou fixamente para ele, consternada.

– Lionel Hezekiah, o que você fez agora?

– Eu... eu grudei nos carrapichos porque estava brincando que eu era um chefe bárbaro – soluçou Lionel Hezekiah. – Foi muito divertido enquanto durou, mas, quando tentei tirá-los, doeu muito.

Nem Salomé nem Lionel Hezekiah esqueceram a hora angustiante que se seguiu. Com a ajuda de pente e tesoura, Salomé finalmente tirou os carrapichos dos cachos de Lionel Hezekiah. Seria impossível decidir qual deles sofreu mais no processo. Salomé chorou tanto quanto Lionel Hezekiah, e cada tesourada ou puxão no fio de seda cortava o coração dela. Ela estava quase exausta quando a operação terminou, mas colocou o cansado Lionel Hezekiah em seus joelhos e apoiou a bochecha molhada na cabeça brilhante dele.

– Ah, Lionel Hezekiah, o que faz você se meter em travessuras tão constantemente? – ela suspirou.

Lionel Hezekiah franziu as sobrancelhas, reflexivamente.

– Eu não sei – ele finalmente anunciou –, a menos que seja porque você não me manda para a escola dominical.

Salomé sobressaltou-se como se um choque elétrico tivesse passado por seu corpo frágil.

CRÔNICAS DE AVONLEA

– Ora, Lionel Hezekiah – ela gaguejou –, o que colocou tal ideia em sua cabeça?

– Bem, todos os outros meninos vão – disse Lionel Hezekiah, desafiador –, e todos são melhores que eu; acho que esse deve ser o motivo. Teddy Markham diz que todos os meninos devem ir à escola dominical e que, se não forem, com certeza vão para o lugar ruim. Não vejo como você espera que eu me comporte bem se não me manda para a escola dominical.

– Você gostaria de ir? – perguntou Salomé, quase em um sussurro.

– Eu gostaria pra caramba – disse Lionel Hezekiah, franca e sucintamente.

– Ah, não use tais palavras – suspirou Salomé, impotente. – Vou ver o que pode ser feito. Talvez você possa ir. Vou perguntar à sua tia Judith.

– Ah, tia Judith não vai me deixar ir – disse Lionel Hezekiah, sem esperanças. – Tia Judith não acredita que haja algum Deus ou algum lugar ruim. Teddy Markham diz que não. Ele diz que ela é uma mulher perversa, porque ela nunca vai à igreja. Portanto, você também deve ser, tia Salomé, porque você nunca vai. – Por que você não vai?

– Sua... sua tia Judith não me deixa ir – Salomé hesitou, mais perplexa do que jamais estivera antes em sua vida.

– Bem, não me parece que você se divirta muito aos domingos – observou Lionel Hezekiah, com ponderação. – Eu me divertiria mais, se fosse você. Mas acho que vocês não podem, porque são mulheres. Estou feliz que sou um homem. Veja Abel Blair, que tempo esplêndido ele tem aos domingos. Ele nunca vai à igreja, mas vai pescar, tem briga de galos e fica bêbado. Quando eu crescer, farei isso aos domingos também, já que não irei à igreja. Não quero ir à igreja, mas gostaria de ir à escola dominical.

Salomé ouvia em agonia. Cada palavra de Lionel Hezekiah atormentava sua consciência insuportavelmente. Então esse foi o resultado de sua fraca entrega a Judith; aquela criança inocente a considerava uma mulher perversa e, pior ainda, considerava o velho e depravado Abel Blair um modelo a ser imitado. Oh! era tarde demais para desfazer o mal? Quando Judith voltou, Salomé deixou escapar a história toda.

– Lionel Hezekiah deve ir à escola dominical – concluiu ela de forma comovente.

O rosto de Judith endureceu até parecer como se estivesse cortado em pedra.

– Não, ele não deve – disse ela obstinadamente. – Ninguém morando em minha casa jamais irá à igreja ou à escola dominical. Eu cedi quando você quis ensiná-lo a fazer suas orações, embora soubesse que era apenas uma superstição tola, mas não cederia mais um centímetro. Você sabe exatamente como me sinto sobre esse assunto, Salomé; eu acredito como o pai acreditava. Você sabe que ele odiava igrejas e ir à igreja. E já houve um homem melhor, mais gentil e mais amável?

– A mãe acreditava em Deus; a mãe sempre ia à igreja – alegou Salomé.

– A mãe era fraca e supersticiosa, assim como você – replicou Judith, inflexível. – Eu lhe digo, Salomé, não acredito que haja um Deus. Mas, se houver, Ele é cruel e injusto, e eu O odeio.

– Judith! – Salomé ofegou, horrorizada com a impiedade. Ela meio que esperava ver sua irmã cair morta a seus pés.

– Não me venha com "Judith"! – Judith disse fervorosamente, na estranha raiva que qualquer discussão sobre o assunto sempre despertava nela. – Confirmo cada palavra que disse. Antes de você ficar coxa, eu não me sentia assim; eu poderia concordar com a mãe e com o pai. Mas, quando você foi derrubada, eu sabia que o pai estava certo.

Por um momento, Salomé acovardou-se. Ela sentiu que não poderia, não ousaria se voltar contra Judith. Para seu próprio bem, ela

CRÔNICAS DE AVONLEA

não poderia ter feito isso, mas o pensamento de Lionel Hezekiah a deixou desesperada. Ela bateu suas pequenas mãos magras e branqueadas freneticamente.

– Judith, eu vou à igreja amanhã – ela gritou. – Eu lhe digo que vou, não darei um mau exemplo a Lionel Hezekiah um dia mais. Eu não vou levá-lo; não vou contra você nisso, pois é a sua generosidade que o alimenta e o veste, mas eu mesma vou.

– Se você fizer isso, Salomé Marsh, nunca vou perdoá-la – disse Judith, com o rosto severo e sombrio de raiva. Então, não confiando em si mesma para discutir o assunto por mais tempo, ela saiu.

Salomé se dissolveu em lágrimas e chorou a maior parte da noite. Mas sua resolução não falhou. Ela iria à igreja, pelo amor de um bebê querido.

Judith não falou com ela no café da manhã, e isso quase partiu o coração de Salomé, mas ela não se atreveu a ceder. Depois do café da manhã, ela mancou dolorosamente para seu quarto e se vestiu com ainda mais pesar. Quando estava pronta, tirou de sua caixa uma pequena Bíblia velha e desgastada. Era de sua mãe, e Salomé lia um capítulo todas as noites, embora nunca tivesse ousado deixar Judith vê-la fazer isso.

Quando ela entrou mancando na cozinha, Judith olhou para cima com uma cara dura. Uma chama de raiva sombria ardeu em seus olhos escuros, e ela entrou na sala de estar e fechou a porta, como se por esse ato estivesse fechando sua irmã para sempre de seu coração e de sua vida. Salomé, no limite de tensão nervosa, sentiu intuitivamente o significado daquela porta fechada. Por um momento ela vacilou... Ah, ela não podia se colocar contra Judith! Estava voltando para seu quarto quando Lionel Hezekiah entrou correndo e parou para olhá-la com admiração.

– Você parece valentona, tia Salomé – disse ele. – Aonde você está indo?

– Não use essa palavra, Lionel Hezekiah – implorou Salomé. – Estou indo à igreja.

– Leve-me com você – disse Lionel Hezekiah prontamente. Salomé balançou a cabeça.

– Eu não posso, querido. Sua tia Judith não gostaria. Talvez ela o deixe ir depois de um tempo. Agora seja um bom garoto enquanto eu estiver fora, promete? Não faça nenhuma travessura.

– Não farei se souber o que são travessuras – admitiu Lionel Hezekiah. – Mas este é o problema: eu não sei o que é travessura e o que não é. Provavelmente, se eu fosse à escola dominical, eu descobriria.

Salomé saiu mancando do quintal e desceu a trilha ladeada por ásteres e seus galhos de ouro. Felizmente, a igreja ficava logo fora da trilha, do outro lado da estrada principal, mas Salomé achou difícil percorrer até mesmo essa curta distância. Sentiu-se quase exausta quando chegou à igreja e se moveu dolorosamente pelo corredor até o antigo banco de sua mãe. Deitou sua muleta no assento e se afundou no canto da janela com um suspiro de alívio.

Ela decidira vir mais cedo para poder chegar lá antes do resto das pessoas. A igreja ainda estava vazia, exceto por uma turma de crianças da escola dominical e seu professor em um canto remoto, e eles param no meio da lição para olhar com assombro o suspiro de Salomé Marsh mancando na igreja.

O grande edifício, sombrio por causa dos grandes olmos ao seu redor, estava muito quieto. Um leve murmúrio veio da sala fechada atrás do púlpito, onde o resto da escola dominical estava reunida. Em frente ao púlpito havia um pedestal suportando altos gerânios brancos em flor exuberante. A luz entrava pelo vitral em um emaranhado suave de cores no chão. Salomé sentiu uma mistura de paz e felicidade encher seu coração. Até a raiva por Judith perdeu importância. Ela encostou sua cabeça contra o parapeito da janela e se entregou à inundação de lembranças antigas e ternas que a envolveram.

CRÔNICAS DE AVONLEA

A memória remontava aos anos de sua infância, quando ela se sentava naquele banco todos os domingos com sua mãe. Judith também vinha então, sempre parecendo crescida para Salomé por causa de seus dez anos a mais. Seu pai, alto, moreno e reservado, nunca vinha. Salomé sabia que o povo de Carmody o chamava de infiel e o via como um homem muito perverso. Mas ele não era perverso; ele tinha sido bom e gentil à sua maneira estranha.

A gentil mãezinha morreu quando Salomé tinha dez anos, mas os cuidados de Judith eram tão amorosos e ternos que a criança não perdeu nada de sua vida. Judith Marsh amava sua irmãzinha com uma intensidade maternal. Ela própria era uma garota simples e repulsiva, apreciada por poucos, procurada por nenhum homem; mas estava determinada a que Salomé tivesse tudo o que ela havia perdido: admiração, amizade, amor. Ela teria uma juventude indireta na de Salomé.

Tudo correu de acordo com o planejamento de Judith até Salomé ter dezoito anos, e então surgiram problemas após problemas. O pai delas, a quem Judith havia entendido e amado apaixonadamente, morreu; o jovem amado de Salomé foi morto em um acidente ferroviário; e, finalmente, a própria Salomé desenvolveu sintomas da doença do quadril que, decorrente de uma lesão insignificante, acabou deixando-a manca. Todo o possível foi feito por ela. Judith, herdeira decrescente de uma pequena fortuna confortável com a morte de uma velha tia por quem foi nomeada, não poupou nada para obter as melhores habilidades médicas, e em vão. Um a um, todos os grandes médicos falharam.

Judith suportara a morte de seu pai com coragem suficiente, apesar de sua agonia de pesar; ela assistira à sua irmã definhar e desvanecer-se com a dor de seu coração partido sem ficar amarga; mas, quando ela finalmente soube que Salomé nunca voltaria a andar, a não ser cambaleando dolorosamente em sua muleta, a revolta ardente em sua alma rompeu seus limites e transformou sua natureza em uma rebelião fervorosa contra o ser que havia enviado, ou falhado em evitar, essas calamidades. Ela não encolerizou ou condenou irrefletidamente – esse não era o jeito de Judith –, mas ela nunca foi à igreja novamente, e logo se tornou um fato aceito em Carmody que Judith Marsh era tão infiel quanto seu pai fora antes dela; pior ainda, já que ela não permitia que Salomé fosse à igreja e fechou a porta na cara do pastor quando ele foi vê-la.

– Eu deveria ter me levantado contra ela por causa da consciência – refletiu Salomé em seu banco, reprovando a si mesma. – Mas, ó querido, receio que ela nunca me perdoe, e como posso viver se ela não me perdoar? Mas devo suportar isso por causa de Lionel Hezekiah; talvez minha fraqueza já tenha lhe causado um grande mal. Dizem que o que uma criança aprende nos primeiros sete anos nunca a deixa; então Lionel Hezekiah tem apenas mais um ano para se acostumar com essas coisas. Ah, e se eu deixei até tarde demais?

Quando as pessoas começaram a entrar, Salomé sentiu dolorosamente os olhares curiosos dirigidos a ela. Para onde olhava, ela os encontrava, a menos que olhasse pela janela; então pela janela ela parecia inabalável, seu rostinho delicado queimando vermelho com autoconsciência. Ela podia ver sua casa e seu quintal claramente, com Lionel Hezekiah fazendo tortas de barro alegremente no canto. Logo ela viu Judith sair da casa e avançar para a floresta de pinheiros atrás dela. Judith sempre se dirigia aos pinheiros em tempos de estresse e tensão mental.

Salomé podia ver a luz do sol brilhar na cabeça nua de Lionel Hezekiah enquanto ele misturava suas tortas. No prazer de observá-lo, esqueceu onde estava, e os olhos curiosos se voltaram para ela.

De repente, Lionel Hezekiah parou de preparar tortas e se dirigiu para o canto da cozinha de verão, onde passou a escalar para o topo da cerca de proteção e dali a montar o telhado inclinado da cozinha. Salomé apertou suas mãos em agonia. E se a criança caísse? Ah! Por que Judith foi embora e o deixou sozinho? E se... e se... e então, enquanto seu cérebro, com rapidez de um relâmpago, imaginava uma dúzia de catástrofes possíveis, algo realmente aconteceu. Lionel Hezekiah escorregou, esparramando-se freneticamente, deslizou e caiu do telhado, em um turbilhão desnorteante de braços e pernas, mergulhando no grande barril de água da chuva sob o cano, que geralmente estava cheio até a borda com água da chuva, um barril grande e profundo o suficiente para engolir meia dúzia de meninos pequenos que subiam os telhados da cozinha no domingo.

Então aconteceu algo que é falado em Carmody até hoje, e mesmo intensamente discutido, tantas e conflitantes são as opiniões sobre o assunto. Salomé Marsh, que não andava um passo sem ajuda havia quinze anos, saltou de repente com um grito agudo, correu pelo corredor e saiu pela porta!

Todo homem, mulher e criança na igreja de Carmody a seguiram, até mesmo o pastor, que tinha acabado de fazer sua pregação. Quando eles saíram, Salomé já estava na metade do caminho, correndo freneticamente. Em seu coração havia espaço para apenas um pensamento agonizante. Lionel Hezekiah se afogaria antes de ela alcançá-lo?

Ela abriu o portão do quintal e ofegou no mesmo instante em que uma mulher alta, de rosto sinistro, dobrou o canto da casa e ficou enraizada no chão, atônita com a visão que seus olhos encontraram.

Salomé, porém, não viu ninguém. Ela se jogou contra o barril e olhou para dentro, aterrorizada com o que poderia ver. O que ela viu foi Lionel Hezekiah sentado no fundo do barril na água que chegava apenas até a cintura dele. Ele parecia um pouco atordoado e confuso, mas aparentemente não estava ferido.

O quintal estava cheio de pessoas, mas ninguém ainda tinha dito uma palavra; assombro e espanto mantiveram todos em um silêncio enfeitiçado. Judith foi a primeira a falar. Ela empurrou a multidão até Salomé. O rosto dela estava pálido com uma brancura mortal; e seus olhos, como declarou a senhora William Blair depois, eram suficientes para dar arrepios a um corpo.

– Salomé – disse ela com uma voz alta, estridente e antinatural –, onde está sua muleta?

Salomé caiu em si com a pergunta. Pela primeira vez, ela percebeu que havia caminhado, não, corrido, toda aquela distância da igreja sozinha e sem ajuda. Ela empalideceu, balançou e teria caído se Judith não a tivesse segurado.

O velho doutor Blair avançou rapidamente.

– Carreguem-na – disse ele –, e não se aglomerem todos vocês. Ela precisa ficar quieta e descansar um pouco.

A maioria das pessoas obedientemente retornou à igreja, suas línguas de repente se soltaram ruidosas em uma excitação loquaz. Algumas mulheres ajudaram Judith a carregar Salomé e a deitaram no átrio da cozinha, seguidas pelo médico e pelo encharcado Lionel Hezekiah, a quem o pastor havia tirado do barril e a quem ninguém agora prestava a menor atenção.

Salomé hesitou em sua história, e seus ouvintes escutaram com emoções variadas.

– É um milagre – disse Sam Lawson, deslumbrado.

O doutor Blair encolheu os ombros.

– Não há milagre nisso – disse ele sem rodeios. – É tudo perfeitamente natural. A doença no quadril evidentemente está muito bem há muito tempo; às vezes, a natureza trabalha curas assim quando é deixada em paz. O problema era que os músculos estavam paralisados por um longo desuso. Essa paralisia foi superada por um esforço forte e instintivo. Salomé, levante-se e atravesse a cozinha.

CRÔNICAS DE AVONLEA

Salomé obedeceu. Ela atravessou a cozinha e voltou, lentamente, com dificuldade, titubeante, agora que o estímulo do medo frenético passara; mas ainda assim ela andou. O médico assentiu com satisfação.

– Continue assim todos os dias. Ande o máximo que puder, sem se cansar, e em breve estará mais ativa do que nunca. Não há mais necessidade de muletas para você, mas não há milagre no caso.

Judith Marsh virou-se para ele. Ela não falara uma palavra desde sua pergunta sobre a muleta de Salomé. Agora ela disse fervorosamente:

– Foi um milagre! Deus trabalhou para provar Sua existência para mim, e eu aceito a prova.

O velho médico encolheu os ombros novamente. Sendo um homem sábio, ele sabia quando segurar a língua.

– Bem, coloque Salomé na cama e deixe-a dormir o resto do dia. Ela está cansada. E, pelo amor de Deus, faça alguém pegar aquela pobre criança e vestir roupas secas nele antes que ele morra de resfriado.

Naquela noite, quando Salomé Marsh estava deitada em sua cama em uma glória da luz do pôr do sol, com seu coração cheio de gratidão e felicidade indescritíveis, Judith entrou no quarto. Ela usava seu melhor chapéu e vestido e segurava Lionel Hezekiah pela mão. O rosto radiante de Lionel Hezekiah estava limpo, e seus cachos caíam em uma bela suavidade sobre a gola de renda de seu terno de veludo.

– Como você se sente agora, Salomé? – perguntou Judith gentilmente.

– Melhor. Eu tive um sono adorável. Mas aonde você vai, Judith?

– Vou à igreja – disse Judith com firmeza –, e vou levar Lionel Hezekiah comigo.

O fim de uma discussão

Nancy Rogerson sentou-se na soleira da porta da frente de Louisa Shaw e olhou em volta, puxando o ar em uma longa respiração, em um deleite que parecia tingido de dor. Tudo era quase o mesmo; o jardim quadrado era como uma charmosa miscelânea de frutas e flores, arbustos de groselha e lírios, uma velha macieira retorcida projetando-se aqui e ali e um espesso pequeno bosque de cerejeiras. Atrás havia uma fileira de abetos pontiagudos, saindo sombriamente contra o céu cor-de-rosa do pôr do sol, sem parecerem um dia mais velhos do que pareciam vinte anos atrás, quando Nancy era uma jovem garota caminhando e sonhando nas sombras deles. O velho salgueiro à esquerda era grande e extenso, e Nancy pensou, com um pequeno arrepio, que provavelmente ele estava tão cheio de lagartas como sempre. Nancy aprendeu muitas coisas em seus vinte anos de exílio de Avonlea, mas nunca superou seu pavor de lagartas.

– Nada mudou muito, Louisa – disse ela, apoiando o queixo nas mãos rechonchudas e brancas e sentindo o odor delicioso da hortelã

CRÔNICAS DE AVONLEA

amassada sobre a qual Louisa pisava. – Estou feliz; eu estava com receio de voltar, com medo de que você tivesse destruído o velho jardim, ou então o transformado em um gramado empertigado e metódico, o que teria sido pior. Está tão magnificamente desarrumado como sempre, e a cerca ainda balança. Não pode ser a mesma cerca, mas parece exatamente com ela. Não, nada mudou muito. Obrigada, Louisa.

Louisa não tinha a menor ideia do motivo pelo qual Nancy estava agradecendo, mas nunca foi capaz de compreendê-la, embora gostasse dela desde os velhos tempos de menina, os quais agora pareciam muito mais distantes para Louisa do que para Nancy. Louisa se separou deles por causa da plenitude da vida de esposa e da maternidade, enquanto Nancy olhava para trás apenas pela lacuna estreita que os anos vazios deixam.

– Você não mudou muito, Nancy – disse ela, olhando com admiração para a figura elegante de Nancy, vestida com o uniforme de enfermeira para mostrar a Louisa como ele era, com seu rosto firme, rosa e branco e o brilho ondulado de seus cabelos castanhos dourados. – Você se manteve maravilhosamente bem.

– Você acha? – disse Nancy, complacente. – Métodos modernos de massagem e creme frio mantiveram afastados os pés de galinha e, felizmente, eu tenho a pele dos Rogersons para começar. Você não acharia que eu realmente tenho trinta e oito anos, acharia? Trinta e oito! Vinte anos atrás, eu pensava que qualquer pessoa com trinta e oito anos era uma perfeita versão feminina de Matusalém. E agora me sinto tão ridiculamente jovem, Louisa! Todas as manhãs, quando me levanto, tenho que dizer com solenidade para mim mesma três vezes: "Você é uma donzela solteirona, Nancy Rogerson", para me harmonizar com qualquer coisa como uma atitude favorecedora para o dia.

– Acho que você não se importa muito em ser uma donzela solteirona – disse Louisa, encolhendo os ombros. Ela não teria sido uma donzela solteirona por nada; no entanto, incoerentemente invejava

Nancy por sua liberdade, sua ampla vida no mundo, sua testa sem rugas e despreocupada leveza de espírito.

– Ah, mas eu me importo – disse Nancy francamente. – Eu odeio ser uma donzela solteirona.

– Por que você não se casa, então? – perguntou Louisa, prestando um tributo inconsciente à perene chance de Nancy ao usar o presente.

Nancy balançou a cabeça.

– Não, isso não combinaria comigo também. Eu não quero me casar. Você se lembra daquela história que Anne Shirley costumava contar há muito tempo sobre a aluna que queria ser viúva porque "se você fosse casada, seu marido era quem mandava e, se não fosse casada, as pessoas chamavam você de donzela solteirona"? Bem, essa é precisamente a minha opinião. Eu gostaria de ser uma viúva. Então eu teria a liberdade dos solteiros, com a fama dos casados. Poderia juntar o útil ao agradável. Ah, ser viúva!

– Nancy! – Louisa disse em um tom chocado.

Nancy riu, um gorgolejar suave que ondulou pelo jardim como um riacho.

– Ah, Louisa, eu posso chocá-la ainda. Era assim que você costumava dizer "Nancy" há muito tempo, como se eu tivesse quebrado todos os mandamentos de uma só vez.

– Você diz coisas tão esquisitas – protestou Louisa –, e em metade das vezes não sei o que você quer dizer.

– Deus a abençoe, querida prima, metade do tempo eu mesma não entendo. Talvez a alegria de voltar à antiga casa tenha mudado um pouco meu cérebro; encontrei minha infância perdida aqui. Eu não tenho trinta e oito anos neste jardim; é uma impossibilidade simples. Tenho dezoito anos, com uma cintura cinco centímetros menor. Olha, o Sol está se pondo. Vejo que ele ainda tem seu velho truque de lançar seus últimos raios sobre a fazenda dos Wrights. Por falar nisso, Louisa, Peter Wright ainda mora lá?

CRÔNICAS DE AVONLEA

– Sim. – Louisa lançou um olhar repentino e interessado para a aparentemente plácida Nancy.

– Casado, suponho, com meia dúzia de filhos? – disse Nancy com indiferença, puxando mais alguns ramos de hortelã e prendendo-os no peito. Talvez o esforço de se inclinar para fazer isso tenha corado seu rosto. De qualquer maneira, havia mais do que a cor dos Rogersons nele, e Louisa, por mais lento que fosse seu processo mental em alguns aspectos, pensou entender o significado desse rubor, assim como do próximo. Todo o instinto de casamenteira ardeu nela.

– Na verdade, ele não é – ela disse prontamente. – Peter Wright nunca se casou. Ele foi fiel à sua memória, Nancy.

– Argh! Você me faz sentir como se eu estivesse enterrada lá no cemitério de Avonlea e tivesse um monumento sobre mim com um salgueiro chorão esculpido nele – Nancy estremeceu. – Quando se diz que um homem foi fiel à memória de uma mulher, geralmente significa que ele não conseguiu que mais ninguém o aceitasse.

– Esse não é o caso de Peter – protestou Louisa. – Ele é um bom companheiro, e muitas mulheres ficariam felizes em aceitá-lo, e ainda o aceitariam. Ele tem apenas quarenta e três anos. Mas nunca teve o menor interesse em alguém desde que você o dispensou, Nancy.

– Mas eu não o fiz. Ele me dispensou – disse Nancy, melancolicamente, olhando para longe, além dos campos baixos e de um vale jovem e emplumado de abeto, para os prédios brancos da fazenda Wright, brilhando rosado à luz do pôr do sol quando todo o resto de Avonlea estava se escondendo nas sombras. Havia risos em seus olhos. Louisa não pôde penetrar por baixo daquela risada para descobrir se havia algo sob ela.

– Diacho! – disse Louisa. – Por que diabos você e Peter brigaram? – ela acrescentou, com curiosidade.

– Eu sempre me perguntei – desconversou Nancy.

– E você nunca o viu desde então? – refletiu Louisa.

– Não. Ele mudou muito?

– Bem, um pouco. Ele está grisalho e meio cansado. Mas não é de se admirar, levando a vida como ele leva. Ele não tem governanta há dois anos, desde que sua tia morreu. Simplesmente mora lá sozinho e cozinha as próprias refeições. Eu nunca estive na casa, mas as pessoas dizem que a desordem é terrível.

– Sim, eu não imagino que Peter foi feito para uma governanta arrumadeira – disse Nancy levemente, arrastando mais hortelã. – Apenas pense, Louisa, se não fosse por essa briga antiga, eu poderia ser a senhora Peter Wright neste exato momento, mãe da suposta meia dúzia mencionada e perturbando minha alma com as refeições, meias e vacas de Peter.

– Acho que você está melhor como está – disse Louisa.

– Ah, eu não sei. – Nancy olhou para a casa branca na colina novamente. – Eu tenho bastante diversão na vida, mas isso não parece satisfazer, de alguma forma. Para ser sincera, e, ah, Louisa, a sinceridade é uma coisa rara entre as mulheres quando se trata de falar dos homens, acredito que eu preferia estar cozinhando as refeições de Peter e espanando a casa dele. Não me importaria com sua gramática ruim agora. Aprendi uma ou duas coisinhas valiosas lá fora, e uma é que não importa se a gramática de um homem é distorcida, desde que ele não insulte você. A propósito, Peter está tão agramatical como sempre?

– Eu... eu não sei – disse Louisa, impotente. – Nunca soube que ele era agramatical.

– Ele ainda diz "nós viu" e "as coisa deles"? – questionou Nancy.

– Eu nunca percebi – confessou Louisa.

– Que inveja, Louisa! Gostaria de ter nascido com essa faculdade abençoada de nunca perceber! Coloca uma mulher em melhor posição do que a beleza ou o cérebro. Eu costumava notar os erros de Peter. Quando ele disse "nós viu", isso me atingiu na minha juventude. Tentei,

CRÔNICAS DE AVONLEA

com muito tato, corrigi-lo a esse respeito. Peter não gostava de ser corrigido; os Wrights sempre tiveram uma opinião bastante boa de si mesmos, você sabe. Foi realmente sobre uma questão de sintaxe que discutimos. Peter me disse que eu teria de aceitá-lo como ele era, sua gramática e tudo, ou ficar sem ele. Fiquei sem ele, e desde então me pergunto se realmente lamento ou se foi apenas um arrependimento agradavelmente sentimental que eu estava agarrando ao meu coração. Ouso dizer que é este último. Agora, Louisa, vejo o início da trama bem abaixo desses seus olhos plácidos. Sufoque-a ao nascer, querida Louisa. Não adianta você tentar fazer com que eu e Peter formemos um casal agora, não, nem convidá-lo dissimuladamente para tomar chá aqui alguma noite, como você está neste momento pensando em fazer.

– Bem, eu devo ir e ordenhar as vacas – suspirou Louisa, bastante feliz por escapar. O poder de leitura de pensamentos de Nancy lhe pareceu estranho. Louisa ficou com medo de permanecer com a prima por mais tempo, para que esta não a fizesse revelar todos os segredos de seu ser.

Nancy sentou-se nos degraus depois que Louisa se foi, sentou-se até a noite cair, escura e suavemente, sobre o jardim e as estrelas brilharem acima dos abetos. Essa fora sua casa na infância. Aqui ela morou e cuidou da casa para seu pai. Quando ele morreu, Curtis Shaw, recém-casado com sua prima Louisa, comprou a fazenda dela e se mudou. Nancy ficou com eles, esperando em breve ir para uma casa própria. Ela e Peter Wright estavam noivos.

Então veio a discussão misteriosa, cujo motivo amigos e parentes de ambos os lados perturbadoramente ignoravam. Dos resultados eles não eram ignorantes. Nancy prontamente fez as malas e deixou Avonlea mais de mil quilômetros para trás. Ela foi para um hospital em Montreal e estudou enfermagem. Nos vinte anos que se seguiram, nunca mais voltou a Avonlea. Seu repentino regresso neste verão foi um capricho nascido de um momento de saudade de casa, por causa desse mesmo jardim antigo.

Ela não tinha pensado em Peter. Na verdade, pensara pouco em Peter nos últimos quinze anos. Supôs que o houvesse esquecido. Mas agora, sentada na velha soleira, onde costumava sentar-se em seus dias de namoro, com Peter descansando em uma pedra larga a seus pés, algo puxou as cordas do seu coração. Ela olhou além do vale, para a luz na cozinha da fazenda Wright, e imaginou Peter sentado ali, sozinho e sem cuidados, com nada além do frio conforto que ele próprio fornecia.

– Bem, ele deveria ter se casado – disse ela, mordazmente. – Não vou me preocupar com o fato de ele ser um solteirão velho e solitário quando, durante todos esses anos, eu o supus um marido adequado. Por que ele não contrata uma governanta pelo menos? Ele pode pagar; o lugar parece próspero. Ugh! Eu tenho uma conta bancária gorda e vi quase tudo no mundo que vale a pena ver, mas tenho vários cabelos grisalhos cuidadosamente escondidos e uma terrível convicção de que a gramática não é uma das coisas essenciais na vida, afinal. Bem, eu não vou mais ficar aqui no orvalho. Vou ler o mais inteligente, mais extravagante e mais irreverente romance da sociedade que está em minha mala.

Na semana seguinte, Nancy se divertiu à sua maneira. Leu e balançou no jardim, com uma rede pendurada sob os abetos. Foi para muito longe, em passeios a bosques e montanhas solitárias.

– Gosto muito mais disso do que de conhecer pessoas – disse ela, quando Louisa sugeriu visitar um e outro –, em especial o pessoal de Avonlea. – Todos os meus velhos amigos se foram, ou irremediavelmente se casaram e mudaram, e os jovens que surgiram não conhecem Joseph e me fazem sentir desconfortavelmente de meia-idade. É muito pior sentir-se de meia-idade do que velho, você sabe. Lá fora, na floresta, eu me sinto eternamente jovem como a própria natureza. Ah, é tão bom não ter que mexer com termômetros, temperaturas e outros caprichos das pessoas! Deixe-me satisfazer meus próprios caprichos, Louisa querida, e me castigue com uma mordida fria quando eu chegar tarde para as refeições. Não vou à igreja de novo. Ontem foi horrível lá. A igreja está tão ofensivamente toda arrumada, como se fosse nova e moderna.

– Acredita-se que seja a igreja mais bonita nessas partes – protestou Louisa, um pouco triste.

– As igrejas não devem ser bonitas; elas devem ter pelo menos cinquenta anos e ser suavemente belas. Igrejas novas são uma abominação.

– Você viu Peter Wright na igreja? – perguntou Louisa. Ela estava estourando para perguntar.

Nancy assentiu.

– Na verdade, sim. Ele sentou-se bem à minha frente, no banco do canto. Não acho que ele tenha mudado para pior. Cabelos grisalhos o favorecem. Mas fiquei bastante desapontada comigo mesma. Eu esperava sentir pelo menos uma empolgação romântica, mas tudo o que senti foi um interesse confortável, como eu poderia sentir com qualquer velho amigo. Faço o meu possível, Louisa, não pude me emocionar.

– Ele veio falar com você? – perguntou Louisa, que não tinha ideia do que Nancy quis dizer com suas empolgações.

– Ai, não! E a culpa não foi minha. Eu estava na porta do lado de fora com a expressão mais amável que eu pude assumir, mas Peter apenas se afastou devagar sem um olhar de relance na minha direção. Seria algum consolo para a minha vaidade se eu pudesse acreditar que era por causa de ressentimento ou orgulho irritantes. Mas a verdade sincera, querida Weezy, é que me parecia exatamente como se ele nunca tivesse pensado nisso. Ele estava mais interessado em falar sobre a colheita de feno com Oliver Sloane, que, a propósito, é mais Oliver Sloane do que nunca.

– Se você se sente como disse na outra noite, por que não foi e falou com ele? – Louisa quis saber.

– Mas não me sinto assim agora. Isso foi apenas um estado de espírito. Você não sabe nada sobre estado de espírito, querida. Não sabe o que é uma hora ansiar desesperadamente por algo e, logo depois, não se interessar por aquilo.

– Mas isso é tolice – protestou Louisa.

– Para falar a verdade, é tolice total. Mas, ah, é tão delicioso ser tolo depois de ser compelido a ser ininterruptamente sensível por vinte anos. Bem, vou pegar morangos nesta tarde, Lou. Não espere por mim para o chá. Provavelmente não estarei de volta até escurecer. Só tenho mais quatro dias para ficar e quero aproveitá-los ao máximo.

Nancy vagou longe em suas caminhadas naquela tarde. Quando ela encheu seu jarro, ainda perambulava com uma deliciosa falta de objetivo. De repente ela se viu em uma trilha de madeira rodeando um campo onde um homem estava ceifando feno. O homem era Peter Wright. Nancy andou mais rápido quando descobriu isso, sem uma olhadela errante, e logo as profundezas verdes e cheias de samambaias da floresta de bordo a engoliram.

De antigas lembranças, ela sabia que estava nas terras de Peter Morrison e calculou que, se continuasse em frente, sairia no local onde ficava a antiga casa dos Morrisons. Seus cálculos se mostraram corretos, com uma variação insignificante. Ela saiu quarenta e cinco metros ao sul da antiga casa abandonada dos Morrisons e se viu no quintal da fazenda Wright!

Passando pela casa, aquela onde ela uma vez sonhara em reinar como dona, a curiosidade de Nancy a dominou. O lugar não estava à vista de nenhuma outra casa próxima. Ela deliberadamente foi até lá, com a intenção de espreitar pela janela da cozinha. Mas, vendo a porta totalmente aberta, ela foi até lá e parou no degrau, olhando ao redor com entusiasmo.

A cozinha certamente estava lamentável em sua desordem. O chão parecia que não era varrido há duas semanas. Na mesa vazia estavam os

CRÔNICAS DE AVONLEA

restos do jantar de Peter, uma refeição que não poderia ter sido muito tentadora no seu melhor.

– Que lugar miserável para um ser humano viver! – Nancy gemeu. – Olhe as cinzas naquele fogão! E aquela mesa! É de admirar que Peter tenha ficado grisalho? Ele trabalhará duro na fenação durante toda a tarde e depois voltará para casa para *isto*!

De repente, uma ideia estalou no cérebro de Nancy. A princípio, ela pareceu horrorizada. Então ela riu e olhou para seu relógio.

– Eu vou fazer isso, apenas por diversão e um pouco de pena. São duas e meia, e Peter não estará em casa antes das quatro. Terei uma boa hora para fazê-lo e ainda assim escaparei a tempo. Nunca alguém saberá; ninguém pode me ver aqui.

Nancy entrou, tirou o chapéu e pegou uma vassoura. A primeira coisa que ela fez foi dar à cozinha uma varredura completa. Então ela acendeu o fogo, colocou uma chaleira cheia de água para esquentar e atacou a louça. Pela quantidade delas, ela concluiu corretamente que Peter não lavava nada há pelo menos uma semana.

– Suponho que ele apenas use as limpas até elas acabarem e depois faça uma grande lavagem – ela riu. – Gostaria de saber onde ele guarda seus panos de prato, se ele tem algum.

Evidentemente, Peter não tinha nenhum. Pelo menos, Nancy não conseguiu encontrar nenhum. Ela marchou atrevida para a sala de estar empoeirada e explorou as gavetas de um aparador à moda antiga, confiscando uma toalha que encontrou ali. Enquanto trabalhava, ela cantarolava uma música; seus passos eram leves, e seus olhos brilhavam de excitação. Nancy estava se divertindo por completo, não havia dúvida disso. O sabor da travessura na aventura agradou-a poderosamente.

Com as louças lavadas, ela buscou no aparador uma toalha de mesa limpa, mas amarela e evidentemente longa e não utilizada, e começou a pôr a mesa e preparar o chá de Peter. Encontrou pão e manteiga na despensa, e uma ida ao porão lhe forneceu uma jarra de creme. Nancy imprudentemente derramou o conteúdo de seu jarro de morango no prato de Peter. O chá estava feito e reservado para manter-se quente. E, como um toque final, Nancy devastou o antigo jardim abandonado e colocou uma enorme tigela de rosas vermelhas no centro da mesa.

– Agora eu devo ir – disse ela em voz alta. – Não seria divertido ver o rosto de Peter quando ele entrar? Sim! Eu gostei de fazer isso, mas por quê? Nancy Rogerson, não tente resolver enigmas. Ponha seu chapéu e prossiga para casa, elaborando no caminho alguma lorota confiável para explicar a Louisa a ausência de seus morangos.

Nancy fez uma pausa por um momento e olhou em volta, melancólica. Ela fez o lugar parecer alegre, arrumado e acolhedor. Sentiu aquele estranho aperto no coração novamente. Imaginou que pertencesse àquele lugar e estivesse esperando Peter voltar para casa para tomar um chá. Pensando nisso, Nancy virou-se com uma repentina e horrível presciência do que ia ver! Peter Wright estava parado na porta.

O rosto de Nancy ficou vermelho. Pela primeira vez em sua vida, ela não tinha uma palavra a dizer por si mesma. Peter olhou para ela e depois para a mesa, com seus frutos e flores.

– Obrigado – ele disse educadamente.

Nancy se recuperou. Com um sorriso envergonhado, ela estendeu a mão.

– Não me prenda por invasão, Peter. Eu vim e olhei para a sua cozinha por causa de uma curiosidade impertinente e, apenas por diversão, pensei em entrar e preparar seu chá. Achei que você ficaria muito surpreso, e eu pretendia ir embora antes que você voltasse para casa, é claro.

– Eu não ficaria surpreso – disse Peter, apertando as mãos. – Vi você passar pelo campo, amarrei os cavalos e segui você pela floresta.

CRÔNICAS DE AVONLEA

Eu estava sentado em cima da cerca lá atrás, observando suas idas e vindas.

– Por que você não veio falar comigo na igreja ontem, Peter? – perguntou Nancy com coragem.

– Eu tinha receio de dizer algo agramatical – respondeu Peter secamente.

O vermelho ardeu no rosto de Nancy mais uma vez. Ela afastou a mão.

– Isso é cruel da sua parte, Peter.

Peter riu de repente. Havia um tom de menino na gargalhada.

– É verdade – disse ele –, mas eu tinha que me livrar da maldade acumulada e do ressentimento de vinte anos de alguma maneira. Tudo se foi agora, e eu serei tão amável quanto sei. Mas, como você se deu ao trabalho de preparar uma ceia para mim, Nancy, deve ficar e me ajudar a comê-la. Aqueles "morango" parecem bons. Eu não peguei nenhum neste verão, estive muito ocupado para colhê-los.

Nancy ficou. Ela se sentou à cabeceira da mesa de Peter e serviu o chá para ele. Falou com ele espirituosamente sobre as pessoas de Avonlea e as mudanças em seu antigo cenário. Peter a seguiu com uma aparente ausência de autoconsciência, comendo sua refeição como um homem cujo coração e cuja mente eram semelhantes em bons termos. Nancy sentiu-se péssima e, ao mesmo tempo, ridiculamente feliz. Parecia a coisa mais grotesca do mundo ela estar lá, presidindo a mesa de Peter, e ainda assim a mais natural. Houve momentos em que ela sentiu vontade de chorar, outros momentos em que sua risada era tão disposta e espontânea quanto a de uma garota. O sentimento e o humor sempre travaram uma disputa igualitária na natureza de Nancy.

Quando Peter terminou os morangos, cruzou seus braços sobre a mesa e olhou com admiração para Nancy.

– Você parece bem para a cabeceira da mesa, Nancy – ele disse em tom crítico. – Como é que você não tem presidido a sua própria muito antes disso? Pensei que você encontraria muitos homens no mundo de quem você gostasse, homens que falassem boa gramática.

– Peter, não! – disse Nancy, encolhendo-se. – Eu era uma idiota.

– Não, você estava certa. Eu era um tolo irritadiço. Se eu tivesse algum senso, ficaria agradecido por você ter pensado o suficiente para querer me tornar melhor e teria tentado corrigir meus erros em vez de ficar bravo. Agora é tarde demais, suponho.

– Tarde demais para quê? – disse Nancy, arrancando o coração por algo no tom e no olhar de Peter.

– Para... corrigir erros.

– Gramaticais?

– Não exatamente. Eu acho que esses erros são correções passadas para um sujeito velho como eu. Erros piores, Nancy. Eu me pergunto o que você diria se eu pedisse que você me perdoasse e me aceitasse depois de tudo.

– Eu o agarraria antes que você tivesse tempo de mudar de ideia – disse Nancy descaradamente. Ela tentou olhar Peter no rosto, mas seus olhos azuis, onde lágrimas e alegria se misturavam, vacilaram diante dos olhos cinzentos dele.

Peter levantou-se, derrubando a cadeira, e andou a passos largos ao redor da mesa até ela.

– Nancy, minha garota! – ele disse.